ज्ञान गरिमा के
68 वर्ष

भारतीय
ज्ञानपीठ

णाणं
पयासयं
वीर नि.सं.
2470
ई.सन्
1944
भारतीय ज्ञानपीठ

सौरी की कहानियाँ

(कहानी-संग्रह)

सौरी की कहानियाँ

नवीन कुमार नैथानी

भारतीय ज्ञानपीठ

लोकोदय ग्रन्थमाला : ग्रन्थांक 986

ग्रन्थमाला सम्पादक

रवीन्द्र कालिया

सह-सम्पादक

गुलाबचन्द्र जैन

ISBN 978-81-263-1697-7

प्रकाशक :
भारतीय ज्ञानपीठ
18, इन्स्टीट्यूशनल एरिया, लोदी रोड
नयी दिल्ली-110 003

मुद्रक : रुचिका प्रिंटर्स, दिल्ली-110 032

आवरण-चित्र : राधेश्याम अग्रवाल
आवरण-सज्जा : ज्ञानपीठ कला प्रभाग

दूसरा संस्करण : 2011
मूल्य : 120 रुपये

SAURI KI KAHANIYAN
(Short stories)
by Navin Kumar Naithani

Published by
Bharatiya Jnanpith
18, Institutional Area, Lodi Road
New Delhi-110 003
e-mail : jnanpith@satyam.net.in, sales@jnanpith.net
website : www.jnanpith.net

Second Edition : 2011
Price : Rs. 120

सौरी के लोगों को
जो सब जगह हैं
लेकिन जिनकी सौरी
अब कहीं नहीं है

अनुक्रम

पारस

पारस-पत्थर की बात सौरी के उन दिनों से जुड़ी है जिनके बारे में बहुत प्रामाणिक बातें हमारे पास नहीं हैं। उनकी बन्द और तंग दुनिया से बाहर क्या घट रहा है! शायद इससे भी सौरी के वाशिन्दे कोई वास्ता नहीं रखते थे। इतना तय है कि यह उन दिनों की बात है जब सौरी में बहुत सारे घर थे और घरों की गिनती घटते-घटते तीस के आँकड़े पर नहीं पहुँची थी।

यह वृतान्त खोजराम के बारे में है। खोजराम के होने तक, बल्कि उनसे एक पीढ़ी पहले ही, कई मर्द ऐसे हुए जिनका विवाह नहीं हो सका। इस अनर्थ की सबसे उपयुक्त व्याख्या यही थी कि उन दिनों सौरी के आस-पास विवाह योग्य सुन्दरियों का अभाव हो गया। कुछ किस्से ऐसे भी चले हैं कि सौरी में विवाह करके आयी सुन्दरियों के मापदंड में आसपास का सौन्दर्य खरा ही नहीं उतर पाया। सौरी के अधिसंख्य लोग यही मानते आये कि पास-पड़ौस के इलाकों में जिन घरों और परिवारों में सौन्दर्य की आभा योग्य वरों की प्रतीक्षा कर रही होगी, उन परिवारों का तन-मन ही सौरी से खट्टा हो गया था।

कहा तो यह भी जाता है कि तब लोग सौरी में रिश्ता करना पसन्द ही नहीं करते थे। वे कहते थे कि सौरी भी कोई गाँव है जहाँ सालों से किसी भी घर में बेटी की किलकारियाँ नहीं गूँजीं। मर्दों के उस जंगल में वे अपनी बेटी नहीं ब्याहेंगे जहाँ औरत के नाम पर सुहागनों और विधवाओं का अजीब-सा रेला है जो अलग-अलग गाँवों की बानी बोलती हैं और अलग-अलग किस्म के कपड़े पहनती हैं। सालों से उस गाँव में कोई बारात नहीं गयी है; उन्होंने इकट्ठा होकर सालों से कोई काम सम्पन्न नहीं किया है। भला, जिस गाँव के लोग मुर्दे को फूँकने में ही अपनी जिम्मेदारी समझने लगे हों, उस गाँव में अपनी बेटी कैसे ब्याह दें? जिस गाँव में सालों से कोई बारात न गयी हो, वहाँ के लोग भला क्या जानें कि बारात को सँभालना कोई हँसी-ठट्ठा नहीं है; कि एक बारात को सँभालने में पूरे गाँव की महीनों की साध और लगन और ईश्वर का आशीर्वाद छिपा होता है। जिस गाँव के लोग बारात की तीमारदारी का मतलब ही नहीं बूझते, भला उस गाँव से बारात हमारे गाँव में क्योंकर आये?

यह बात खोजराम के होने से ठीक पहले की है। सौरी के बड़े-बुजुर्गों के सामने सबसे बड़ी समस्या यही थी—विवाह-योग्य युवकों के लिए कन्या की खोज। उनकी हर खोज का नतीजा शून्य में निकलता। जब तक सौरी में कोई कन्या जन्म नहीं लेगी, आस-पास के इलाके से कोई भी अपनी बेटी सौरी में नहीं ब्याहेगा।

सौरी के लोगों ने इसे महज कुछ दिन का माला समझा। जिस घर में जचगी होनेवाली होती, उसका ध्यान वहाँ जाता। पुरना दाई आती—ठिगने कद की—चपल। उसके हाथों में जादू था। पुरना के होते यमराज भी सौर-गृह के दरवाजे से लौट जाते थे। कुछ लोगों ने सुझाया कि पुरना की जगह किसी दूसरी दाई को आजमाया जाए। पुरना से यह सब कहने की हिम्मत किसी की नहीं थी।

मर्दों के बीच की बातें किसी तरह औरतों के बीच पहुँच गयीं और, औरतों के बीच से बातें फुसफुसाहटों में बैठकर पुरना के कानों को खटखटाने लगीं...

पुरना कुछ पल अवाक् रह गयी। उसने अपना माथा पीटा और सयानियों के पास पहुँच गयी।

"किस चीज की सजा मिल रही है मुझे?" शब्द पुरना के होठों से बाद में निकल रहे थे, पहले ही उसकी आँखों से आँसू बड़ी-बड़ी धार में बहने लगे थे। जब तक पुरना ने अपनी बात पूरी की, उसका आँचल आँसुओं में पूरी तरह भीग चुका था। देखनेवालों को लगता कि वह तेज बारिश में पत्तों की छतरी बनाकर किसी तरह अपना सर बचाकर भीतर चली आयी है।

"इसमें रोने की बात क्या है, पुरना।" शहद-घुली जुबान में पूनो देवी ने कहा। पूनो देवी उम्र के उस दौर में पहुँच गयी थीं जहाँ देह में वाणी के अलावा और कुछ सार्थक नहीं रह जाता—गुजरी उम्र की स्मृतियाँ—अठारह बेटों को जनने की खुशी और साथ में यह ग़म कि सिर्फ छह बेटे ही बचे रह सके। पूनो देवी के आख़िरी दो बेटों की जचगी पुरना दाई ने ही की थी और छहों बेटों की बहुओं को प्रसूति-गृह से पुरना ही यमराज के हाथों से खींचकर लायी थी। पूनो देवी के आँगन में छोटे-बड़े कई लड़के खेल रहे थे।

पुरना दाई ने वे शहद-घुले शब्द सुने। उसका रोना और बढ़ गया। यह रुदन आँसुओं के साथ एक तीव्र कराह में बदल गया। इस तरह की कराहें तभी फूटती हैं जब स्त्रियाँ धरती पर जीवन की एक और बयार अपने साथ लाती हैं।

पूनो देवी की बहुओं के साथ ही आस-पास के तमाम घरों से स्त्रियाँ वहाँ पहुँच गयीं। असमय, इस घर में कौन प्रसूता आ बसी है? पुरना दाई को उस घर की चौहद में प्रवेश करते भी सबने देखा था।

पुरना दाई धरती पर लेटी हुई थी—टाँगें हवा में उठा रही थी और अपनी कोख को बार-बार दबा रही थी। उसकी कराहें आँगन के पार जातीं, आसमान तक उठतीं

और फिर लौटकर पूनो देवी के आँगन में आ गिरतीं। पुरना दाई को इस हालत में देख तमाम औरतें एक-बारगी सकपका गयीं। जितनी भी औरतें बाहर से आयीं—सबके दिमाग में प्रसूति-गृह की वह तंग और अँधेरी कोठरी कौंधी जहाँ ढिबरी की रोशनी में वे कभी कराहती थीं और पुरना दाई की आवाज उन्हें ढाढ़स बँधाती थी, "थोड़ा सबर से काम ले बहू! बस थोड़ा और झेल जा।"

"ये दर्द बार-बार नहीं उठता। बस, एक बार और...हाँ...एक बार और... हिम्मतवाली है। एक बार और..."

वे वहाँ होती थीं और पुरना दाई उन्हें मँझधार से किनारे तक ले जाती थी। पुरना को वहाँ देख उन्हें लगा कि वे खुद वहाँ लेटी हैं। पुरना की जगह उन्होंने अपने आपको पाया। वे सब धरती पर लेट गयीं और अतीत से चलता हुआ वह दर्द उनकी देह पर आ टिका, वे सब अपनी कोख पकड़कर कराहने लगीं।

कुछ किस्से कहते हैं कि पुरना दाई को देखकर औरतें पूनो देवी के आँगन में आ चली थीं—वे सब जिनके गर्भ में एक भविष्य अँगड़ाई ले रहा था। सबको भरोसा था कि उनकी कोख में एक बच्ची पल रही थी। कुछ किस्से ऐसे भी हैं कि पूनो देवी के आँगन में एक साथ ग्यारह औरतें आ गयी थीं। पूनो देवी अपनी आँखों से देखना चाहती थीं कि उनमें से कौन सबसे पहले बेटी की माँ बनी? कुछ किस्से यूँ भी चले हैं कि सौरी में एकसाथ ग्यारह जचगियों की खबर पुरना दाई को थी और कर्तव्यवश, उसने उन सबको पूनो देवी के आँगन में बुला लिया था क्योंकि वहाँ पूरी ग्यारह कोठरियाँ थीं।

इन बारीक ब्यौरों के फेर में जाने से बेहतर यही है कि इस तथ्य को स्वीकार कर लिया जाए कि पुरना दाई एक रात में ग्यारह बच्चों को धरती पर लायी और उनमें एक भी औरत-जात नहीं निकली। पुरना ने अपना माथा पकड़ लिया। पूनो देवी भी सौरी के भविष्य से अपने कपाल को टिकाए बैठ गयीं। सबके सब लड़के हुए थे।

किसी कन्या के होने की आतुर प्रतीक्षा में तल्लीन मर्दों ने जब एक रात में ग्यारह लड़कों के आगमन की खबर सुनी तो इसे ईश्वर की मरजी मान लिया। उन्होंने स्वीकार कर लिया कि सौरी का भविष्य अब राम भरोसे है। लिहाजा, नामकरण के दिन सभी लड़कों के नाम के आगे राम जुड़ गया। खोजराम भी उन ग्यारह लड़कों में एक थे।

कहते हैं कि जीवन की हर नयी किलकारी में किसी भावी मर्द की आवाज सुनकर पूनो देवी आर्त्त स्वर में पुकारती, "हे पुरना!" और मूर्छित होकर गिर पड़तीं। पूनो देवी की मूर्छा जीवन की अगली किलकारी के साथ उठती और फिर 'हे पूरना' की आवाज के साथ अपने में लौट आती।

पुरना दाई यह सब जानती थी ओर अपना काम करती जाती थी, दस सौर-गृहों में माँ के पास ताजा फूल जैसे लड़कों को लिटाकर जब वह ग्यारहवें प्रसूति-गृह में पहुँची तो उसका दिल बेकाबू हुआ जा रहा था, एक क्षण के लिए दर्द से कराहती बिरमा

को बिसूरकर उसने ईश्वर का ध्यान किया था, वह बेटी के लिए प्रार्थना कर रही थी।

लड़की की अवाज बहुत कर्कश थी और उसके दाहिने पाँव के पंजे पूरी तरह मुड़े हुए थे। पुरना दाई ने पूनो देवी की आवाज़ 'हे पुरना!' नहीं सुनी और पूनो देवी थोड़ा अजीब-सी आवाज सुनकर मूर्छित नहीं हुईं। वे सीधा प्रसूति-गृह की तरफ भागीं।

पूनो देवी के दिमाग में सबसे पहले यही बात कौंधी कि लड़के का पाँव मुड़ा है। वे दुखों और आशंकाओं के बादलों में घिरी रहकर भी यह नहीं सोच सकती थीं कि नयी लाचारगी भरी बेबस आवाज किसी भावी मर्द के गले से उठी थी।

तो, खोजराम जन्म के साथ ही नाउम्मीदी और आशंकाओं की दुनिया अपने साथ लेकर आये। पुरना दाई को उस बच्चे से बहुत लगाव था और बच्चा भी, जब कभी पुरना दाई को देखता तो किलकारियाँ भरता था। मजे की बात यह है कि खोजराम की माँ बिरमा के बारे में किस्से, कोई जानकारी नहीं देते। उसके बचपन की अजीब शरारतों की दास्तान कही जाती है। उसके मनमौजी रंग-ढंग के ढेरों बयान मिलते हैं। उसकी लम्बी हँसी का बहुत जिक्र होता है। वह जब हँसता था तो शुरू में लगा करता कि रो रहा है; धीरे-धीरे यह रुदन एक लयबद्ध हँसी में बदल जाता जो बार-बार टूटती और फिर ज्यादा लम्बी और तेज आवाज में बढ़ती चली जाती थी, सुननेवाले जब एक और अधिक लम्बी तान की प्रतीक्षा करते तो वह, अचानक, थम जाती। खोजराम की देह को देखकर पता भी नहीं लग पाता कि वे एक क्षण पहले बहुत जोर से हँसे थे, हँसी का कारण किसी भी किस्से में नहीं मिलता—सिर्फ उसका होना मिलता है, कुछ किस्से तो यह भी बतलाते हैं कि उन आशंकाओं से भरपूर दिनों में सौरी के लोग हँसना भूल गये थे; कि खोजराम की हँसी में कुछ लोगों को आनेवाली विपत्ति की मुनादी सुनाई पड़ती थी और कुछ लोग उसमें उम्मीद की एक नाजुक डोर पकड़ लिया करते थे।

उम्मीद का छोर खोजराम तक पहुँचते ही, पानवाले, उस बच्चे में विलक्षण खूबियाँ ढूँढ़ लेते थे, वह चिढ़ानेवाली बात पर चिढ़ता नहीं था, डाँटनेवाली बात पर डतरा नहीं था। और हँसनेवाली बात पर हँसता नहीं था। हर बात पर, अकसर ही, वह अपनी मौज में मस्त रहा करता था।

इस बात का रहस्य सबसे पहले पुरना दाई ने खोजा, हुआ यूँ कि पुरना ने खोजराम को, अकेले ही, जंगल की तरफ जाते देखा, उस समय बालक की उम्र कोई चार बरस रही होगी।

"ए! खाजू!" पुरना दाई ने बालक को पुकारा।

बालक ने बायीं तरफ देखा, उसे कोई दिखाई नहीं दिया, वह आगे बढ़ गया।

"ए! खाजू!"

बालक ने दायीं तरफ देखा, कुछ नहीं दिखा, वह आगे चल दिया।

"ए! खाजू!" पुरना दाई ने फिर पुकारा।

बालक ठिठककर सामने देखने लगा, कोई सूरत नहीं दिखी, वह जंगल की तरफ और आगे पहुँच गया।

"ए! खाजू!" पुरना का धैर्य जवाब दे गया।

बालक ने पीछे देखा—उसे पुरना दिखाई दी, वह किलकारियाँ भरते हुए पुरना की तरफ दौड़ा, पुरना ने लपककर बालक को गोद में उठा लिया।

"किधर जा रहा है?" पुरना ने धीरे-से बालक के दायें कान में कहा, बालक हँसता रहा।

"किधर जा रहा है?" पुरना ने हौले से बालक के बायें कान में कहा।

"वहाँ...", बालक ने जंगल की तरफ उँगली उठायी।

वहाँ एक उठी हुई उँगली—जंगल की तरफ—इस किस्से के सभी संस्करणों में पायी जाती है। खोजराम सिर्फ एक कान से सुनते थे—बायें कान से। कुछ व्याख्याकार तो यहाँ तक कहते हैं कि खोजराम का बायाँ कान दायें के मुकाबले थोड़ा बड़ा था; कि जिन्दगी भर उनके बायें हाथ की उँगलियाँ कान पर टिकती रहीं; कि खोजराम सुनते नहीं थे—देखते थे; कि सौरी के लोग बाद में आँखों से सुनने को जीवन की जरूरी शर्त मानने लगे।

बहरहाल, पुरना ने बालक को रोक दिया।

"किसलिए?" सौरी की जमीन में प्रश्न बहुत ज्यादा थे, पुरना कितने ही जीवन धरती पर लाती, प्रश्न हमेशा साथ रहते।

"खोजने!" बालक ने कहा।

"हैं!" पुरना की आँखें विस्मय से फैल गयीं।

"क्या खोजने?" पुरना ने बालक को नीचे उतार दिया।

वह टुक लगाकर पुरना को देखता रहा। संवाद रहित उन क्षणों में दोनों एक-दूसरे को देखते रहे।

"क्या देख रही हो माँ!" बालक ने सन्नाटा तोड़ा।

"कुछ नहीं देख रही रे!" पुरना ने अपना सिर हिलाया, उसे बालक पर लाड़ हो गया, उसने अपने दाहिने गाल पर बालक का चेहरा रगड़ते हुए कहा, "क्या खोजने निकला तू?"

"सोना!" बालक ने कहा।

"सोना!" पुरना धीमे-से फुसफुसायी।

"हाँ!" बालक ने गरदन हिलायी।

"तू सोना ढूँढ़ता है!" पुरना चीखी।

"क्या?" बालक की आँखें पुरना को टुकुर रही थीं।

"तू सोना चाहता है!" पुरना ने फिर कहा।

"मैं खोना नहीं चाहता।"

पुरना ने माथा पीट लिया, पुरना ने बालक को गोद में उठाया, उसका चेहरा दायें गाल से टिकाया और धीरे-से कहा, "खाजू! तू सोना चाहता है?"

"हाँ!" बालक ने धीरे-से सिर हिलाया।

"क्यों?"

"सोना मिलेगा माँ...तब मैं ब्याह करूँगा!"

खोजराम का यह जवाब सौरी के तमाम आख्यानों में दर्ज है! मतभेद सिर्फ उम्र को लेकर है। वय के विभिन्न सोपानों में इस संवाद को मढ़ दिया गया। हाँ, खोजराम की महत्त्वाकांक्षा को लेकर सभी विवरणों में मतैक्य है।

सोने को सम्पन्नता के सूत्र से गूँथते हुए अनेक कथा-वाचक कहानियों की वह शृंखला तैयार करते रहे जिसमें खोजराम सम्पन्नता को पत्नी पाने की एकमात्र योग्यता मानते थे। इन किस्सों के कई संस्करण मौजूद हैं ओर हर संस्करण में पारस-पत्थर का जिक्र मिलता है।

पहला संस्करण बुत विवादास्पद है, आश्चर्यजनक तथ्य है कि सौरी के कुछ वाशिन्दे स्वयं इस पर शंका करते रहे हैं।

"सोना मिलेगा माँ...तब मैं ब्याह करूँगा।" यही तो कहा था खोजराम ने, शंकालु तर्क करता है।

"हाँ...यही कहा था," किस्से का प्रस्तोता तर्क स्वीकार करता है।

"इसके बाद खोजराम ने क्या कहा?""खोजराम तो चुप था, उसने कुछ नहीं कहा।"

"पकड़े गये न आप! खोजराम ने कैसे कह दिया कि वह पारस-पत्थर ढूँढ़ेगा और उससे सोना बनाएगा।" विरोधी की आवाज में जोश भर आया।

"बन्धु!" किस्से के प्रस्तावक ने बुलन्द आवाज में कहा, "यहीं तो गलती कर रहे हैं आप, खोजराम तो चुप था, पुरना ने कहा था—बड़ा सोना ढूँढ़ेगा तू, पारस-पत्थर है ना तेरे पास!"

विरोधियों को तर्क की किसी भी सीमा तक जाकर परास्त करना सौरी की फितरत में हैं।

दूसरे किस्से के सन्दर्भ में विरोध के स्वर बहुत स्पष्ट नहीं सुनाई देते। फिर भी कुछ शंकाएँ उठती रहती हैं।

"तो खोजराम को ब्याह का बहुत शौक था!" शंकालु पूछा करते।

"हाँ! यकीनन था।" प्रस्तावक बोलते थे।

"तो खोजराम के हाव-भाव बताते थे कि उसका ब्याह होनेवाला है। वह खुद

तो नहीं बोलता था,'' शंकालुओं द्वारा प्रश्न उठाया जाता।

''अरे खोजराम ने कभी कुछ नहीं कहा, वह तो लोगों ने कहा था। बोले—तेरे पास पारस-पत्थर है क्या जो पहाड़ों को लाँघकर कोई सुन्दरी तुझसे ब्याह करने आएगी।'' प्रस्तावकों की आवाज में विजय की प्रसन्नता भी छिपी रहती।

तीसरे किस्से पर शंकाएँ नहीं उठाई गयीं। इस किस्से में खोजराम के पिता का जिक्र है। खोजराम की माँ का तो, जैसा कि पहले उल्लेख किया जा चुका है, किसी भी किस्से में जिक्र नहीं है।

''ए खोजा! अगर सौरी में कोई लड़की पैदा हो भी गयी तो तुझसे कौन ब्याह करेगा!'' पिता ने खोजराम के दाहिने पाँव की तरफ संकेत किया, ''तेरे पास तो कोई पारस-पत्थर भी नहीं है।''

तो खोजराम के समय तक सौरी की दो पूरी पीढ़ियाँ दुलहन के इन्तजार की त्रासद स्थिति से जूझ रही थीं। ऐसे समय में खोजराम ने विवाह करने की ठान ली और उनका पूरा ध्यान पारस-पत्थर की खोज में केन्द्रित हो गया। कुछ लोग तो पारस-पत्थर की खोज में दिखाई गयी संलग्नता, समर्पण और धुन को ही उनके नामकरण का प्रमुख कारण मानते हैं।

सौरी की उत्तर-पश्चिम दिशा में खड़ी विकट पहाड़ियों पर किए गये खोजराम के अभियानों का जिक्र अनेक बार होता है। अनेक रूपों में। कुछ लोग यह भी मानते हैं कि सौरी की उन अलंघनीय सीमाओं को अतिक्रमित करने का दुस्साहस सर्वप्रथम खोजराम ने ही किया था, खोजराम के दुस्साहसिक कारनामों के बाद यह नियम सौरी में लागू कर दिया गया कि सौरी का वाशिन्दा अकेला कभी बाहर नहीं जाएगा, कुछ लोग तो यहाँ तक कहते हैं कि सौरी में प्रवेश या सौरी से प्रस्थान के लिए वर्णित 'चोर-घटड़ा' अगर अस्तित्व में आया है तो इसमें भी खोजराम के वृत्तान्त का वृहद् योदान रहा है। उस तंग चढ़ाई भरे रास्ते से कोई भी सौरी में प्रवेश करता तो बाहरी दुनिया की स्मृतियाँ लोप हो जातीं।

विस्मरण और स्मरण के इस आख्यान में कुछ लोग तो यहाँ तक मानते हैं कि खोजराम नाम की संज्ञा से विभूषित होनेवाले बहुत सारे व्यक्तित्व सौरी की धरती पर हुए। बहरहाल, हम उन खोजराम की बात कर रहे हैं जो पारस-पत्थर की खोज में भटका किये।

वे पारस-पत्थर की खोज में कहाँ-कहाँ नहीं गये! चाँद-पत्थर तक गये। सच पूछो तो 'चाँद-पत्थर' को दिया गया यह नाम सबसे पहले उन्हीं के मन में उपजा था। 'चोर-घटड़ा' की विलक्षण, किन्तु कर्ण-अप्रिय, ध्वनि की गूँज भी उनके ही कंठ से निकली थी—इस बात पर सौरी के शोधकर्ताओं में कोई सन्देह नहीं है।

कुछ लोग तो सौरी के नामकरण के पीछे भी उस जगह खोजराम के होने को

सबसे बड़ा कारण मानते हैं। वे तो यहाँ तक कहते हैं कि पहले उस बस्ती का नाम सौरी नहीं था। वे पुरना दाई और ग्यारह प्रसूति-गृहों के किस्से को सौरी के नामकरण से जोड़ते हैं।

एक लघु, क्षीण और अपने में बन्द समाज को कसी विशिष्ट संज्ञा की आवश्यकता क्योंकर हो सकती थी? तर्क, अगर ग्राहक उसे सहानुभूतिपूर्वक ग्रहण करने की मन:स्थिति में हो तो, प्रति-तर्क के लिए कोई जगह नहीं छोड़ता। वे तो सौरी के वाशिन्दे थे। अपने होने की जगह को एक नाम देने के लिए वे कसी भी तर्क को सहर्ष स्वीकार कर सकते थे। नाम के उत्स को जानने के लिए लोग इतिहास में जाते हैं। सौरी के वाशिन्दे इसके लिए इतिहास में नहीं गये क्योंकि इतिहास उन्हें किस्सों और किंवदन्तियों से आगे नहीं ले जाता था और वर्तमान अपने होने के भारी बोझ तले समूचे इतिहास को दबाकर उन पर हावी हो जाता था।

भूगोल सौरी का एकमात्र सत्य था और सारे तथ्य उसी के इर्द-गिर्द खड़े होकर सौरी को आकार देते रहे। सौरी के वाशिन्दे अपने होने को फकत सौरी की जमीन से जोड़ते रहे। उस जमीन में सिर्फ किस्से पैदा होते थे और कहानियाँ उस फसल का महज एक उत्पाद थीं। सौरी के वाशिन्दे किस्सों में अपना इतिहास समेटते रहे और इतिहास को किस्सों की क्षणभंगुरता में नष्ट करते रहे।

कुछ शोध-कर्ता इस विरोधाभास की तरफ अवश्य संकेत करते हैं कि सौरी के वाशिन्दों ने कभी भी किस्सों को नष्ट नहीं होने दिया। वे एक पीढ़ी से दूसरी पीढ़ी तक रूपान्तरित होते रहे। अगर जेनेटिक इंजीनियरिंग उनके होने के वक्त तक अस्तित्व में आ गयी होती तो आज तक इस मुकाम पर पहुँच ही नहीं पाती। इस कथाकार को पूरा यकीन है कि वह किस्सों के इस कायान्तरण में पूरी ऊर्जा गँवा देती ओर किस्से हर बार उसकी पकड़ से दूर जाकर खिलखिलाने लगते।

किस्से खिलखिलाते हैं। खोजराम की हँसी में, पारस-पत्थर की खोज में उनका अभियान विफल हो जाता।

"ए खोजा! पारस-पत्थर मिला?" लोग पूछते।

"नहीं मिला," खोजराम उत्फुल्ल आवाज में कहते, "मुझे चाँद-पत्थर मिला।"

"चाँद-पत्थर!" लोग आश्चर्य से कहते और हँसने लगते, लोगों की हँसी सौरी के भूगोल में एक कोलाहल-सी बढ़ती जाती।

"हाँ...मुझे चाँद-पत्थर मिला है।" खोजराम की आवाज और उनका आत्म-विश्वास उस कोलाहल को शान्त कर देता।

लोगों को खोजराम चाँद-पत्थर की सटीक स्थिति बताते हुए कहा करते, "ठीक-ठीक समझ लो,पहचानने में भूल मत करना! किसी दूसरे पत्थर को देख लिया तो समझने लगोगे कि चाँद-पत्थर पा लिया!"

लोग जाते। चाँद-पत्थर को पाते। पता नहीं किस पत्थर को! वापस आते। खोजराम को ढूँढ़ते। खोजराम नहीं मिलते।

वे पारस-पत्थर की खोज में किसी दूसरी दिशा में निकल गये। लोगों ने पुरना दाई को पकड़ लिया।

''ए पुरना! तेरा खोजा कहाँ गया होगा?''

''कहाँ गया होगा?'' पुरना अपने सामने लोगों का अचूक समूह देखती ओर समझ जाती कि वे क्या पूछने आये हैं। सौरी के यशस्वी किस्से तो यहाँ तक कहते हैं कि उन दिनों पुरना अपने आखरी दिन गिन रही थी और उसकी इन्द्रियाँ धीरे-धीरे अपना काम करना बन्द कर चुकी थीं। थोड़ी-सी आँखें थीं जिन्हें तमाम इन्द्रियाँ अपना कारोबार सौंपकर विदा ले चुकी थीं। एक जुबान पता नहीं कैसे छूट गयी—आखिरी समय तक पुरना का साथ निभाती रही।

''सोने की खोज में गया होगा।'' पुरना लोगों के सवाल से थोड़ी देर जूझने के बाद कहा करती।

''वहाँ से तो आ गया!'' लोग जोर से चिल्लाते।

''पागल हो गये हो क्या!'' पुरना की जुबान धीरे-धीरे कहती, ''पारस-पत्थर नहीं मिला उसे...चाँद-पत्थर मिला था...चाँद...पत्थर।''

''ऐ पुरना! तूने देखा क्या चाँद-पत्थर?''

''नहीं तो!''

यह सच है कि पारस-पत्थर से जुड़े तमाम किस्सों में चाँद-पत्थर का जिक्र आ ही जाता है। किन्तु, यह भी सच है कि खोजराम तो सिर्फ पारस-पत्थर की खोज में निकले थे। चूकि पारस-पत्थर नहीं मिला इसलिए खोजराम ने कह दिया कि चाँद-पत्थर मिल गया! पारस-पत्थर के मिलने पर खोजराम को इतना अधिक यकीन था कि वे 'नहीं' के आस-पास भटकने से भी सरासर इनकार कर देते थे।

'चाँद-पत्थर' की मौजूदगी की पुख्ता खबर सौरी के वाशिन्दों को सौरी से बाहर लगी। सौरी के उत्तर में—पहाड़ियों के पार कभी कोई गाँव होता था—कमलाकोट! अब कमलाकोट का कोई निशान नहीं है। कमलाकोट के वाशिन्दों का भी कुछ अता-पता नहीं है। सौरी से कोई कमलाकोट तक गया था और उससे चाँद-पत्थर के बारे में पूछा गया था।

''सौरी के चाँद-पत्थर का बहुत जिक्र सुना है। ऐसी क्या खूबी है चाँद-पत्थर में?''

सौरी का वाशिन्दा कैसे कह देता कि उसे चाँद-पत्थर के बारे में कुछ मालूम नहीं है; कि सौरी में तमाम लोग इसे खोजराम की दिमागी कहानी समझ रहे हैं; कि वहाँ किसी ने इसे गम्भीरता से लिया ही नहीं।

सौरी का वाशिन्दा कमलाकोट में हार कैसे मान ले। उसने झट कह दिया, "चाँद-पत्थर के बारे में बिना देखे कुछ नहीं जान पाओगे। जितनी भी बात बलाऊँगा उसके उजास के सामने उतनी ही फीकी पाओगे।"

कालान्तर में चाँद-पत्थर को लेकर कुछ स्वतन्त्र आख्यान अपना अस्तित्व बनाये रख सकने में सफल हो गये। दरअसल, जिस समय सौरी का वाशिन्दा कमलाकोट से वापस लौटा, खोजराम पारस-पत्थर की खोज में उत्तर-पश्चिम की तरफ निकल चुके थे।

उत्तर-पश्चिम के उस चढ़ाई भरे विकट मार्ग पर दो रोज रात-दिन भटकने के बाद खोजराम एक पानी की धारा के पास पहुँचे। उन्होंने पास की झाड़ी से एक चौड़ा पत्ता लिया। धारा जहाँ से नीचे गिर रही थी वहाँ पत्त रख दिया। पत्ते पर पानी की नहलाई मिट्टी का भार दिया। पानी पत्ते से होता हुआ एक निर्मल धार में बहने लगा। खोजराम ने प्यास बुझायी।

उनका मन विश्राम करने के लिए कोई ठाँव ढूँढ़ने लगा। वे धारा के पास ही जमीन पर पीठ टिकाकर लेट गये। और, उन्हें नींद आ गयी।

वह पूर्णमासी की रात थी।

वहाँ अछेरियाँ नृत्य करने के लिए आयी थीं।

"नहीं!", सौरी में कोई भी टोक देगा, "अछेरियाँ चौबन में नृत्य करती हैं। पानी की धारा तक तो वे मनुष्य-देह परखने उतरती हैं।"

चौबन की प्रामाणिकता को कोई चुनौती नहीं देता। ऊपर—काफी चढ़ाई के बाद जहाँ आदमी की पहुँच के लिए रास्ता नहीं बचा है—एक चौड़ा और विशाल मैदान है। घास और भीमकाय चट्टानों से लदा हुआ। वह चट्टानों का वन है। चौरस वन। चौबन। पूर्णिमा की रात वहाँ अछेरियाँ नृत्य करती हैं। ऊब जाती हैं तो पानी की धारा तक उतर आती हैं। भूली-भटकी कोई मानव-देह दिख गयी तो उसका हरण कर लेती हैं अछेरियाँ! नर हुआ तो उसे मसूल में बदलकर किसी चट्टान के ऊपर रख देती हैं—पारस-चूर्ण पीसने के लिए। एक राजा की पूरी बारात ही अछेरियों ने हर ली थी। चौबन के ऊपर की पहाड़ियों में उसी बारात के हाथियों, घोड़ों ओर पालकियों की शक्ल सौरी के लोगों को दिखाई देती है। यदि कोई नारी अछेरियों के हाथ लग गयी तो वे उसे अपने साथ ले जाती हैं। उससे बतियाती हैं, उसे गुदगुदाती हैं, उसके साथ हँसती हैं। अगर वह किस्मतवाली हुई तो उसे भी अछेरी में बदल देती हैं। बदकिस्मत स्त्रियों को वे पानी की धारा के पास छोड़ देती हैं, जहाँ वे सौरी के लोगों को दिखाई पड़ती हैं—मूर्छित अवस्था में।

चौबन और अछेरियों के बारे में सौरी के लोगों ने पानी की धारा के पास मिली मूर्छित महिलाओं से ही जाना था।

अछेरियों का सौरी की धरती से लगाव है।

"ऐ माँ! अछेरियाँ कैसी होती हैं?" खोजा जब छोटा था तो पुरना से पूछा करता था।

"चाँदनी की किरनों से बनी होती हैं वे!" पुरना अपनी नानी से सुनी बात कहती थी।

"चाँदनी की किरचों से?" खोजा पूछता था।

"किरचों से नहीं रे पगले! किरनों से, चाँदनी की किरनों से। जगमग।"

"मैं भी अछेरी बनूँगा।" खोजा तुनक जाता था।

"तुझ पर नजर भी ना पड़े रे उनकी!" पुरना खोजा को गोद में उठाकर आँचल में छुपा लेती थी। पुरना की नानी को अछेरियाँ पानी की धारा के पास छोड़ गयी थीं।

पानी की धारा से दो रास्ते खुलते हैं। एक रास्ता धारकोट तक जाता है और दूसरा कहीं नहीं जाता।

खोजराम की नींद खुली तो वे पारस-पत्थर की बात भूल गये। सपने से उतरकर अछेरियाँ उनकी चेतना में बस गयीं। उन्होंने तत्काल चौबन पहुँचने का निश्चय कर लिया।

चौबन तक पहुँचने के लिए पहले धारकोट पहुँचना होता है। खोजराम ने, उत्तेजना में, कहीं नहीं जानेवाला रास्ता पकड़ लिया।

सौरी के लोग जानते हैं कि घने जंगल अपने भीतर बुलाने के लिए बहुत मासूम रास्तों की रचना कर लिया करते हैं। एक छोटी-सी पगडंडी जिस पर पत्तें का गलीचा बिछा होगा, आपको अपनी तरफ बुलाएगी। कोई गिरा हुआ पेड़ अनजाने कौतुक की तरफ आपको उकसाएगा और चिड़ियों की नयी-सी आवाजें के बीच, सहसा, कोई नया पंछी उधर निकल जाएगा—आप उसके पीछे जंगल में प्रवेश कर लेंगे।

थोड़ी दूर चलने के बाद खोजराम ने पाया कि आगे बढ़ने का मार्ग नहीं सूझ रहा है। वापस लौटने के लिए मुड़े तो हतप्रभ हो गये! कोई रास्ता था ही नहीं जिस पर चलकर आये थे। कौन-सी झाड़ी का सहारा लेकर आगे बढ़े थे? सारी झाड़ियाँ एक जैसी थीं। कौन-से गिरे हुए पेड़ के ऊपर चढ़कर कूदे थे? बहुत सारे पेड़ वक्त की मार खाये गिरे पड़े थे। जो कुछ सामने दिखाई दे रहा था वही सब पीछे भी नजर आ रहा था।

बिना किसी रास्ते के जब यहाँ तक पहुँच ही गये तो आगे बढ़ने के लिए रास्ता क्यों खोज रहे हो खोजा? उन्होंने अपने आपसे सवाल किया। तब रास्ते की खोज बन्द कर और दिशा-बोध को बिसराकर वे आगे बढ़ते गये। कहते हैं कि उस निरन्तर बढ़ते रहने में वे कम-से-कम दो मर्तबा उसी बिन्दु पर पहुँच गये थे जहाँ से चले थे। गिरे हुए पेड़ और टूटे हुए पत्तों का वह सिलसिला उस पहाड़ी के ऊपर से होते हुए नीचे उतरता था और फिर ऊपर से होते हुए नीचे उतरता था और फिर ऊपर चढ़ जाता था। जो लोग

घने वनों में भटके हैं वे जानते हैं कि बनैली गन्ध सबसे पहले मनुष्य की बुद्धि पर हमला करती हैं। सड़ते हुए पत्तों ओर मिट्टी की नमी के बीच क्षय होते हुए मृत वृक्षों की गन्ध में एक अनोखा गीलापन होता है जिसमें विवेक के बचे-खुचे कतरे घुल जाते हैं। यह जंगल का अजब खेल है। जंगल आपको बाल-सुलभ आमन्त्रण देता है। आप आमंत्रण स्वीकार करते हैं और उस खेल में भटकते रहते हैं।

निरन्तर भटकने के बाद तीसरी मर्तबा जब खोजराम ऊपर की तरफ बढ़े तो उनके कानों ने घंटियों की आवाज सुनी। वे सिर्फ एक कान से सुनते थे और दुनिया की तमाम आवाजें उन्हें बायीं दिशा से सुनाई पड़ती थीं। इस तथ्य से, पहला साक्षात्कार, पुरना दाई बहुत पहले कर चुकी थी।

खोजराम ने बायीं तरफ देखा, जंगल के विस्तार में जंगल के सिवा और क्या नजर आता? पहाड़ी वनों के दो ही सीमान्त हैं—नीचे, पानी की धार या उसका आभास और ऊपर आसमान। पानी नदी तक कभी-कभार पहुँच जाता ओर आसमान अकसर वृक्षों तथा उच्चतर पहाड़ों की कश-म-कश में सिमटा रहता।

घंटियों की आवाज खोजराम तक पहुँचती रही। उन्होंने दायीं दिशा में देखा। घंटियों की आवाज अधिक साफ सुनाई देने लगी। अनुभव से वे जान गये कि सही दिशा यही है। वे दायीं तरफ बढ़ गये। घंटियाँ उन्हें बुलाने लगीं।

उन्हें बकरियों का झुंड दिखाई दिया। पचास से कम बकरियाँ तो नहीं रही होंगी हालाँकि कुछ किस्सों में बकरियों की संख्या हजार तक बतायी जाती है। खोजराम के इन्द्रिय-बोध में प्रमुख भूमिका आँखों की थी। किसी भी बकरी के गले में घंटी नहीं बँधी थी।

घंटियों की इतनी कर्णप्रिय टुनुन-टुनुन का स्रोत कहाँ है? तब उन्हें गौर से देखना पड़ा। बकरियों के झुंड से पीछे एक वृद्ध दो खच्चरों के साथ धीमे-धीमे चल रहा था। वह एक हिलते हुए बिजके-सा दिखाई देता था। उसके कन्धों पर लाठी थी—धरती के अकूत बोझ की छुअन। खोजराम की आँखों ने देख लिया कि खच्चरों के गलों में घंटियाँ नहीं थीं। फिर घंटियाँ कहाँ थीं?

बकरियों के झुंड से उठते हुए उनकी निगाह आसमान के छोटे-से टुकड़े पर अटकी। छोटे-से आसमान में घंटियाँ नहीं थीं। उनकी निगाह जमीन की तरफ झुकी।

वह बकरियों के झुंड से बहुत आगे थी। सुनैना। एक सफेद बकरी उसके साथ चल रही थी। उस बकरी के गले में घंटियाँ बँधी थीं। झुंड से अलग इकलौती बकरी के गले में उस 'टुनुन-टुनुन' का स्रोत था।

खोजराम ने पहले किसे देखा—सुनैना को कि उस बकरी को?

उन्हें तो दो धब्बे दिखाई दिये थे। दोनों धब्बों के साथ संगति तय करने में उन्हें वक्त लगा था—झुंड से अलग एक बकरी थी और उस बकरी के साथ कोई थी, अछेरी

जैसी। अछेरियों के समूह से बिछुड़ी राह खोजती कोई सुनारी! क्या पता कोई पारस-पत्थर वहाँ हो...

खोजराम का दिल धड़कने लगा और साँसों की रफ्तार बढ़ गयी। वे दोनों—बकरी ओर वह नारी देह—बहुत ऊँचाई पर थीं।

"सुनैना!" तभी वह बूढ़ी और हाँफती पुकार सुनाई पड़ी खोजराम को। खोजरमा को सुनैना की संज्ञा से प्रथम साक्षात्कार इसी प्रकार में हुआ था।

उन्होंने बकरियों के पीछे—खच्चरों के बीच—उस वृद्ध को देखा। उसकी लाठी कन्धों से उतर आयी थी। पहले वह लाठी को सहारा दे रहा था। अब लाठी उसे सँभाल रही थी। खच्चर बेताबी से इधर-उधर डोल रहे थे। खोजराम इस तरह मुड़े जैसे सुनैना को नहीं, उन्हें पुकार लगाई गयी हो।

पहुँचना जितना सरल लग रहा था उतना था नहीं। जंगल का इन्द्र-जाल पत्रों से ढके गड्ढों तक बिछा हुआ था। खोजराम के पाँव इतने सख्त हो चुके थे कि नुकीले पत्थर और काँटे उनका कुछ भी बिगाड़ नहीं पाते। किस्से तो यहाँ तक कहते हैं कि वे इतने सख्त हो चुके थे कि तलवार की धार पर भी चढ़ सकते थे।

"है..." वृद्ध ने उन्हें आते देखा तो चौंक गया, "धारकोट से तुम इधर कैसे चले आये?"

"धारकोट का रास्ता यही है क्या?" खोजराम ने प्रसन्न मुद्रा में पूछा।

वृद्ध असमंजस से उन्हें देखता रहा। जो आदमी सीधा धारकोट से चला आ रहा हो वह भला धारकोट का रास्ता क्योंकर पूछ रहा है? कोई पागल है क्या? वृद्ध ने लाठी नीचे रख दी। बैठने का उपक्रम करते हुए उसने खोजराम से बैठने को कहा। उसकी नजर खोजराम के मुड़े हुए पाँव पर पड़ी।

"तुम धारकोट कैसे पहुँचे?"

खोजराम सिर्फ धारकोट ही सुन पाये।

"धारकोट", उन्होंने अपने बायें कान पर बायाँ हाथ लगाते हुए कहा।

"कैसे पहुँचे?" खोजराम से पूछा गया।

"सौरी से," खोजराम ने कहा, "चौबन पहुँचना है मुझे! धारकोट का रास्ता ढूँढ़ रहा हूँ।"

"तुम धारकोट का रास्ता ढूँढ़ रहे हो?" वृद्ध की आवाज में कौतुहल के साथ विस्मय का भाव भी छिप बैठा था।

एक-कर्णी खोजराम के लिए आवाज के ये बारीक अर्थ संज्ञान से परे थे लेकिन धारकोट वे साफ और स्पष्ट सुन पाये। उन्होंने समझा कि वृद्ध धारकोट के बारे में बात रहा है।

"धारकोट!" खोजराम चहक गये।

"तो तुम धारकोट से नहीं आये।" बूढ़े का अचरज बढ़ गया।

भला, कैसे सम्भव है कि जोर रास्ता धारकोट से एक दुर्गम ढलान में चला आता हो, वह धारकोट से नहीं आता, हो सकता है, वह फकत एक रास्ता रहा हो और कोई इस पर चला ही नहीं हो। बूढ़े ने एक क्षण के लिए सोचा और मुस्कराया। कोई गुजरता है तो रास्ता बनता है। सुनैना उससे अकसर पूछती है कि चौबन का रास्ता कौन-सी अछेरी ने बनाया था! उसने कभी नहीं बताया कि सबसे पहले वह बकरियों के साथ रास्ते की खोज में आया था, नहीं। वह रास्ते की खोज में नहीं आया था। कबरी नाम की एक बकरी गुम हो गयी थी—उसकी खोज में आया था। जवानी के उन दिनों में वह इस जवान की तरह ही भटक रहा था। वह अकेला नहीं था—बकरियों का झुंड उसके साथ था। बकरी तो नहीं मिली पर जो मिली कोई अछेरी ही थी। उसने उसे बकरी ही कहा। बाबा! मेरी दादी अछेरी थी? एक भोलेपन के साथ पूछा था सुनैना ने कभी। अछेरी ही तो थी। उन्हीं के बीच चली गयी। बकरी की याद इस तरह लगती है जैसे कल की बात हो। बकरियों का झुंड आगे था और वह बकरी के खुरों के निशान टोह रहा था। अचानक, एक सीटी की आवाज सुनाई दी। बकरियाँ थम गयीं और उस आवाज की तरफ ताकने लगीं। बहुत दूर खलाओं को सुरीली आवाज से सहलाती हुई सीटी बज रही थी। उस सीटी में एक पुकार थी। चढ़ाई के बाद शरीर पसीने से भीगा हुआ था। उसने थोड़ा सुस्ताने का फैसला किया। सीटी की आाज फिर सुनाई दी। हवा रुक-रुककर उसके जिस्म को सहलाते गुजर रही थी—वह लौटकर आती, उसके वजूद को सहलाती और गुजर जाती। उसका आना सुनाई पड़ता था और उसके जाने में एक ठंडी चुप्पी थी। बकरियाँ अपनी जगह खड़ी थीं और वह उनके बीच से होता हुआ चढ़ाई की तरफ बढ़ गया। हर अगली सीटी अधिक स्पष्ट और ज्यादा ठंडक देनेवाली थी। चढ़ाई के अन्तिम छोर पर उसे वह दिखी—बकरी! वह होश खो बैठा। तीन दिन और तीन रात के बाद जब उसे होश आया था तो उसने अपने नजदीक बकरियों की मौजूदगी को महसूसा। वे चुप रहती हैं तो भी अपने होने का अहसास कराती हैं। उनकी गन्ध, किसी कान का फड़फड़ाना या पीठ की खाल से गुजरती झुरझुरी—सब धीमी और सिहराने वाली धुन में लरजती हैं। तब उसे वे आँखें दिखाई दीं, "नींद में क्या बकरी-बकरी बड़बड़ा रहे थे। कहाँ खो गयी?" उस आवाज में डाँट, कौतुहल और छेड़ के सारे गुण एक साथ मौजूद थे। "मेरी बकरी," उसने सिर्फ इतना ही कहा था। और तब वह खिलखिलाहट थी। अछेरियों जैसी—उसने सोचा।

"मैं वहाँ रास्ता भटक गया।" बहुत देर तक बूढ़े की तरफ देखने के बाद खोजराम के मुँह से शब्द निकले।

बूढ़े ने गौर से खोजराम का मुआयना किया।

दरम्याना कद। बायाँ हाथ बायें कान के ऊपर टुक लगाकर सुनता हुआ। नींद से

मरहूम सुलगती हुई आँखें। थकान से चूर शिथिल देह। और वह पाँव—अजीब शक्ल में टखने के पास मुड़ा हुआ पंजा। अँगूठा भीतर की तरफ टखने के पास उभर आयी हड्डी को छुता हुआ—जैसे किसी ने गोल खुरदुरे पत्थर पर पंजे का निशान बना दिया हो—कोई पत्थर पंजे की तरह लुढ़कता हुआ।

"धारकोट!" बूढ़े ने फिर पूछा। अब धारकोट में कोई नहीं रहता। कुछ छनियाँ बची हैं—बची भी नहीं हैं। वे बचायी गयी हैं। ऊँचाइयों की तरफ गुजरते हुए भेड़-बकरियों के झुंड उधर डेरा डाल देते हैं। बूढ़े की याद में किसी ने धारकोट का रास्ता नहीं पूछा।

"क्या काम है?" बूढ़े ने खोजराम से फिर प्रश्न किया।

"वहाँ से मैं चौबन जाऊँगा।" खोजराम ने दृढ़ता के साथ कहा।

"धारकोट तक हमारे साथ चलो।" बूढ़े ने खोजराम को आश्वस्त किया, "मैं धीरे-धीरे चल पाता हूँ। तुम एक काम करो। सुनैना के साथ आगे निकल जाओ।"

वृद्ध की आँखों का अनुसरण करते हुए खोजराम ने ऊपर देखा—वह विकट चढ़ाई के ऊपर खड़ी थी। सफेद बकरी के साथ।

"ऐ सुनैना!" बूढ़े ने पुकारा, "इसे भी सँभाल ले, लाटा है।"

हतप्रभ खोजराम देखते रहे—कभी वृद्ध को और कभी उस विकट चढ़ाई के छोर पर टिकी सुनैना को। सफेद बकरी के साथ। बूढ़ा थोड़ी देर खोजराम को देखता रहा।

"खच्चर पर बैठ जाओगे?" बूढ़े ने पूछा।

खोजराम ने गरदन हिलायी, "ना। डर लगता है। कभी नहीं बैठे।"

"इसे दोनों हाथों से पकड़ लो," बूढ़े ने सामने खड़े खच्चर की पूँछ उठायी, "इसके पीछे-पीछे लग लो। चढ़ जाओगे।"

खोजराम खच्चर की पूँछ पकड़े उस चढ़ाई पर लग लिये। आँखों के आगे खच्चर की पूँछ के बाल चुभने लगे तो उन्होंने आँखें बन्द कर लीं। खच्चर की देह से उठती गन्ध और पाँवों के नीचे फिसलते रपटीले पत्थरों के अनुमान, वे चलते रहे। नहीं। वे चल नहीं रहे थे। घिसट रहे थे। खच्चर के पैर कभी किसी चिकने पत्थर पर फिसलते तो वह ठिठककर खड़ा हो जाता। खोजराम का सर खच्चर की देह से टकराता और वे आँखें खोल देते—धूसर आकार के सिवा कुछ नजर नहीं आता। अचानक, खच्चर आगे बढ़ जाता और उन्हें रपटीली चढ़ाई पर आगे ले जाता।

संज्ञाशून्य होने के करीब पहुँच चुके थे खोजराम। तभी उन्हें वह हँसी सुनाई दी।

"ए लाटे! अब तो छोड़। कहीं नहीं भागा जा रहा तुझे छोड़कर।"

खोजराम ने आँखें खोलीं। खच्चर खड़ा था। सामने—दूर तक—समतल था। उन्होंने खच्चर की पूँछ से अपने हाथ हटा दिये। खच्चर जोर से चीखा और आगे दौड़ गया। हकबकाकर खोजराम नीचे आ गिरे—घास के गलीचे पर। वह फिर हँस दी।

नीचे गिरे-गिरे खोजराम ने अपने ऊपर झुकती हुई आँखों में झाँका। वे आँखें हँस रही थीं। दूध भरी कटोरियों में डबडबाते कोयले के दो गोल टुकड़े जिनके बीच में मोती खिल रहे थे।

खोजराम ने उन आँखों का हँसना पहले देखा और उस आवाज की हँसी बाद में सुनी। सुनैना की हँसी इतनी तीक्ष्ण थी कि सीधे खोजराम के दिल में उतर गयी।

"ऐ लाटे! ऐसे क्या देख रहा है? उठ?" सुनैना का हाथ आगे बढ़ गया। खोजराम अभी तक उसकी आँखों में झाँक रहे थे।

"तू कोई बकरी का बच्चा है कि गोद में उठा लूँगी।" सुनैना ने झुँझलाहट में कहा, "पूरा लाटा है। पहले कभी गिरा है?"

खोजराम अचकचाकर उठ खड़े हुए।

"चोट तो नहीं आयी?" सुनैना ने गौर से उनके शरीर का मुआयना किया, "हाय राम! ये क्या है?" उसकी नजर दाहिने पैर के पंजे पर पड़ी।

"ऐसा ही है।" खोजराम के मुँह से आवाज निकली। वे मुस्कुरा रहे थे। आदतन। अनेक बाद उनसे ये सवाल पूछा गया और हर बार वे यही जवाब देते थे। जवाब देते हुए मुस्कुराना भी उनकी आदत में शुमार हो गया।

"यहाँ क्या कर रहे हो?" सुनैना ने पूछा।

खोजराम कहना चाहते कि अछेरियों की तलाश में निकले थे—चौबन की तरफ। कह बैठे, "पारस-पत्थर को ढूँढ़ रहा हूँ।" भटकने का मूल मन्तव्य उन पर हावी हो गया।

"पूरा लाटा है," हँस दी सुनैना, "पारस-पत्थर ऐसे थोड़ा ही मिलेगा। उसकी कोई पहचान नहीं होती।" खोजराम की खोज का सूत्र सुनैना ने अपने हाथ में ले लिया, "अरे! आम-पत्थरों जैसा होता है। उन्हीं में रला-मिला। लोहा छुवाओगे तो पता चलता है। सोना बन जाता है। लोहा है तेरे पास?"

"लोहा!" खोजराम की आँखें आश्चर्य से फैल गयीं।

"नहीं है?"

"ना," खोजराम ने गरदन हिलायी।

तब पारस-पत्थर के खोज की वह प्रसिद्ध युक्ति बतायी सुनैना ने। सुनैना के पास थैला था जिसमें खच्चरों के खुरों में लगाने के लिए लोहे की नालें थीं। सुनैना ने उस थैले से लोहे का एक टुकड़ा निकाला—किसी नाल से टूटा हुआ टुकड़ा। वह दृश्य अद्‌भुत है।

पहाड़ की ऊँचाई पर घास का गलीचा है। खोजराम की गोद में कजरी है—सुनैना की प्यारी बकरी। कजरी की देह के रोम अनजाने स्पर्श से सिहर रहे हैं। उसकी खल की झुरझुरी ऊपर चढ़ते बकरियों के झुंड को दृश्य से बार-बार इधर-उधर कर रही

है। बकरी की देह से एक पाँव बड़े जतन से बाहर निकाल रहे हैं खोजराम सुनैना लोहे का छोटा-सा टुकड़ा बकरी के खुर से सटाते हुए थैले को टटोल रही है। एक कील उसके हाथ में आती है। बकरी की आँखें उस कील को कौतुक की तरह तक रही हैं। बकरी की आँखें कील से हटकर सुनैना पर टिकती हैं। सुनैना कभी बकरी को देखती है और कभी कील को। फिर सुनैना की मुस्कुराहट है—बकरी जैसी धवल दन्त-पंक्ति खोजराम की आँखों में झिलमिला रही है।

"इसे छोटा करना पड़ेगा।" सुनैना ने खोजराम के हाथों में कील पकड़ दी।

खोजराम बकरी की तरफ देख रहे हैं।

"ए लाटे! इसे छोटा कर तो जरा" सुनैना ने खोजराम की गोद से उठाकर बकरी को अपने पास बैठा लिया।

खोजराम कभी सुनैना को देखते हैं, कभी बकरी को और कभी अपनी हथेली पर उपस्थित उस अजीब-सी चीज को जो एक तरफ नुकीली है और दूसरी तरफ चौड़ी। खोजराम कुछ समझ नहीं पाते हैं।

"पूरा लाटा है," सुनैना ने कील खोजराम की हथेली से उठा ली और बकरी को उनकी बाँहों में थमा दिया।

सुनैना थैले को टटोलती है। थैले से एक छोटी कील बाहर निकलती है। उसका दूसरा सिरा चौड़ा नहीं है। थोड़ी देर वह कील को गौर से देखती है। फिर मुस्कुरा देती है। अब थैले से हथौड़ी निकल आयी है।

खोजराम ने सुनैना के निर्देश में बकरी का पैर फिर से आगे कर दिया। सुनैना ने बकरी के खुर में लोहे का टुकड़ा लगा दिया। बकरी सुनैना को देखती रही और खोजराम दोनों को।

"ए लाटे! क्या देख रहा? अब मिलेगा तुझे पारस-पत्थर," खिलखिलाकर कहा था सुनैना ने।

तब सुनैना ने बकरी के खुर में लोहे का मतलब समझाया था। खोजराम को बकरी के साथ चलना होगा और उसके खुर पर नजर रखनी होगी। जहाँ पारस-पत्थर से लोहा टकराएगा, सोने में बदल जाएगा।

"पारस-पत्थर का क्या करेगा तू?" सुनैना ने अचानक पूछा।

"सोना बनाऊँगा," खोजराम ने कहा।

"सोने का क्या करेगा?"

"शादी करूँगा।"

"सोने से?" सुनैना हँसने लगी।

बचपन से लेकर उस क्षण तक कोई भी हँसी खोजराम को विचलित नहीं कर सकी। बहुत तरह से लोग उन पर हँसते आये थे। विरूपता पर लोग हँसे। कुछ हँसी

ऐसी थी जिनमें दम्भ था, तिरस्कार था। दुख को भुलाने की क्षणिक बेचैनी भी कुछ हँसीयों में थी। खोजराम ने किसी का बुरा नहीं माना। सुनैना की हँसी एकदम अलग थी।

निर्मल झरने की फुहार जैसी। जिन्दगी में पहली बार खोजराम उदास हुए।

सुनैना ने खोजराम को देखा और चुप हो गयी।

''चल बकरी।'' सुनैना बकरी के कानों में फुसफुसायी।

बकरी उछलकर आगे बढ़ गयी। खेजराम बकरी को जाते देखते रहे। वह दौड़ती, ठिठकती, पीछे मुड़कर देखती और आगे बढ़ जाती। उस लम्बे, सँकरे और कम चढ़ाईवाले छोर तक पहुँचकर बकरी रुक गयी। हरी घास के गलीचे पर वह एक सफेद ध्वज-सी दिखायी देती थी।

''इस तरह क्या देख रहा है?'' सुनैना की आवाज खोजराम के कानों में पड़ी,'' बकरी के पीछे जा। उधर से रास्ता नीचे उतरता है। वहाँ कहीं पारस-पत्थर मिल गया तो पता चल जाएगा। अरे लाटे, बकरी थोड़ा ही बताएगी कि कौन-से पत्थर के नीचे उसका खुर पड़ा था। जो नाल सोने की हो गयी।''

तब खोजराम की समझ में वह सारा उपक्रम आ गया। उन्हें बकरी के पीछे जाना है। निगाहें खुर पर रखनी हैं। जहाँ भी लोहे की नाल सोने में बदल जाये वहीं कहीं होगा वह पत्थर। धरती पर इकलौता पत्थर!

बकरी के पीछे खोजराम थे और खोजराम के पीछे सुनैना। वह लम्बी ढलान थी जो सँकरी घाटी में ले जाती थी। उस घाटी के पार खड़े पहाड़ थे। अचानक बकरी रुक गयी।

सुनैना ने पहले खोजराम की नजर बकरी के खुर पर पड़ी। वहाँ लोहे की नाल नहीं थी। पीछा करते हुए खोजराम कभी भी बकरी के खुर देख ही नहीं पाये। उनकी निगाहें तो बकरी की चपलता से भ्रमित हो गयी थीं। लोह कहीं रास्ते में अलग हो गया था।

''लोहा तो गया। आगे क्या होगा?'' खोजराम ने कहा।

''ए लाटे! जरा देख तो आगे क्या है?''

तब खोजराम ने गौर से उस जगह के आगे देखा जहाँ बकरी ठिठक गयी थी। कोई रास्ता नहीं था। सामने सीधी दीवार की तरह एक चट्टान थी और बायीं तरफ एक गहरी ढलान जिसके नीचे पानी के बहने की आवाज उठ रही थी।

''यहाँ से कोई नदी निकलती है,'' खोजराम ने कहा।

''नदी नहीं है। गधेरा है,'' सुनैना ने एक लम्बी साँस खींची, ''चल बकरी। वापस चलें।''

वापसी का मार्ग बहुत विकट था। रास्ता वही था पर दिशा विपरीत थी। तब वे

बकरी के पीछे चल रहे थे। अब बकरी को ले जा रहे थे। जो ढलान थी वह अब चढ़ाई बनकर सामने खड़ी थी।

उस रात उन्होंने उस जगह डेरा डाला जहाँ से एक दुर्गम मार्ग चौबन की तरफ ले जाता था। कहते हैं कि कोई भी उस मार्ग से चौबन की तरफ नहीं गया। जो भी पहुँचे वे धारकोट होते हुए ही चौबन तक गये।

वे चारों एक छानी में समा गये—खोजराम वृद्ध, सुनैना और बकरी! वह रिंगाल से बनी छानी थी। बकरियों का झुंड उस छानी के बाहर था।

तीन जनों ने दो दिन और तीन रातें वहीं बितायीं। सुनैना के दादा, अगली सुबह, उन्हें छोड़कर दूसरी दिशा में चले गये थे। वहाँ कोई बीमार हो गया था। उसकी भेड़ों के झुंड को कौन देखता? उस समूह से दो लोग सन्देश लेकर आये थे—वे उसे बस्ती की तरफ ले गये। सुनैना के दादा उसके झुंड को देखने चल दिये।

उन तीन रातों में उस छानी के भीतर जो कुछ घटित हुआ उसके बारे में किस्से मौन हैं। खोजराम और सुनैना के बीच होनेवाले संवाद की गवाह तो बकरी थी जो, दुर्भाग्य से, अगली भोर उनके साथ छानी से निकलकर दूर भाग गयी।

"बकरी!" सुनैना ने पुकारा था।

"बकरी!" खोजराम ने पुकारा था।

खोजराम और सुनैना बकरी-बकरी पुकारते रहे। बकरी जो गयी तो दोबारा नहीं मिली। दोनों बहुत देर तक बकरी को तलाश करते रहे।

"बकरी तो गयी।" सुनैना ने कहा।

"उसे जाने दो।" खोजराम ने कहा।

दोनों एक-दूसरे की आँखों में देखते रहे। सुनैना ने खोजराम की आँखों में अदम्य कामना देखी। खोजराम ने सुनैना की आँखों में आश्वस्त विश्वास ढूँढ़ा।

"पारस-पत्थर कैसे ढूँढ़ेंगे?" सुनैना ने पूछा।

"लोहे से।" खोजराम की आवाज दृढ़ थी।

खोजराम के स्वर से चौंकी सुनैना। उसने अपना थैला खोजराम को थमा दिया। खोजराम ने थैले से लोहे की नाल निकाली और सुनैना को थमा दी। हथौड़ी निकाली। सुनैना को दे दी। कील निकाली और बैठ गये।

खोजराम को बैठते देख सुनैना भी बैठ गयी। खोजराम ने अपना मुड़ा हुआ दाहिना पैर सुनैना के आगे कर दिया।

"इसमें नाल ठोक दो!" खोजराम ने कहा।

"क्या?" आश्चर्यचकित हो गयी सुनैना।

"जैसे बकरी गयी थी।" खोजराम की आवाज में दुर्दम्य आकांक्षा बोल रही थी," उसी तरह मैं जाऊँगा। पारस-पत्थर से पाँव टकराएगा तो नाल सोने की हो

जाएगी...बकरी तो रुक गयी थी। मैं नहीं रुकूँगा। मैं हर पत्थर पर अपना पाँव रखूँगा।''

''पागल हो गये क्या?'' सुनैना ने कहा, ''बकरी के पैरों में खुर थे। आदमी के पैर में खुर नहीं होते।''

''खुरों से सख्त है मेरा पैर।'' खोजराम ने सुनैना के हाथ से लोहे की नाल ली और अपने दाहिने पाँव पर टिका दी, ''इस पर कील ठोक दो।''

सुनैना ने एक क्षण खोजराम को देखा ओर फिर मुस्कुराते हुए हथौड़ी उठायी। कील नाल पर रखी और धीरे-से हथौड़ी छुआ दी।

''इतना धीमे तो बकरी पर भी नहीं मारा था।'' खोजराम धीरे-से बोले।

''वह बकरी थी।''

''मेरा पाँव पत्थर से भी सख्त है। जोर से मार।''

सुनैना ने थोड़ा जोर से कील पर चोट लगायी।

''और जोर से।'' खोजराम ने कहा।

हथोड़ी ने चोट की।

''और जोर से।'' खोजराम चीखे।

सुनैना ने एक और चोट की। कील गड़ गयी। लोहे की नाल खोजराम के दाहिने पाँव पर जम गयी—पंजों के पास। टखनों की विपरीत दिशा में!

खोजराम उठे। सुनैना उठी, दोनों चले। साथ-साथ। हर कदम के साथ खोजराम आगे बढ़ते जाते थे और सुनैना पीछे छूटती जाती थी। वहाँ घास थी, पत्थर नहीं थे। खोजराम दौड़ने लगे। सुनैना भी दौड़ी। रास्ता नीचे जाने लगा तो पत्थर दिखाई दिये। सुनैना को खोजराम नहीं दिखे।

किस्से कहते हैं कि भटकते हुए वे उसी जगह पर पहुँच गये थे जहाँ बकरी ठिठक गयी थी। सुनैना ने सोचा कि खोजराम आस-पास के हर पत्थर को चीन्ह रहे हैं। खोजराम नहीं दिखे। सुनैना प्रतीक्षा करती रही। खोजराम नहीं आये। सुनेना लौट गयी—छानी की तरफ, दादा के लौटने का इन्तजार करते हुए।

लोग कहते हैं कि खोजराम चौबन के रास्ते से गुजर गये। उन्हें अछेरियाँ मिल गयीं।

एक अछेरी ने खोजराम का हरण कर लिया। खोजराम अब कभी सौरी नहीं लौटेंगे।

सौरी के लोग धारकोट होते हुए चौबन तक गये। वहाँ कोई नयी चट्टान नहीं थी। नया मूसल नहीं था। खोजराम अछेरियों की दुनिया में चले गये थे।

अछेरियों ने उस खोजा में क्या पा लिया जो अपने साथ ले गयीं। कई दिनों तक यह सवाल सौरी के लोगों को परेशान करता रहा।

खोजा कितना सरल था! खोजा कितना निश्छल था! खोजा के साथ एक बालपन

निरन्तर चलता रहा...अरे! खोजा तो, सचमुच, बच्चा था।

हाँ! एक बच्चे की जरूरत तो अछेरियों को भी होगी। उनके आँगन में चलता हुआ। पठालों पर चढ़ने की कोशिश में फिसलता हुआ...

देह से बढ़ता हुआ पर मन से एक बच्चा अछेरियों को कितना अच्छा लगता होगा?

सौरी के लोग चर्चा करते और धीरे-धीरे खोजराम के भूलने लगे। उस धरती में नये किस्से अँकुरा रहे थे।

तभी उन्हें सुनैना मिली।

पानी की धारा के पास। दर्द से कराहती हुई।

नहीं। सुनैना चीख रही थी।

सुनैना की चीख सौरी में सबसे पहले पुरना दाई ने सुनी थी।

"पुरना सुनती नहीं थी उन दिनों।" शंकालुओं ने तर्क किया।

"अरे! जब तक देह है, तब तक मन है।" सौरी के होने पर अगाध विश्वास रखनेवालों ने कहा, "इन्द्रियाँ देह का साथ छोड़ सकती हैं, मन का नहीं।"

पुरना दाई ने स्वप्न में प्रसव-पीड़ा से कराहती सुनैना को देखा और पानी की धारा की तरफ दौड़ीं।

पुरना के पीछे पूनो देवी थीं।

सौरी के लोगों ने पूनो देवी से जाना कि पानी की धारा के पास सुनैना ने एक कन्या को जन्म दिया...

चोर-घटड़ा

एक बार फिर पीछे से पत्थरों के लुढ़कने की आवाज के साथ वे दोनों हवा में बह-से गये। अगला कदम जहाँ पड़ा, वहीं पर ठहरता-सा और पिछला कदम हवा में ठिठका हुआ। खटाक्...एक बड़ा पत्थर अनेक पत्थरों में बँट गया। उन्होंने पिछला पैर भी तपते हुए पत्थरों से अटी जमीन पर रखा और पीछे गरदन घुमाकर उस जगह को चीन्हने लगे, जहाँ से यह आवाज फूटी थी।

"वहाँ!" बच्चे ने किलकते हुए अपनी हथेली से इशारा किया—पीछे पथरीली ढलान पर एक मटमैला धब्बा उभर आया था।

"देखा! कितना बड़ा पत्थर गिरा।" पिता ने बच्चे की हथेली थाम ली।

"ये पत्थर किसने गिराया?" बच्चे की आँखें फैली हुई थीं।

"किसी ने नहीं गिराया। अपने-आप गिर गया।"

"क्यों?"

"पहले नीचे का पत्थर गिरा था।"

"वह क्यों गिरा था?"

"उसके नीचे भी एक पत्थर था।"

"अच्छा! जिस पत्थर के नीचे का पत्थर गिर जाए, वह पत्थर भी गिर जाता है।" बच्चा चहककर आगे बढ़ गया।

बच्चा चिलचिलाती धूप से बेपरवाह झुलसते पत्थरों से भरी सूखी नदी पर भागा जा रहा है। पिता के लिए यह चाल पकड़ पाना दूभर हो रहा है। कोई छाँह तक नहीं। कभी यहाँ दरख्त रहे होंगे, अपने जमानों में नदी ने उन्हें उखाड़ दिया होगा। अब उस जगह को देखकर कौन कहेगा कि कभी यहाँ दरख़्तों का राज था और हवा उनके सायों को सहलाया करती थी। हो सकता है, ऐसा राज कभी रहा ही नहीं हो और सूखी-बंजर धरती से भागकर आनेवाले लोगों ने उसे किस्सों में गढ़कर अपने अतीत के जख्मों पर मरहम लगाये हों।

सच में और किस्सों में कोई फर्क होता होगा, कम-से-कम चलने से पहले

उन्होंने नहीं सोचा था। 'चोर-घटड़ा' शब्द की ध्वनि कतई कर्णप्रिय न होते हुए भी, इस शब्द से जुड़ी जगह के आकर्षण उन्हें यहाँ खींच लाये। बच्चे का प्रबल हठ और पिता के भीतर सोये बचपन की कुलाँचों ने उन्हें इस रास्ते पर धकेल दिया।

बरसात से लगातार भीगती हुई एक रात पिता ने निरन्तर आती तड़ित-कौंध और गर्जन के डर से बच्चे को बचाने के लिए चोर-घटड़े का किस्सा सुनाया था, जिसे ऐसी ही किसी शाम अपने पिता से सुनकर उसने खुद अपने बचपन को यकायक भरा-पूरा पाया था। बच्चे को किस्सा सुनाते समय उसने 'घटड़ा' शब्द का मतलब नहीं बताया और बच्चा किस्से में इतना रम गया कि वह उस जगह को देखने की जिद करने लगा, जहाँ उसके दादा के दादा के दादा सौरी लौटते हुए उस पेड़ को भूल गये, जहाँ उनकी पोटली रखी हुई थी।

बच्चे को रुका देख पिता को राहत मिली। बच्चे की विस्फारित आँखों में असमंजस और भय को पढ़कर पिता को तप्त पत्थरों पर तेजी से चलने में दिक्कत हुई। पैरों के नीचे आनेवाले पत्थरों का आकार गोल था और आदमी के वजन-तले वे थोड़ा-सा हिल जाते थे जिससे सन्तुलन डगमगा जाता।

पिता ने बच्चे के कन्धों पर आश्वस्त हाथ रखे, बच्चे का मुँह खुला था, उसके होंठ हिल रहे थे और वह कुछ बुदबुदा रहा था।

"क्या हुआ?" पिता ने इतने धीमे-से कहा कि वह खुद भी अपनी आवाज नहीं सुन सका।

"वहाँ..." बच्चे के मुँह से आवाज नहीं निकली। उसके होंठ हिले और हाथ से सामने संकेत करने लगा।

सामने एक मरे हुए जानवर की हड्डियाँ दिखाई दीं। उन हड्डियों के पास किसी पेड़ का बड़ा हिस्सा धूप में दहक रहा था। पेड़ पता नहीं कौन-सी बरसात में किस जगह से उखड़ आया था और किसी ने उसे उठाया नहीं।

"वे हड्डियाँ हैं।" पिता ने मुस्कराकर बच्चे से कहा, "इनमें फासफोरस होता है।"

"फासफोरस!" बच्चे के मुँह से अब आवाज निकल आयी। उसकी आँखों का भय आवाज के साथ बैठकर बाहर निकल भागा और असमंजस अब निश्चय की तेज चमक में बदल गया।

"थोड़ा धीरे चलो, हमें अभी बहुत दूर जाना है।" पिता ने बच्चे को फिर दौड़ने की तैयारी करते हुए देख लिया।

पिता को मालूम है कि चोर-घटड़ा इतनी आसानी से नहीं मिलेगा। बचपन में किस्सा सुनते ही उसके मन में यह जगह देखने की ललक पैदा हो गयी थी। बाद में

उसने अपने पिता से पूछा था कि कभी वे वहाँ गये थे क्या? तब उन्होंने दो प्रसंगों का जिक्र किया था, जब वे चोर-घटड़ा तक जाने के लिए निकले और पहुँचते-पहुँचते रह गये। एक बार वे सूखी नदी के बीच तक पहुँचकर गलत पगडंडी पकड़ गये और दूसरी मर्तबा वे गलत मौसम का चुनाव कर बैठे। लगातार आठ दिन और चार पहर की मूसलाधार बारिश में नदी इस कदर उफनकर आयी हुई थी कि पूरे पन्द्रह दिन कोई भी इस पार से उस पार नहीं जा सका।

"धीरे चलेंगे तो हम कैसे पहुँचेंगे?" बच्चे ने पिता के कहने पर विचार कर लिया। अब वह फिर दौड़ने के लिए तैयार हो गया।

"तेज दौड़ोगे तो थक जाओगे। तब आगे नहीं जा सकोगे।" पिता ने फिर टोक दिया।

आपने तो कहा था, लोग वहाँ दौड़ते हुए भागते थे।" बच्चे ने दौड़ लगा दी।

किस्सा सुनाते समय पिता ने ऐसा ही कहा था। सौरी से बाहर निकलने के बाद जब आदमी सारी दुनिया घूम-फिरकर चालाकियों, मक्कारियों, झूठ-फरेब और ईर्ष्या-द्वेष के दन्द-फन्द से लदा सौरी की तरफ लौटता था तो उसकी चाल तेज हो जाती थी और चोर-घटड़े से वह दौड़ते हुए गुजरता था। दरअसल, चोर-घटड़े से गुजरते हुए हमेशा आशंका रहती कि कोई उसकी तमाम कमाई चुरा ले जाएगा। भरपूर चौकन्नेपन के बाद भी यकायक उसे पता चलता कि उसकी सारी कमाई किसी ने छीन ली है। वह सब, जो उसने सौरी से बाहर अर्जित किया था, अब उसके पास नहीं है। सौरी में लौटते हुए वह वही हुआ करता था, जो सौरी से बाहर जाते समय था—सरल, निश्छल और निष्कलुष।

बच्चे को दौड़ता देख पिता को तेज चलना पड़ रहा है। तेज धूप और धरती का ताप मिलकर बहुत कुछ जला रहे हैं। पिता को बचपन से सुना किस्सा धीमे-धीमे जलता महसूस हो रहा है।

किस्से के शुरू में सौरी की सम्पन्नता का जिक्र होता था, जिसमें सौरी से बाहर निकलने के एक रास्ते का वर्णन होता, जो एक तंग ढलान से होकर गुजरता था। ढलान के ऊपर खड़े होकर बाहर की दुनिया बड़ी लुभावनी, मोहक और मायावी लगा करती। शुरू में जो लोग उस रास्ते से होकर गये, वे वापस नहीं लौटे। बाद में जो लोग वापस लौटे, उनकी बाहर की स्मृति गायब हो गयी, सौरी के लोगों को वे अजनबी लगा करते। वे सौरी के लोगों को पकड़कर अपनी पहचान बताते। बाद में लोगों ने उस रास्ते से उतरना बन्द कर दिया।

उस रात बच्चे को यह किस्सा सुनाते समय पिता ने यह शुरुआती जिक्र छोड़ दिया था। पिता को उस जगह से किस्सा सुनाना ज्यादा मोहक लगा था, जहाँ किन्हीं

कलाधर वैद्य का जिक्र आता था...

''रुको।'' दौड़ते हुए बच्चे को रोकने के लिए पिता ने आवाज लगायी। बच्चा रुक गया।

''आ जाओ। वापस चलते हैं।'' पिता अपनी जगह खड़ा-खड़ा चिल्लाया।

''वो देखो!'' बच्चे की उत्फुल्ल आवाज वापस लौटी, ''वहाँ...कोई है।''

दूर सूखी नदी के ताप के पार एक उजला धब्बा उभर रहा है।

पिता बच्चे के पास दौड़ता हुआ पहुँचा तो हाँफने लगा।

''तुम थक गये।'' बच्चा चहक गया।

''हाँ, यहाँ धूप बहुत है।''

''उसके पास चलते हैं।'' बच्चे की नजर फिर उस धब्बे पर पड़ गयी।

धब्बा अब बड़ा हो गया है और वहां किसी इन्सान की आकृति उभर रही है। वह, उस पार, एक पेड़ की छाँह की तरफ सरक रहा है।

''चलो। पर दौड़ो नहीं।'' पिता ने फिर कहा।

बच्चे ने जैसे सुना ही नहीं। वह उधर दौड़ लिया। पिता को धीमी चाल से चलना पड़ रहा है।

दो बार की अपनी असफल यात्राओं का जिक्र करते समय उसके पिता ने कहा था कि उनकी याद में कोई भी वहाँ तक नहीं पहुँचा।

''शायद मैं सैलानी बनकर उस जगह को ढूँढ़ने गया था। तुम भी अगर जाओ तो सैलानी बनकर मत जाना। वहाँ हमारी जड़ें हैं। हमें उन पर आस्था रखनी चाहिए और विश्वास करना चाहिए।''

क्या हर असफल यात्रा के बाद हम यात्रा के उद्देश्य पर और भरोसे के साथ विश्वास करने लगते हैं? पिता ने यह प्रश्न अपने पिता से पूछना चाहा था किन्तु उनकी आस्था का प्रचंड आवेग देखकर यह प्रश्न नहीं किया। सालों तक इस प्रश्न से वह अपनी तरह जूझता रहा और अन्ततः अपने पूर्वजों की असफलता से सबक लेकर उसने यह तय किया कि वह समूची आस्था के साथ उस जगह की खोज में जाएगा।

तपते हुए पत्थरों पर पैर रखते हुए उसे महसूस होता कि हर कदम की डगमगाहट दरअसल उसके विश्वास की डगमगाहट है। टूटा हुआ विश्वास लेकर लौटना कैसा होगा? खंडित आस्थाओं के बाद क्या हम वह रह पाएँगे, जो पहले थे?

पिता संशय से बचने का रास्ता तलाश कर रहा है। व्यर्थता और नाकामयाबी-भरी यात्रा के दंश से बचने का अकेला रास्ता वही है, जिधर से वे आये हैं। थोड़ी देर सुस्ताकर वापस लौटना ही ठीक रहेगा। इस निश्चय से पिता की थकान गायब हो गयी और उसकी चाल में तेजी आ गयी।

वह एक बूढ़ा आदमी है और बच्चा उसकी गोद में निर्भय बैठा है।

"आओ," बूढ़े की खुली मुस्कराहट ने उसका स्वागत किया, "जरा सुस्ता लो! इस मौसम में यहाँ बेहद गरमी हो जाती है।" बूढ़े के सर पर सफेद बाल लहरा रहे हैं और लम्बी सफेद दाढ़ी उसके सीने पर झूल रही है।

"तो चोर-घटड़ा देखने आये आप? सालों से कोई नहीं आया," बूढ़ा अचानक बोला, "मुझे बच्चे ने बता दिया।"

"यहीं है?" पिता ने चमकती हुई आँखों से बच्चे को देखा।

"सुना था कि इधर कहीं था," बूढ़े ने धीरे-से कहा, "मैंने नहीं देखा।"

"आप इधर ही रहते हैं?" अपनी निराशा को बच्चे से छिपाने के लिए पिता को जरूरी लगा कि वह बूढ़े से बातें करता रहे।

"इधर कोई बस्ती नहीं है। मैं उधर रहता हूँ।" बूढ़े ने उस तरफ संकेत किया जिधर से वे दोनों आये थे।

"मैं पाली हूँ," बूढ़ा बोलता रहा, "लोगों की गायें चराता हूँ, सत्तर बरस से यही कर रहा हूँ। अब तो गायें भी नहीं हैं। आठ-दस हैं बस।" बूढ़ा मुस्कराया। उसकी मुस्कराहट में बहुत कुछ खो जाने का दंश है।

"क्या पहले भी लोग चोर-घटड़ा ढूँढ़ने आते थे?"

"हाँ...पन्द्रह-बीस बरस में कोई-न-कोई आ जाता था। सौरी नाम का, कहते हैं, कोई बड़ा गाँव था यहाँ। चोर-घटड़ा भी यहीं रहा होगा। आप तो दुनिया घूमे हैं। 'घटड़ा' शब्द इसी इलाके में बोलते हैं लोग। तंग चढ़ाई को।"

"आपने तो ढूँढ़ा होगा। आसपास ही कहीं हो..."

"ऐसे तो नहीं ढूँढ़ा। हाँ...किस्सा सुना है। आपने नहीं सुना होगा। वह सुनाता हूँ। आराम से बैठ जाइए। तनिक सुस्ता लेंगे।" बूढ़े ने अपने पैर फैला लिये।

बच्चा बूढ़े की गोद से उतरने लगा तो बूढ़े ने उसे फिर से गोद में बैठा लिया। पिता उन दोनों के सामने बैठ गया।

"सौरी के लोग अपनी दुनिया में बन्द रहते थे," बूढ़े ने कहना शुरू किया, "वे चाहते ही नहीं थे कि वे लोग बाहर निकलें, 'चोर-घटड़ा' नाम उन्होंने रखा या उनके बाद किसी ने मालूम नहीं। हमारे दादा यहाँ बहुत घूमे। वे बताते थे कि उन्होंने सुना था सौरी के वाशिन्दों के बारे में सौरी के वाशिन्दों ने यह फैला रखा था कि जो भी सौरी से बाहर जाएगा, अगर लौटेगा तो चोर-घटड़े में घुसते ही वहाँ की हवा उनकी याददाश्त चुरा लेगी। बाहर की दुनिया का सब कुछ कमाया—सुना, देखा उनकी याद में नहीं रहेगा। सौरी में एक वैद्य थे। कलाधर नाम था उनका...," बूढ़े ने एक लम्बी साँस ली, "उन्होंने एक तरकीब खोजी।"

बूढ़े ने बच्चे को गोद से उतार दिया। बच्चा उसके पीछे दुबककर बैठ गया,

उसकी आँखों में शरारत पढ़कर पिता ने चुप रहने का इशारा किया।

"कलाधर वैद्य ने सब चीजें और जड़ी-बूटियाँ एक थैले में भरीं," बूढ़े ने किस्सा आगे बढ़ाया, "चोर-घटड़े पर पहुँचकर थैला एक बड़ के पेड़ की खोह में रख दिया। उन जड़ी-बूटियों में याददाश्त लौटने की ताकत थी। कुछ समय बाद कलाधर वैद्य वापस लौटा तो उसे बड़ का पेड़ नहीं मिला। वह उसी पेड़ को ढूँढ़ने आसपास भटकता रहा। सौरी के लोगों को कलाधर वैद्य की लाश की पहचान उसके बायें हाथ में फँसे थैले से हुई। ये किस्सा सौरी से आये वे लोग बताते थे, जो फिर कभी सौरी नहीं लौटे।"

किस्सा खत्म करते हुए बूढ़ा उठ गया। पिता ने बच्चे की तरफ आँखें उठाईं। बच्चा वहाँ नहीं दिखा। बदहवास पिता इधर-उधर देखने लगा।

"मैं यहाँ हूँ..." अचानक दूर से बच्चे की आवाज सुनाई दी।

"कहाँ?" चारों तरफ देखते हुए पिता जोर से चिल्लाया।

"यहाँ...चोर-घटड़े में। आओ..." बच्चे की आवाज आयी।

पिता ने चारों तरफ देखा। उसे बच्चा दिखाई नहीं दिया।

"यहाँ..." बच्चे की आवाज अब और ज्यादा दूर से आयी।

चाँद-पत्थर

चाँद-पत्थर का यह नाम उसके बीचोंबीच बने लाल-चाँद जैसे निशान के कारण पड़ा है। आप सौरी में कभी आयें तो लोग आपसे इतना तो जरूर ही कहेंगे, ''फुर्सत के वक्त जरा चाँद-पत्थर तक घूम आइए।''

सौरी की सीमा का एक नुकीला हिस्सा चाँद-पत्थर पर जाकर खत्म होता है, बल्कि चाँद-पत्थर से सौरी की सीमा शुरू होती है। कभी, जब सौरी में तीस घर थे, चाँद-पत्थर बहुत ऊँचा हुआ करता था—जितना इस समय दीखता है उससे तो चार गुना ऊँचा रहा ही होगा। चाँद-पत्थर, एक जमाना हुआ लकदक बहते नाले के बीचोबीच हुआ करता था और अब इस नाले के किनारे है। नाला भी अब लकदक नहीं बहता और पत्थर का कद उतना ऊँचा नहीं रहा जितना चालीस-पचास या सौ बरस पहले हुआ करता था जब सौरी में तीस घर थे। बीस बरस बाद जब सौरी में छह घर शेष रह जाएँगे क्योंकि सौरी की सीमा से बाहर जाने में वे भी डरेंगे।

चाँद-पत्थर सौरी की सीमा क्यों बनाया? सौरी चाँद-पत्थर तक क्यों सिकुड़ा? इस सवाल का जवाब शायद आपके पास आसानी से नहीं आएगा और बीस बरस बाद जब सौरी में छह घर शेष रह जाएँगे यह बताना भी मुश्किल होगा कि सौरी चाँद-पत्थर के उत्तर में है या दक्षिण में; पश्चिम में है या पूरब में। और वे छह बच्चे सभी दिशाओं से भागते हुए आएँगे और एक साथ नाले के सड़ते हुए पानी में एक मछली की तलाश में डूब जाएँगे। मछली को ढूँढ़ते-ढूँढ़ते जब वे इस पत्थर के पास पहुँचेंगे तो उस चाँद के निशान पर अपनी अँजुरियों से जल ढो-ढोकर चढ़ाएँगे और एक साथ कहेंगे—

''वैद्यजी ठंडे हो जाओ।''

बीस साल बाद भी वैद्य लीलाधर का नाम चाँद-पत्थर के साथ जुड़ा रहेगा जिस तरह आज जुड़ा है या बीस, पचास या सौ बरस पहले जुड़ा रहता था। वे सचमुच बेजोड़ वैद्य थे। दवाओं के मामले में ही नहीं बल्कि और दूसरे मामलों में भी वे बेजोड़ थे। लोग बताते हैं कि वे सौरी के पहले आदमी थे जिन्होंने विवाह नहीं किया और इसलिए सन्तानहीन ही चल बसे। वैद्य लीलाधर कितने बरस पहले अपनी दवाओं का

जादू सौरी और आसपास के इलाके में दिखाते थे? इसका सौरी के लोग यही जवाब देते हैं, ''जब सौरी में तीस घर थे।'' सौरी में तीस घर कब थे?

यह प्रश्न मत पूछिए। सौरी में ऐसे बूढ़े मिल जाएँगे जिन्होंने अपने बचपन में वे तीसों घर देखे हैं। कुछ ऐसे बूढ़े भी सौरी में मौजूद हैं जिन्होंने अपने दादा-दादी से सुना है कि उन्होंने अपने जमानों में वे दिन देखे थे जब सौरी में तीस घर थे।

''क्या वैद्य लीलाधर को सौरी में किसी ने देखा है।''

इस सवाल का जवाब सौरी में इस तरह मिलेगा, ''वे तो बहुत पहले हुए थे।''

इस 'बहुत पहले' से उलझने से बेहतर है यही पूछा जाए कि वैद्य लीलाधर कैसे थे? बस, आप यह प्रश्न कीजिए तो फौरन आपसे कहा जाएगा, ''जरा फुर्सत के वक्त चाँद-पत्थर तक घूम आइए।''

जब वैद्यजी का जिक्र आएगा तो चाँद-पत्थर का जिक्र आएगा ही और जब चाँद-पत्थर का जिक्र होगा तो वैद्य लीलाधर का नाम भी जरूर सुनाई देगा।

चाँद-पत्थर के साथ वैद्यजी के अलावा और भी बहुत-सी चीजें सौरी के लोग बताएँगे। मसलन, मणि-साँप और कमला रानी...कमला रानी कभी भी सौरी की सीमा में आने को तैयार नहीं थी। वैद्यजी का एक उसूल था। वे मरीज देखने सौरी के बाहर नहीं जाते थे। आसपास के इलाकों से मरीज उनके घर तक आते, वे उन्हें देखते और एक रात सौरी के किसी भी घर में मरीज को टिका देते। उस वक्त वैद्य लीलाधर सौरी के जंगलों में जड़ी ढूँढ़ने निकल जाते। वे कहा करते थे, ''उतना ही लो, जितनी जरूरत है। ज्यादा माँगने से वन कुछ भी देना बन्द कर देंगे!'' सौरी के लोग वैद्यजी के इस तर्क के समर्थन में कहते हैं कि उन दिनों सौरी का वन बहुत घना था। बीस वर्ष बाद जब वे छह बच्चे अपनी अँजुरियों से चाँद-पत्थर पर नाले का आखिरी सड़ता हुआ जल डाल रहे होंगे तो कोई यूँ ही उधर से घूमता हुआ उन बच्चों से सौरी का रास्ता पूछते हुए कहेगा, ''ए बच्चों, सौरी का रास्ता कौन-सा है?'' छहों बच्चे छह अलग-अलग दिशाओं की तरफ संकेत करते हुए एक साथ कहेंगे, ''वहाँ, जहाँ साल का अकेला पेड़ खड़ा है।''

इसे बच्चों की शरारत मान वह व्यक्ति कहेगा, ''मैंने तो सुना था यहाँ बहुत घना वन था।''

''वो तो लीलाधर वैद्यजी के समय था। तब यहाँ हर रोग की जड़ी रहती थी।'' बच्चे फिर चाँद-पत्थर पर डालने के लिए अपनी-अपनी अँजुरी में जल लेने आगे बढ़ जाएँगे।

तो क्या सिर्फ इसलिए कि हर मर्ज की दवा सौरी के वनों में थी, वैद्यजी मरीज देखने सौरी के बाहर नहीं जाते थे? इस प्रश्न का जवाब हाँ में मिलेगा ओर इसका कारण

भी सौरी के लोग बताएँगे। वैद्यजी को डर था कि सौरी के बाहर जाकर वे इतने व्यस्त हो जाएँगे कि उन्हें वापस सौरी लौटने का वक्त ही नहीं मिलेगा।

वैद्यजी, सिर्फ एक बार सौरी से बाहर गये। कमला रानी को देखने।

कमला रानी सौरी से सात कोस उत्तर सीधी चढ़ाई चढ़ने के बाद पड़नेवाले कमालकोट गाँव में रहती थी। आज कमालकोट गाँव का नाम सरकारी रिकार्डों में कहीं नहीं है। हाँ, कमलपुर, कमलधार और कमालगढ़ नाम सरकारी नक्शों में जरूर दर्ज है और सौरी के उत्तर में चार से दस कोस तक कई जगह खँडहर जरूर मिलते हैं। खैर, वैद्य लीलाधर के बारे में बताते हुए सौरी के लोग इन पचड़ों में नहीं पड़ते। सौरी की दुनिया सरकारी रिकार्डों से नहीं चलती। सरकारी रिकार्डों में तो सौरी भी...

कमला रानी बीमार पड़ी और उन्होंने सन्देशा भिजवाया कि वैद्य लीलाधर उन्हें आकर देख जाएँ। वैद्यजी ने जाने से इनकार कर दिया। सन्देशा भिजवाया, ''अगर कमला रानी सौरी तक आ सकें तो वैद्यजी उन्हें देखेंगे।''

पर कमला रानी सौरी तक आने को कभी तैयार नहीं हुई। ''उस जंगल में जहाँ तीस मनहूस घर हैं और उन घरों में रहनेवाले लोग और भी मनहूस हैं, मैं कैसे जाऊँगी।'' बीमारी के बावजूद कमला रानी यही कहती रही। ऐसा सौरी के लोग बताते हैं।

कमलारानी सौरी के घरों और लोगों को मनहूस क्यों बताती थीं? आप अगर सौरी के लोगों से पूछें तो वे धीमे-से कराहेंगे पर प्रश्नों का जवाब देना सौरी की परम्परा है। सो वे कहेंगे, ''कमला रानी को अपने रूप पर गुमान था।''

जवाब कितना सही है यह बात सौरी के लोग नहीं जानते। वे तथ्यों को महत्त्व नहीं देते, तर्कों को भी महत्त्व नहीं देते, वे तो जो मन को भाता है, उसे ही सच मानेंगे और स्वीकार करेंगे।

बीस बरस बाद जब वे बच्चे अँजुरी में जल लिए वापस चाँद-पत्थर तक आकर रुकेंगे तो किसी अजनबी आदमी को देखकर ठिठक जाएँगे। फिर उसकी उपस्थिति को अनुपस्थिति मान पत्थर पर अँजुरी का जल डालते हुए कहेंगे, ''वैद्यजी, ठंडे हो जाओ।''

जब डेढ़ महीने तक कमला रानी ठीक नहीं हुई तो एक शाम कोई वैद्यजी के घर के बाहर खड़ा होकर गुहार लगाने लगा, ''वैद्यजी, अगर कमला रानी को कुछ हुआ तो आप पर पाप लगेगा।''

सौरी में ऐसे बूढ़े भी मिलेंगे जो पूरे विश्वास के साथ कहेंगे कि उन्होंने वह आवाज सुनी थी। उस रोज वैद्यजी पहली बार सौरी के बाहर मरीज देखने गये। उन्होंने दवाओं का थैला जो उनके पिता वैद्य कमलाधर के समय से इस्तेमाल नहीं हुआ था, उठाया और वन से कुछ जड़ी-बूटियाँ उसमें डाल कमालकोट की तरफ चल दिये। उनके बायें हाथ में थैला था और साफा उनके दाहिने कन्धे पर झूल रहा था।

तब वैद्यजी पहली बार मरीज देखने सौरी से बाहर निकले थे। सौरी के लोग बताते हैं कि वैद्यजी सौरी की सीमा से बाहर निकलकर कमालकोट की चढ़ाई चढ़ते हुए किसी गलत पगडंडी पर चल पड़े थे और काफी देर भटकने के बाद वापस सौरी की तरफ चल निकले।

वे कमालकोट पहुँचे ही नहीं! यह बात अगले रोज सौरी के लोगों को पता चली थी जब वे गहन ताप से तपते वैद्यजी के बदन को भरसक ठंडा रखने की कोशिश कर रहे थे और उनकी जुबान से बार-बार निकल रहे, "आप तक!" इन दो शब्दों का अर्थ बूझने की कोशिश में लगे थे। उनके बाद भी लोग उन दो शब्दों का अर्थ बीस, पचास और सौ वर्ष बाद तक बूझते रहे। हमेशा लोग यहीं कहते हैं कि उन्हें उन दो शब्दों का अर्थ पता लग गया।

जब वैद्यजी सौरी के पास पहुँचे तो रात और घनी हो चुकी थी। वैद्यजी के हिसाब से सौरी जहाँ से शुरू होता था वह जगह बस थोड़ा ही बची थी कि उन्हें किसी ने हौले से पुकारा, "वैद्यजी!"

"अनयन होती होगी गिरा, मान लिया," अक्सर वैद्यजी फुर्सत के समय सौरी के जवान-बूढ़ों की संगत में बैठते समय कहा करते थे, "पर अदृश्य तो नहीं ही होती, अरे जो देख नहीं सकता वह दीखता तो है।" वैद्यजी ने उस अँधेरे में देखा। वहाँ कुछ नहीं था जो दिखाई पड़ता साँय-साँय करती हवा थी, आसमान तक नजर जाती नहीं थी—वहाँ पहाड़ों के साये खूब ऊँचे उठे हुए थे और पेड़ों के आभास हिलती काली लकीरों से काँप रहे थे। उन्होंने आँखों को पूरा फैलाकर चारों तरफ देखा पर किसी की मौजूदगी उनकी समझ में न आयी। अपने मन का भ्रम जान जब उन्होंने यह खोज बन्द की और आगे बढ़ने लगे तभी उन्हें किसी ने टोका, "वैद्यजी!"

कानों में जो आवाज पड़ी वह बड़ी साफ थी। अपने मन का भ्रम मानने और न मानने के संशय की जिस गाँठ से वे बँध गये थे, वह गाँठ कानों में आवाज पड़ते ही खुल गयी। कोई है जो उन्हें पुकार रहा है। पर यह वह अन्दाज भी नहीं था जिसमें रोगी उन्हें पुकारते हैं। तो क्या कोई सौरी का रास्ता भटक गया है जिस तरह वे थोड़ी देर पहले तक कमालकोट का रास्ता ढूँढ़ते भटक गये थे। पर अगर यह किसी रास्ता भटके हुए की आवाज थी तो वह सौरी का वाशिन्दा नहीं हो सकता क्योंकि सौरी का वाशिन्दा सौरी का रास्ता नहीं भूलता। वह तो हजार साल बाद भी आँखें बन्द किये-किये सौरी की गन्ध से खिंचता हुआ सीधा सौरी तक पहुँच जाएगा। फिर अगर यह सौरी का वाशिन्दा नहीं है तो उन्हें कैसे जानता है?

"वैद्यजी! कानों से देखिए।"

इस बार आवाज और साफ थी। कानों से आँख का काम लेने की कोशिश वैद्यजी

ने जैसे ही की, वे चौंक गये। उस आवाज के स्वर-कोष किसी स्त्री के कंठ में स्थित थे।

वैद्यजी पन्द्रह कदम वापस उसी दिशा में बढ़े जिस दिशा से आये थे। वहाँ चाँद-पत्थर के पास चाँदनी-सी जगमगाहट थी और एक स्त्री वहाँ उस चाँदनी के स्रोत की जगह बैठी वैद्यजी को देख रही थी। वैद्यजी उस दिशा में और आगे बढ़े। वे लगभग स्थिर थे। उनका बायाँ पैर स्थिर था, आँखें अपलक चाँदनी के स्रोत पर टिकी थीं और दवाओं से भरा थैला जिस बायें हाथ में था, वह बायाँ हाथ भी स्थिर था। सिर्फ उनका दाहिना पैर जमीन से थोड़ा उठता और जब वापस जमीन पर आता तो वैद्यजी उस जगह से थोड़ा-सा आगे खड़े होते जिस जगह वे दो क्षण पहले खड़े थे।

''सौरी का रास्ता कौन-सा है?'' उस अँधेरी रात में वैद्यजी को लगा कि चाँदनी झिलमिलाई।

कैसे झिलमिलाई थी चाँदनी?

अलग-अलग वक्तों में और अलग-अलग लोगों ने आज तक उन दो शब्दों के अर्थ बूझने के जो भी प्रयास किये, इस सवाल से उन्हें हमेशा टकराना पड़ा। दो तरह से लोगों ने इस सवाल के जवाब दिये। पहला ये कि उस स्त्री का शरीर रत्न-जटित आभूषणों से लदा था और जब वह शरीर तनिक हिलता तो लगता जैसे चाँदनी झिलमिलाई हो। दूसरा यह कि उस स्त्री के झक्क से सफेद दाँत जब सुर्ख लाल होठों के बीच खिलते तो चाँदनी की किरण-सी फूटती थी। बीस वर्ष बाद जब बच्चे अंजुरी से जल चाँद-पत्थर पर डालने के बाद किसी अजनबी को अपने पास खड़ा देखेंगे तो अपने अत्यधिक सफेद दाँतों को सूर्य की किरणों के बीच झिलमिलाते हुए कहेंगे, ''अगर आप अँधेरी रात के वक्त यहाँ आयें तो आपको यह पत्थर चमचम चमकता दीख पड़ेगा।''

''अच्छा!'' अजनबी हैरत में कहेगा, ''तुमने देखा है क्या?''

''हम रात में सो जाते हैं।''

बच्चे कहेंगे और फिर की खोज में नाले के आखिरी सड़ते जल में डूब जाएँगे।

''हाँ! सौरी का रास्ता यही है।'' वैद्यजी ने कहा।

''यही कौन-सा?'' स्त्री ने फिर प्रश्न किया।

वैद्यजी इस प्रश्न से चौंके। जहाँ सौ-पचास रास्ते होते होंगे उस मुहाने पर तो यह प्रश्न ठीक है, पर जहाँ एक ही रास्ता हो और वह रास्ता सिर्फ सौरी की तरफ जाता हो तो इस प्रश्न का क्या जवाब दें।

''यहाँ तो एक ही रास्ता है।'' वैद्यजी ने तनिक रूखे स्वर में कहा।

''कौन-सी दिशा है?''

अब वैद्यजी समझ सके। "जिधर मैं जा रहा हूँ।"

"आप?"

फिर प्रश्न हुआ और वैद्यजी फिर चौंक गये। कौन है जो इतने प्रश्न पूछे जा रही है? वैद्यजी ने चुपचाप मुड़ने का फैसला किया और वापस मुड़े।

"मुझे नहीं देखेंगे?" वैद्य के कान में फिर वही आवाज पड़ी। झुँझलाकर फिर से वापस मुड़े और बोले, "मैं मरीजों को देखता हूँ।"

"और वह भी सौरी में!"

वैद्यजी से पहले ही उसने यह बात भी कह दी जिसे वैद्यजी जरूर कहते।

"मैं मरीज नहीं हूँ। बिना नब्ज देखे कैसे कहते हैं वैद्यजी आप?" वह मुस्करायी और खिलखिलाकर हँसी। उस हँसी की झनझनाहट में वैद्यजी के हाथ से थैला छूटकर जमीन पर आ गिरा।

तभी वैद्यजी के मन में लोभ उठा। ऐसा 'आप तक' इन दो शब्दों का अर्थ बूझने की कोशिश करते लोग मानते हैं।

"इस पत्थर के नीचे खजाना है," बीस बरस बाद इकलौती मछली को हवा में उछालते सौरी के बच्चे पत्थर तक लौटेंगे और अजनबी व्यक्ति को अब भी वहाँ खड़ा पाकर कहेंगे—

"एक मणि-साँप इस खजाने की रक्षा करता है, और वह पत्थर पहले उतना ऊँचा था जितना ऊँचा आपका कद है।"

"तो पत्थर इतना-सा कैसे रह गया?" वह व्यक्ति जिज्ञासा करेगा। सौरी के बच्चे जिज्ञासा नहीं करते। सौरी जिज्ञासाओं की जमीन नहीं है, वह अभिलाषाओं की धरती है। प्रश्नों के जवाब उनके पास तब से होने लगते हैं जब से वे अपने आसपास की सौरी की उस छोटी-सी धरती को जानने लगते हैं। वे कहेंगे, "जैसे-जैसे लोग सौरी से गायब हो रहे हैं, पत्थर जमीन के भीतर धँसता चला जा रहा है।"

सौरी से सबसे पहले वैद्यजी गायब हुए।

"आइए! आपकी नब्ज देखते हैं," वैद्यजी ने कहा।

"वह तो आप सौरी में देखेंगे। सौरी कहाँ है?" वह मुस्करायी।

"जहाँ आप हैं," वैद्यजी ने कहा।

"तो यह रास्ता कहाँ जाता है?"

"आप तक!"

वैद्यजी ने कहा, "आप तक" और उधर बढ़ गये। वह स्त्री पत्थर पर जा चढ़ी। वैद्यजी उसके पीछे-पीछे पत्थर तक पहुँचे और वहाँ पानी के लगातार टकराने से जमी काई पर फिसलकर गिरे। पानी पर गिरते ही वैद्यजी को डर लगा और उन्होंने जोर की

चीख मारी। वह चीख उनसे आगे सौरी की तरफ़ उस रफ्तार से कहीं तेज दौड़ रही थी जिस रफ्तार से वैद्यजी सौरी की तरफ दौड़ रहे थे।

वह चीख सौरी के बहुत-से लोगों ने सुनी थी। वे घरों से बाहर निकलकर आये और उन्हें वैद्यजी 'आप तक!' ये दो शब्द उच्चारते मिले। उनका बदन बुरी तरह से तप रहा था। एक-एक कर ग्यारह आदमियों ने वैद्यजी के शरीर को पकड़ा और ग्यारह के ग्यारह आदमियों को ऐसा लगा जैसे उनके हाथ किसी आग की भट्ठी पर पड़े हों। बारहवें आदमी की जरूरत नहीं पड़ी। वैद्यजी वे ही दो शब्द बड़बड़ाते तब तक घर के भीतर पहुँच चुके थे। तभी घनघोर वर्षा पड़नी शुरू हो गयी।

वैद्यजी कमालकोट नहीं पहुँचे थे। यह बात दो दिन बाद सौरी के लोगों को पता चली, जब वर्षा रुके चार घंटे बीत चले। उस रोज कुछ लोग कमालकोट से आये और कमला रानी की खोज-खबर लेने लगे। यह बात सौरी में हर कोई मानता है कि वैद्यजी जब कमालकोट नहीं पहुँचे तो थक-हारकर कमला रानी ने सौरी में जाना मंजूर किया। चार लोग एक पालकी में कमला रानी को बैठाए सौरी की तरफ चले थे। जब आधा रास्ता तय हुआ तो कमला रानी ने पालकी रुकवाई और जरा-सा टहलने की इच्छा प्रकट की थी। कमला रानी को एक ढलान की तरफ उतरते उन चार आदमियों ने देखा था। उसके बाद कमला रानी का कुछ पता नहीं चला। उन दिनों वन घने थे।

"उन चार आदमियों का नाम?" आप सौरी में लोगों से पूछिए। वे कहेंगे—

"पता नहीं जी! रहे होंगे कमालकोट के कोई।"

वैद्यजी ने निश्चय ही यह घटना सुनी थी। वे सुन सब साफ रहे थे। सिर्फ बोलते समय 'आप तक' यही दो शब्द उच्चारते थे। तीसरे दिन जब वैद्यजी का ताप कुछ कम हुआ वे जड़ी लेने सौरी के वन की तरफ गये। वहाँ वैद्यजी गायब हो गये।

"लोगों ने उन्हें ढूँढ़ा नहीं?" आप सौरी के लोगों से इतना जरूर पूछिए जब वे आपसे फुर्सत के वक्त चाँद-पत्थर तक जाने का आग्रह करेंगे।

"इसीलिए तो आपसे कह रहे हैं कि आप चाँद-पत्थर तक जाइए। वैद्यजी वन के भीतर जिस दिन गये थे उस दिन, लोग कहते हैं कि इतना जबर्दस्त पानी पड़ा कि चाँद-पत्थर एक-चौथाई जमीन के भीतर धँस गया।" सौरी का कोई भी आदमी आपसे कहेगा।

इतना सब कुछ सुनकर आप चाँद-पत्थर तक जाएँगे तो एक ठहरे हुए नाले के कोने में एक थोड़ा बड़ा आसपास के पत्थरों से तनिक ऊँचा-सफेद पत्थर दिखाई देगा जिसके बीचोंबीच लाल चाँद जैसा निशान होगा।

"यह बहुत साधारण पत्थर है। ऐसे पत्थर नदियों के किनारे हजारों मिल जाते हैं।" बीस वर्ष बाद जब सौरी में छह घर शेष रह जाएँगे तो उन छह बच्चों को एक

मछली बार-बार उछालते और रख जाने की बात करते देखकर वह अजनबी कहेगा।

"पर वे पत्थर सौरी के किनारे थोड़ा ही हैं," छहों बच्चे एक साथ कहेंगे।

"तो फिर सौरी कहाँ है," वह अजनबी फिर पूछेगा।

"वहाँ," छहों बच्चे छह अलग-अलग दिशाओं में संकेत करेंगे और मछली को फिर उस ठहरे हुए सड़ते जल में डाल देंगे।

अगले दिन फिर वे छहों बच्चे उस मछली की तलाश में चाँद-पत्थर तक आएँगे।

मुँदरी बुढ़िया के दरवाजे

''मैं सौरी से आया हूँ।''

''कौन-सी सौरी?'' चारपाई से नहीं उठती मुँदरी बुढ़िया।

''जो हरि दा की सौरी है,'' हिलता है दरवाजा।

''कहाँ जाओगे?'' खिन्न मन से पूछती है मुँदरी बुढ़िया।

''आगे...कौड़सी,'' दरवाजा खड़-खड़ करता है, कुंडे हिलते हैं। जैसे सौरी से कोई तूफान उठा हो।

''ठहरो,'' साँस खींचती हवा की तरह बोलती है मुँदरी बुढ़िया। दरवाजे पर तूफान थम जाता है।

चारपाई चरमराती है, ''उडडह...''

दरवाजा खुलता है और उसके आने से पहले एक टुकड़ा चाँदनी भीतर आ गिरती है। चाँदनी के टुकड़े पर पैर रखता है वह और उसका पैर चाँदनी में डूब जाता है।

''अँधेरा क्यों है?'' वह पूछता है।

''तुम जाओगे या रुकोगे?'' पूछती है मुँदरी बुढ़िया।

''जाना ठीक होगा क्या?''

''यह तो पता नहीं।''

''कितना दूर है?''

''मैं कभी नहीं गयी।''

''यहाँ रुक सकता हूँ?''

''हाँ, और भी हैं।''

''अच्छा!''

उसका मुख चाँदनी में चमक रहा है। उस मुख में एक राहत देखती है मुँदरी बुढ़िया। उसने माचिस निकाली है। धीरे-धीरे पीछे हटती है मुँदरी बुढ़िया। रोशनी-रात के वक्त कहीं भी उगे, दूर-दूर तक उजास पैदा करती है। बूढ़े चेहरों में होता भी क्या है? वही ना जो चुक गया। लगातार पीछे छूटता हुआ। जो पीछे छूटा—सभी कुछ तो रह गया।

"वह भी है," अपने को कमरे के कोने में ले जाते हुए बोलती है मुँदरी बुढ़िया। यह कोना बड़े जतन से बनवाया था गोकुल मिस्त्री से। खास समय के लिए। गोकुल मिस्त्री तब हँसा था, अब होता तो समझ पाता क्यों जिन्दगी में इस तरह के कोनों की जरूरत पड़ी है।

"कौन, कौन है?" वह खुश भी हुआ, आशंकित भी।

जवाब दे भी तो क्या और न दे तो भी क्यूँ?

"तुम कौन हो?" अचानक सूझता है जवाब मुँदरी बुढ़िया को, जब जवाब आसान नहीं तो प्रश्न से आसान जवाब भी नहीं।

वह अचकचाया। उसने मासिच जलायी। झर...की आवाज में सारा कमरा एक झुरझुरी लेता है ,उसकी आँखों में औत्सुक्य और भय का मिला-जुला भाव थरथराया— यह इतनी लयबद्ध थरथराहट है कि माचिस की जली तिल्ली से बनी उसकी बड़ी और ऊँची परछाई पिछली दीवार पर थरथरायी।

"मैं रामरच्छपाल हूँ," माचिस की तिल्ली बुझ गयी और चमककर चाँदनी उसके चेहरे पर आ पड़ी।

"कौन?" फिर से जोर लगाती मुँदरी बुढ़िया। अपने कोने में सुरक्षित।

"होशियार सिंह जी का लड़का हूँ जो सौरी में रहते थे।" उसने माचिस फिर जलायी। चाँदनी चेहरे से दूर भाग गयी। हैरत को वहाँ डेरा जमाने का मौका मिला।

होशियार सिंह...याद करती है मुँदरी बुढ़िया। इस नाम का कौन था सौरी में? कुछ लोग याद आये। चेहरे सब धुँधले-धुँधले...।

माचिस बुझ गयी और वह पता नहीं कहाँ खो गया। चाँदनी का टुकड़ा फर्श पर बिछा रहा। चाँदनी के साथ अगर सब कुछ टपकने लगे—लोग, उनके नाम और ठिकाने जो विलुप्त हो गये। सोचती है मुँदरी बुढ़िया और कोने से बाहर निकल आती है।

"ठहरना कहाँ है?" माचिस फिर जल गयी।

चेहरे पर रोशनी का औचक हमला हुआ हो। जैसे हाथों में छुपा लेती है मुँदरी बुढ़िया अपना चेहरा।

"वहाँ ढिबरी रखी है," बोलती है मुँदरी बुढ़िया।

"कहाँ?"

"वहीं आले में।" हर आदमी को बताना पड़ेगा।

"आला कहाँ है?" उसके हाथ काँपे, उसका लम्बा बड़ा अक्स दीवार पर थरथराया। अँधेरा फिर आया।

"जहाँ खड़े हो, उसके पीछे।"

थोड़ी देर के बाद ढिबरी जलेगी, पीछे से अपने कोने में चली जाएगी मुँदरी बुढ़िया। जितनी देर अँधेरा है उतनी देर ही तो चैन है।

चैन भाग गया ढिबरी जल गयी।

"ऊपर चले जाओ," कोने से चिल्लाती है वह।

"ऊपर कहाँ?"

"तुम्हारे बायीं तरफ सीढ़ियाँ हैं," सबको बताना पड़ता है बार-बार। उसने ढिबरी उठायी। बायीं तरफ मुड़े।

अब उसे सीढ़ियाँ दिख रही होंगी, पहली सीढ़ी पर लटक आयी पीपल की जड़ से उसकी आँखें टकराई होंगी।

वह रुक गया चढ़ने में झिझक रहा होगा।

"सीधा चढ़ जाओ।"

वह चढ़ रहा है। ढिबरी हाथ में लिये। आगे वक्त कदम-कदम सरक रहा है।

"बायें। दाहिनी तरफ सड़क है।"

वह ठिठक गया। मुड़ा और ढिबरीवाला हाथ आगे कर दिया। रोशनी पहुँचेगी जैसे इस कोने तक।

अरे! बहुत छोटा कोना है यह। दिखायी थोड़े ही पड़ेगा। इधर-उधर से चीजों की छायाएँ सीधा मुँदरी बुढ़िया के चेहरे पर आ टिकीं।

कैसे देख रहा है। पुलियाँ फैल रही हैं। हाथ काँप रहे हैं। ढिबरी से उठती धुँए की काली लकीर ठीक उसकी नाक के सामने ऊपर चढ़ रही है।

"ढिबरी रख दो। यहीं सब दिख जाएगा।" मुस्कराते हुए और अपनी हँसी दबाते हुए कहती है मुँदरी बुढ़िया। कहीं अँधेरे और उजाले के बीच दाँत चमकने न लगें। बायीं तरफ दरवाजे दिखेंगे, किसी में भी चले जाओ धक्का दोगे तो खुल जाएँगे। कुंडी नहीं बनवायी भीतर की।"

आवाज ही सुनी उसने। देख नहीं सका। यही तो कमाल है गोकुल मिस्त्री का—सबको देख सकती है वह, सबको सुन सकती है, पूरे मकान पर चौकस कान लगाए रख सकती है।

"अरे, खड़े क्यों हो? ढिबरी रख दो, पीपल की जड़ उठ रही है ना तुम्हारे पैरों के पास। रोशनी बहुत है। कमरे में तो पूरा चाँद आ घुसेगा। मैं ढिबरी ले जाऊँगी। जाओ। सुबह उठोगे तो दाहिने मुड़ जाना। उधर एक चौखट है। वहीं से रास्ते निकलते हैं। अरे! ढिबरी रख दो।

वह ढिबरी नीचे रख रहा है। जैसे-जैसे नीचे झुका है, पीछे सीढ़ियों पर उनके पार दीवार पर उसकी काँपती छाया बड़ी हो रही है, उसने ढिबरी रख दी है वहीं। जहाँ सब रखते हैं—पीपल की मोटी होती जड़ के पास छाया धीमे-धीमे पत्तों को ढक लेती है, वे थोड़े से पत्ते हैं। सालों से पेड़ नहीं बने।

कभी-कभी आते हैं वे। पत्ते मसल देते हैं, हाँ...पत्ते। वे फिर पैदा हो जाते हैं।

पत्ते...यहीं रखते हैं, सब ढिबरी। सब तरफ उजाला। पीली। पीली रोशनी कमबख्त चाँद क्या करता होगा इस मकान के बाहर। गोकुल मिस्त्री ने जब सीढ़ियाँ बनायी थीं तब वह नहीं था। वे अँधेरे दिन थे। उजाला उनसे पहले हुआ था और शुक्ल पक्ष उनके बाद। वे ठीक अँधेरे और उजाले के बीच के दिन थे।

वह अभी मुड़ जाएगा। बायीं तरफ...उसे मुड़ जाना चाहिए। वह धीमे-धीमे मुड़ रहा है अपने में कुछ टटोलते हुए। अरे, कहाँ क्या है जो टटोलोगे...पीपल का पत्ता, काया की चिकनाहट में समय के दंश...पत्तों की धमनियाँ। उनकी शिराएँ...एक कठोर स्पर्श तो उसे है मुँदरी बुढ़िया अपने पास की दीवार। सब खुरदरा...।

वह अभी बढ़ जाएगा आगे। उन दरवाजों की तरफ। किसी भी दरवाजे को खोलेगा तो वही मिलेगा। अभी तो कहा था उससे। याद करती है मुँदरी बुढ़िया "वह भी है।"

सीढ़ियों पर आज फिर चलना पड़ेगा मुँदरी बुढ़िया को सातवीं बार। आगे कुछ पता नहीं गिनतियाँ सात पर खत्म थोड़े ही होती है। वे नौ तक जाती हैं...ग्यारह तक...तेरहवीं बार।

तब दरवाजे नहीं थे। यह मकान भी नहीं था। खेत थे। कालना था। एक लम्बा-ऊँचा टुकड़ा। सतह से उठता हुआ और घास से भरा हुआ। रास्ता तो यहीं से था। फसल से भरे खेतों से तब रास्ता नहीं था। फिर भी लोग वहाँ से गुजरते थे। जो भी गुजरता, फसलों को रौंदते गुजरा। रौंदी हुई फसल से एक लकीर-सी बनती थी। बच्चे उसे रास्ता समझते थे। किलकते हुए वे भी वहाँ से गुजरते थे। पीपल वहाँ था। उधर वहीं आगे, सीढ़ियों के पास, चौखट के बाहर जहाँ वह अब भी ठिठुर रहा होगा।

गोकुल मिस्त्री भी इसी तरह ठिठुरा था। यहीं...इसी जगह, जहाँ ढिबरी रखी है।

"क्या कारोगी इस जगह का?" पूछा था गोकुल मिस्त्री ने।

"वही जो करना है" कहा था मुँदरी बुढ़िया ने। जो सचमुच करना है वह बताया थोड़े ही जाता है। वह तो किया जाता है। हो जाएगा तो जान लेगा हर कोई, न भी जानेगा तो क्या फर्क पड़ेगा। सभी कुछ जो होता है हर कोई जानता है। बताया थोड़ा ही जाता है कितना कुछ घटते हुए भी अघट ही रह जाता है।

"बात तो ठीक है। पर अनोखा मकान बनाने की क्या सूझी?" फिर भी हैरान हो रहा था गोकुल मिस्त्री।

"सौरी के लोगों से पूछ।" हँस दी थी मुँदरी बुढ़िया। ना...यह बताने की चीज नहीं है। गोकुल मिस्त्री है तो बन ही जाएगा। जान भी जाएँगे लोग। जो नहीं जानेंगे वो भी बिना जाने आएँगे यहीं। कौड़सी तक का रास्ता रात में कैसे पार करेंगे लोग। कौड़सी से आगे तो दुनिया भर के रास्ते खुले हैं। देखा था तब मुँदरी बुढ़िया ने आँखें बन्द कर...धीरे-धीरे खाली होते मकान, वर्षा में भीगते मकान। बारिश के बाद ही पहली धूप

में चटाख टूटते मकान। सब भविष्य में है। भविष्य के लिए बनाना है मकान।

''उडडह'' देह में वापस लौटते हुए लम्बी आवाज निकाली मुँदरी बुढ़िया ने। चारपाई चरमरायी—उड्डह।

इसी आवाज में बोला दरवाजा।

''कौन?'' एक लम्बे विराम के बाद पूछा मुँदरी बुढ़िया ने।

''मैं सौरी से आया हूँ,'' थकी हुई बेचैन आवाज में जवाब दिया दरवाजे ने।

''कौन-सी सौरी?'' चारपाई से नहीं उठी मुँदरी बुढ़िया।

''जो चौकीदार रामप्रसाद की सौरी है।'' दरवाजा हिला।

''कहाँ जाओगे?'' विरक्ति से पूछा मुँदरी बुढ़िया ने।

''आगे कौड़सी।''...दरवाजा खड़खड़ाया, कुंडे हिले, सौरी से जैसे तूफान उठा।

''ठहरो, साँस में खिंचती हवा-सी बोली मुँदरी बुढ़िया।

दरवाजे पर तूफान थमा। चारपाई चरमरायी—उडडह। मुँदरी बुढ़िया ने दरवाजा खोला।

दरवाजे के बाहर वह खड़ा था। चाँदनी उसकी सफेद दाढ़ी से झर रही थी। सर से कन्धे तक सफेद बाल कम्बल के गाढ़े अँधेरे में गुम हो जाते थे। कम्बल आसपास की सारी चाँदनी पी जाता था।

''रुकना है या आगे जाओगे?'' मुँदरी बुढ़िया ने पूछा।

''जाना तो आगे है। पर यह रुकने का वक्त है।'' वह चौखट के भीतर चला आया।

''अभी अँधेरा है।'' मुँदरी बुढ़िया ने चार कदम पीछे हटते हुए कहा।

''हाँ अँधेरा है, तुम उजाला क्यों नहीं कर देती?'' उसकी आवाज ही अँधेरे में दिख सकी।

''बाहर तो इतना उजाला है।'' मुँदरी बुढ़िया हलके से हँस दी। बाहर चाँदनी पुलक गयी होगी।

''वह क्या तुम्हारा ही किया है?''

''क्या?''

''उजाला जो बाहर है।''

''यहाँ मेरे सिवा और कौन है?''

''ऊपर तो होंगे। सब लोग होंगे।''

''वे तो यात्री हैं। सुबह चले जाएँगे।''

''सुबह तो मैं भी चला जाऊँगा।''

''तुम दुबारा आये हो।''

''और नहीं आया कोई,'' उसने माचिस जलाने की कोशिश की। एक चमक से

एक चिंगारी उठी और अँधेरे में कूद गयी।

''कौड़सी से रास्ते कहीं और जाते हैं। मेरे दरवाजे तक नहीं लौटते।''

मुँदरी बुढ़िया धीमे-से बुदबुदायी अपने को सुनाने के लिए, आवाज दूसरे छोर तक पहुँच गयी।

''मैं कौन-से रास्ते से आया हूँ?'' उसकी आवाज के पीछे-पीछे उजाला चला आया। वहाँ से ढिबरी के पास से। माचिस की तिल्ली उसके हाथों में काँपी। कमरे की दीवारों पर उजाला थरथराया और मर गया।

''रहने दो,'' मुँदरी बुढ़िया कोने की तरफ लपकी।

''हाँ...हाँ...पहले पहुँच जाओ। गोकुल मिस्त्री पूछेगा तो बता दूँगा बुढ़िया अभी तक इस्तेमाल करती है उस कोने का।

बुढ़िया तक आवाज पहुँची, ''यह आवाज पहले भी सुनी थी।''

''कब?''

''याद नहीं।''

''किसकी?''

''पता नहीं।''

उजाला हो गया, उसकी सफेद दाढ़ी चमकी।

''रोशनी क्यों की?'' मुँदरी बुढ़िया ने अपने हाथ चेहरे के सामने कर दिये।

''चाँदनी से तो तुम नहीं डरती।''

''वह चुभती नहीं।''

''तो चाँदनी में गेहूँ काटते हुए बालियाँ आँखों के सामने क्यों करती थी?''

''छुपाने के लिए।''

''खेतों में कौन देखता होगा?''

''कोई भी।''

''छुपी कहाँ रही तुम! सब लोग तो देखते थे।''

''मन की आँखों से कैसे बच सकता है कोई।'' मुँदरी बुढ़िया ने आह भरी सुनकर ठिठक गया कोई कौन? कहाँ?

वहाँ ढिबरी थी जलती हुई, सीढ़ियों पर चला गया होगा। कौड़सी दूर है। सुबह तक पहुँच जाएगा। कल रात फिर लौटेगा। कहीं और जाकर लौटेगा। कहीं और जाने के लिए। जलती ढिबरी वहीं सीढ़ियों के पास छोड़कर वह लौट गयी। अपने कोने में। इसीलिए बनवाया था गोकुल मिस्त्री से।

''सौरी के लोगों से क्या पूछना'' हँसा था तब गोकुल मिस्त्री मन में। जिस भविष्य को देख रही थी मुँदरी बुढ़िया वह गोकुल मिस्त्री की हँसी में सामने बिछ गया—हवा में वहाँ तक जहाँ तक वह हँसी पहुँची थी। सुना किसी ने? ना कोई नहीं

सुनेगा। अपनी-अपनी उम्र भोगते लोग दूसरों की उम्र का ध्यान कहाँ रखेंगे भला।

"वे हैं कहाँ?" गोकुल मिस्त्री का हँसना थमा उसने प्रश्न फेंक दिया।

"वे सब यहीं हैं।" तब इतना ही कह सकी थी मुँदरी बुढ़िया।

"तो उनसे क्या छिपना," गोकुल मिस्त्री फिर हँस दिया था।

अपना दाहिना हाथ आगे बढ़ाया था मुँदरी बुढ़िया ने हँसी को वहीं रोकने के लिए।

"बहुत ज्यादा जीने के बाद अच्छा नहीं लगता। उनके सामने जाओ तो वे डर जाते हैं। लगता है मैं उनकी उम्र खा रही हूँ।" हल्के से बुदबुदायी थी मुँदरी बुढ़िया।

मुँदरी बुढ़िया ने करवट बदली। चारपाई चरमरायी—उड्डह। इसी आवाज में बोला दरवाजा।

"कौन?" एक लम्बे विराम के बाद पूछा मुँदरी बुढ़िया ने।

"मैं सौरी से आया हूँ।"

"कौन-सी सौरी?"

"जहाँ गोकुल मिस्त्री रहता था।"

"कहाँ जाओगे?"

"कौड़सी।"

वही दरवाजे की खड़-खड़ उन्हीं कुंडों का हिलना। चारपायी की वही चरमराहट 'उड्डह'।

उसी दरवाजे का खुलना। चाँदनी के एक और टुकड़े का भीतर गिरना।

चाँदनी उसकी पीठ पर पड़ी। थोड़ा झुकी पीठ। दिन, महीने, साल एक-एक कर उसकी रीढ़ पर पता नहीं कब चढ़ बैठे। चाँदनी में वे कहीं नहीं दिखे। मैली कमीज के नीचे वे दुबक गये पीली-सी टोपी की ओट में हो गये। देखा मुँदरी बुढ़िया ने। पहचाना-सा कुछ है जो पहचान से छूट रहा है।

"जाओगे कि रुकोगे?" उस अनचीन्हे को चीन्हते हुए पूछा मुँदरी बुढ़िया ने।

"जाना तो है। पर रुकना भी है।"

"आ जाओ। ऊपर चले जाओ। और भी हैं।"

"यहाँ तो अँधेरा है।"

"अभी तो ढिबरी जली थी। किसने बुझायी!" जैसे अँधेरा अभी-अभी देखा हो मुँदरी बुढ़िया ने।

"मुझे क्या पता?" उसकी आवाज सुनाई दी मुँदरी बुढ़िया को। उसकी पीठ चाँदनी के टुकड़े से बाहर कहीं चली गयी। चाँदनी टूटे हुए फर्श की सीली मिट्टी से लिपटी रही।

वहीं। उसी छोर पर। वही झर्र...उजाले की कँपकपाहट।

''तुम भी माचिस लाये हो?'' अपने कोने की तरफ सरकते हुए पूछा मुँदरी बुढ़िया ने।

''हाँ, लोगों ने बताया था। इसकी जरूरत पड़ती है, यहाँ इधर कहीं ढिबरी रखी होगी।''

''किन लोगों ने।''

''जो कौड़सी जाते हैं।''

''आज तक तो उनमें से कोई नहीं लौटा।''

''सब लौटते हैं। जो जाएगा वह आएगा भी।''

''मुझे तो कोई लौटता नहीं मिला। सब रात में आते हैं। सुबह चले जाते हैं। कोई नहीं लौटता।'' थकी-सी आवाज में बोली मुँदरी बुढ़िया। बहुत धीमे-से। इतना धीरे कि वह न सुन सके। उसने सुन लिया।

झर्र...आवाज के साथ उजाला कमरे में फैल गया। उसकी झुकी रीढ़ जैसे कमरे में उजाला छितराती रही।

''किधर से जाना है?'' उसने ढिबरी हाथ में ले ली। धुएँ की काली लकीर छत पर चढ़ती हुई।

''बायीं तरफ सीढ़ियाँ हैं। चढ़ जाओ। बायें मुड़ जाना।'' आँखें बन्द कर ली मुँदरी बुढ़िया ने।

बन्द आँखों से सब कुछ देखना अच्छा लगता है मुँदरी बुढ़िया को। वह अब चल रहा होगा। ढिबरी सँभालने में उसकी रीढ़ और झुक गयी होगी। वह अकबकाकर इधर-उधर देख रहा होगा। अब पहुँच गया होगा। वहीं पीपल की मोटी होती जड़ के पास।

''सब अपनी-अपनी उम्र जीते हैं और अपनी-अपनी उम्र खाते हैं।'' गोकुल मिस्त्री ने कहा था। गोकुल मिस्त्री वहीं खड़ा था। पीपल की जड़ के पास। तब यह बहुत पतली थी।

''सारे लोग तुम्हारे जैसे नहीं होते।'' इतना ही कहा था मुँदरी बुढ़िया ने। गोकुल मिस्त्री आगे चला आया था।

''मकान बनाने की और भी जगहें हैं। यह कालने पर सीढ़ियाँ बनाने का मतलब...!'' गोकुल मिस्त्री बड़बड़ा रहा था।

''सौरी के लोगों से पूछ।'' दुबारा कहा था मुँदरी बुढ़िया ने। और जोर से हँसते हुए।

''कहाँ हैं सौरी के लोग!'' चिढ़ गया था गोकुल मिस्त्री।

''जहाँ सौरी है।'' गम्भीर हो गयी मुँदरी बुढ़िया।

''सब चले गये। तुम्हारे जाने के बाद कौन पूछेगा सौरी को?'' गोकुल मिस्त्री

झुँझलाहट से भर गया।

"सब पूछेंगे इस मकान को पूछेंगे। अरे! कौड़सी तक तो जाएँगे ना लोग।" बहुत धीमी आवाज में बोली थी मुँदरी बुढ़िया। इतना धीमे कि पैरों के नीचे दबी मिट्टी भी न सुन पाये। पता नहीं, गोकुल मिस्त्री ने सुना भी था कि नहीं।

आँखें खोली मुँदरी बुढ़िया ने। सीढ़ियों के बीच वह खड़ा था।

"क्या है!" जोर से बोली मुँदरी बुढ़िया।

"मैंने सुना कुछ। कोई बातें कर रहा था।" उसकी आवाज में घबराहट थी।

"ऊपर लोग बातें कर रहे होंगे।"

"अच्छा!" उसकी घबराहट से ढिबरी की लौ काँपी।

"खड़े क्यों हो?" आवाज में मिठास घोल लायी मुँदरी बुढ़िया।

"मैंने रास्ते में अजीब बात सुनी थी।"

"कि मुँदरी बुढ़िया चाँदनी रातों में गेहूँ की पकी फसल काटती थी।"

"हाँ, यही बात, लोग कह रहे थे कि एक रात उसने अकेले पूरे तेरह बीघे की फसल काटी थी।"

"कहाँ सुना?"

"रास्ते में, अभी तो बताया था।"

"और क्या सुना।"

"रहने दो।"

"क्या सुना?"

"कुछ नहीं।"

"तो अब जाओ सुबह तुम्हें जाना है।" मुँदरी बुढ़िया ने थकी आवाज में कहा, उम्र के बोझ से अब आवाज भी थकने लगी हो जैसे।

वह वहीं खड़ा रहा, सुना नहीं हो कुछ भी जैसे।

"ढिबरी रख दो, वहीं रख दो, बायें मुँह जाना, दाहिना रास्ता सुबह तुम्हें कौड़सी ले जाएगा।" वह वहीं खड़ा रहा।

"अब क्या है?" झुँझला गयी मुँदरी बुढ़िया।

"क्या ये किस्सा सच है?" वह धीमे-से बोला।

"किस्सों का क्या सच और क्या झूठ।" हँस दी मुँदरी बुढ़िया, पता नहीं कितनी बार बताना होगा। कितनों को बताना पड़ेगा। आँखें मूँद लीं मुँदरी बुढ़िया ने। नहीं अब नहीं आएगा कोई।

चारपाई चरमरायी, उड्डह।

देह में वापस लौटते हुए लम्बी साँस खींचती है मुँदरी बुढ़िया, "उडडह," चारपाई चरमराती है।

अब मुँदरी बुढ़िया सपना देखेगी।
सपने में दरवाजा खड़खड़ाता है, कुंडे हिलते हैं, सौरी से तूफान उठता है।
''कौन?'' सपने में पूछती है मुँदरी बुढ़िया।
''मै सौरी से आया हूँ।''
''कौन-सी सौरी?''
''जो मुँदरी बुढ़िया की सौरी है।''
सपने में जवाब देता है दरवाजा।

अखंड सुहागवती

''परसों रासमणि मरी, कल जगतराम खिसका और आज शुकदेव चला गया।''

''शुभ-शुभ बोलो, यह बखत इस चर्चा का नहीं है। ईश्वर का ध्यान करो।''

''कौन-सा मैं बूढ़ा हो गया।'' किशन ने लालटेन की लौ तेज कर दी और चारपाई पर बैठ गया।

''तो अशुभ बात क्यों सोचते हो?'' दूसरे कोने में सत्यवती ने करवट बदली।

''पैदा ही जब इस गाँव में हुआ, तो और सूझेगा क्या? सत्तो! जब समझना-सोचना शुरू किया था, तो लगता था—जैसे जीवन के परम रहस्य को जानते हुए जीना सीख लिया है। अब...,'' किशन मुस्करा दिया।

यह अजीब मुस्कराहट है। अपने सिवा कोई देखनेवाला नहीं, एक मन का आईना है और मन गुम है, शुकदेव का चेहरा दीख पड़ता है। कल जगतराम दिखाई दिया था, परसों रासमणि दिखी थी।

''सत्तो!'' किशन ने फिर पुकारा, ''नींद आ रही है क्या?''

''हाँ...आँखें तो इसीलिए बन्द की थीं। रासमणि के साथ कितने लोग गये थे?''

''बहोत लोग गये थे,'' किशन ने कह दिया। कल भी कहा था, सचमुच, बहुत लोग गये थे। चार जनों से ज्यादा लोग बहुत होते हैं। सत्यवती क्या समझेगी? समझ ही गयी होगी। पचास बरस से ज्यादा का साथ हो गया, फिर भी कितना समझा हुआ नासमझा रह गया।

शुरू-शुरू में बहुत समझाना पड़ता था। तब वह बच्ची ही थी। और होने से ठीक पहले की बच्ची।

''मुझे डर लगता है,'' रात के अँधेरे में वह कहती थी।

''यह डरने की चीज नहीं है,'' वह अपनी समझ उस पर उड़ेलता था।

''प्रेतों का बासा है यह,'' वह उससे चिपक जाती थी। प्रतिदिन एक मृत्यु की खबर उस बच्ची के लिए बहुत भारी थी।

वह एक महीना उसके लिए भी बहुत भारी था। एक सच, जो आँखें खोलते ही साथ में उठता है,पलता और बढ़ता है, कभी परेशानी में नहीं डालता—वह तो अपने ही

साथ घुला-मिला है। दूसरे की मौजूदगी में उसका होना कितना वीभत्स है, यह उसने उन्हीं दिनों जाना था।

"नहीं, प्रेतों का बासा नहीं है, सत्तो! यह पितरों का बासा है। पितर बसते हैं यहाँ," उस रोज पहली बार 'सत्तो' कहकर पुकारा था।

वह फिर मुस्काराया। कौन-सा दिन याद आया। सत्तो के होने का दिन—उसके नामकरण का दिन।

"बहुत पुराने समय से यहाँ ऐसे ही होता आया है," अपनी ही आवाज उसे सुनाई देने लगी। समय की सुरंग से पचास बरस लाँघकर आती हुई आवाज—बहुत धीमी, बहुत साफ ओर बहुत नरम! "सत्तो! कोई नहीं जानता कि यह कब से शुरू हुआ। यहाँ हर कोई यही जानते हुए आया और यही बताते हुए चला गया। प्रतिदिन एक जन्म और प्रतिदिन एक मृत्यु।"

किशन ने आँखें बन्द कर लीं। फिर मन में मुस्कराता रहा। कोई भीतर से खिड़कियों को खोल रहा है, उन खिड़कियों से बहुत कुछ दीख पड़ता है—ध्वनियाँ, गन्ध, रूप, रस, स्पर्श...

"सत्तो! ब्रह्मा और शिव—दोनों का वरदान है इस धरती पर। हमारे पुरखों में आदि-पितर थे, जो उन्होंने प्रसन्न किया था दोनों को। इतना बड़ा गाँव धरती के किसी और छोर पर नहीं है।"

"धरती कितनी बड़ी होगी?" औरत होती हुई बच्ची पूछ रही थी।

"जितना बड़ा मन है तेरा," अपनी आवाज कितनी भली लग रही है। तब समझी होगी क्या? क्या अब भी पूरी तरह जानती है?

"सत्तो..." किशन ने फिर पुकार लिया, "नींद आ रही है क्या? बत्ती धीमी कर दूँ?"

"मन ठीक नहीं क्या तुम्हारा? सच-सच बताओ। रासमणि के साथ कितने लोग गये थे?" सत्यवती दूसरे कोने में उठ गयी।

"कहा न, बहोत लोग थे।"

"कौन-कौन थे?"

"कहाँ-कहाँ तक नाम गिनाऊँ। सत्तो, एक बात तो बताना। डर लगता है अब?"

"किससे?"

"प्रेतों से।"

"शुभ-शुभ बोलो। हे पितर, आन रखना। हे शिव! कल्याण करो। हे ब्रह्म! सहाय रहो।" सत्यवती ने हाथ जोड़ लिये, आँखें बन्द कर लीं।

इस बात का मतलब क्या निकलता है? किशन फिर समझने और समझने के

प्रश्न में उलझ गया। खुद सत्यवती को कितना समझ लिया? इतने बरस तक यही रहा कि सत्यवती कितना समझी। एक बार मन में आया कि सत्यवती से पूछ ले। फिर स्वयं को रोक लिया।

"सुनो।" सत्यवती ने आँखें खोल लीं, "रासमणि दिखी थी मुझे, केशव भी था। उतना बड़ा न एक दिन ज्यादा, न एक दिन कम। माथे में सिन्दूर था उसके..."

किशन ने कुछ नहीं कहा। टीस-सी चुभती है रासमणि। सम्बन्ध क्या था? जो नहीं बना, वह नहीं हुआ। फूल की तरह रखना चाहा था कभी, शूल की तरह चुभेगा। सर्द हवाओं में बहुत-सी चीजें जम जाती हैं और तकलीफ देती हैं।

"सत्तो! कितना बड़ा है तेरा मन?" किशन ने इस तरह कहा, जैसे सत्यवती कहीं दूर बैठी हो।

"मानते हो?"

"नहीं जानता।"

"बूझते हो?"

"यही सोचता हूँ।"

"बार-बार क्यूँ बूझते हो?"

"पता चले, तो धरती के डोर की थाम लूँ।"

"जितनी दूर धरती का छोर है," सत्यवती ने कहा।

किशन ने नहीं सुना। अब यहाँ सत्यवती नहीं। वह और दूर है। अब वहाँ भी नहीं है। वहाँ सिर्फ श्मशान-गन्ध है—धीमे-धीमे राख होती देह-गन्ध राख होने से पहले जो आकार था, वह केशव था...

किशन को बहुत दूर दीख पड़ता है—धीर, गम्भीर। धीमे कदमों से चलता हुआ। श्मशान के रास्ते पर। पीछे किशन। आगे केशव।

"किशन। तू सचमुच जा रहा है?" रुक गया था केशव और झटके से पीछे मुड़ा था। "हाँ।"

"तेरी बीबी डरती है यहाँ?"

"नहीं।"

"सब कहते हैं, किशन अपनी बीबी की वजह से जा रहा है।"

"केशव, दुनिया बहुत बड़ी नहीं थी। अब बहुत बड़ी हो गयी है। संसार यहाँ से बाहर भी है।"

समय के दूसरे छोर पर खड़े किशन को केशव की विस्मय-भरी आँखें दिखाई दी हैं। बाहर जाने की कल्पना तक केशव को भीतर से हिला गयी।

"लौटेगा तो यहीं," बस, इतना ही और बोल सका था केशव।

समय के उस छोर पर खड़े होकर किशन को लगता है कि तब वह जो कह रहा

था, उस पर उसे स्वयं विश्वास नहीं था।

तब सत्तो कभी लौटने की बात कहेगी, यह सोचना ही असम्भव था। किशन ने आँखें बन्द कर लीं।

शादी के एक महीने बाद वे निकल गये थे। तब कितनी ललक थी इस बच्ची की आँखों में। भीतर जितना बड़ा है, जितना विशाल है, बाहर जाने का रास्ता उतना अकेला है। उस पीपल से मीलों दूर तक अकेली पगडंडी गुजरती है। वे पीपल के पास तक पहुँचे थे कि पीछे से आवाज आयी थी, ''भाभी।''

मुड़कर देखा था दोनों ने।

ठगी रह गयी थी सत्यवती।

जड़ हो गया था किशन।

रासमणि खड़ी थी पुकारती हुई।

''जल्दी आना,'' इतना कहा था रासमणि ने और मुड़कर भाग गयी थी।

''रासमणि है यह,'' उसने कहा था।

''इसी से टूटी थी तुम्हारी बात पहले।'' चमक गयी थीं सत्यवती की आँखें, ''अच्छा भाग्य लेकर नहीं आयी वह।''

''सत्तो।'' इतना ही बोला था तब किशन।

पीपल से आगे की वह पगडंडी उन्होंने मौन पार की थी। आगे किशन,पीछे सत्यवती। हवा में उड़ती धूल। पेड़ों की टहनियाँ बजतीं हवा में। दोपहर को सुनसान बनाती धूप।

''सत्तो'' किशन ने फिर पुकारा।

''नींद नहीं आ रही ना,'' सत्यवती की आवाज फिर आयी।

''नींद तो आ जाएगी।'' किशन ने कह दिया। फिर रुक गया। थोड़ी देर सन्नाटा रहा।

''परसों शुकदेव भी था,'' किशन फुसफुसाया।

''जगतराम भी था तुम्हारे साथ?'' सत्यवती ने पूछा।

''हाँ...वह भी था।''

''और कौन--कौन था?''

''बहुत लोग थे।''

''सच-सच बताओ। और कौन था?''

''बहुत थे, बहुत लोग थे।''

''तुम झूठ क्यों बोलते हो?'' खीजकर पूछा सत्यवती ने।

किशन ने नहीं सुना। सत्यवती की आवाज है। सामने बैठी है। सुनाई नहीं देती। सालों दूर से जब बोलती है, तो साफ सुनाई देती है।

"तुम्हें अच्छी लगती है रासमणि," बच्ची से एकदम बड़ी हो गयी औरत ने उस रात पूछा था।

"नहीं मालूम।"

"अच्छा...बुरी लगती है।"

"नहीं मालूम।"

तब नाक पकड़ ली थी उस औरत ने।

"अच्छा! एक बात बताओ," यह एक दूसरी रात थी। वह ऐसे सवाल हमेशा अँधेरे में पूछती थी। जानती थी जैसे, कि उजाले में वह नहीं दे पाएगा जवाब।

"पूछो।"

"तुम जानते हो, क्या पूछ रही हूँ?"

"नहीं, मैं कैसे जान सकता हूँ?"

"मैं जानती हूँ कि तुम जानते हो।"

"मैं जानता हूँ कि मैं नहीं जानता।"

"तुम झूठ बोल रहे हो।"

"तुम सच नहीं कह रही हो।"

"अच्छा! रासमणि के भाग्य में क्या नहीं है?"

"अखंड सुहागवती नहीं है वह।"

आँखें गीली हैं। कब गीली हो गयीं?

"पुरानी बातें याद आ रही हैं क्या?" फिर सत्यवती की आवाज सुनाई दी। एकदम सामने से। कितना फर्क है दोनों आवाजों में। जो सामने से आती है, वह सहलाती है। जो भीतर से आती है, वह चुभती है। दोनों एक हैं या दोनों अलग हैं।

"नहीं सत्तो, खास कुछ नहीं," कह दिया किशन ने। मानेगी नहीं, फिर खोदेगी।

"विचलित हो रहे। अरे, पितरों को प्रणाम करो।" फिर हाथ जोड़ लिये सत्यवती ने।

आँखें बन्द कर लीं किशन ने, कहाँ से कहाँ पहुँच गयी सत्यवती, क्या से क्या हो गयी सत्तो...

एक सत्तो वह थी, जो पगडंडी से होकर बाहर जा रही थी। एक सत्तो वह थी, जो चालीस बरस बाद पगडंडी से भीतर आ रही थी। यह सत्तो की जिद थी। चालीस बरस बाद वापस लौटने की जिद।

"सुनो। अब हम चलेंगे," उस रात वह गम्भीर थी। उस सुबह पड़ोस में एक हादसा हुआ था। ऐसे हादसों में वह गम्भीर हो जाती थी, जहाँ मृत्यु चीखते हुए उपस्थित होती थी।

कहाँ चलेंगे? मृत्यु के साक्षात् की पीड़ा किशन उसकी आँखों में साफ पढ़ रहा

था, हालाँकि वहाँ अँधेरा था।

"वापस। पितरों के पास," यह सत्यवती का निश्चय था।

"इतने बरस बाद लौटकर करेंगे क्या?"

"सुनो। यहाँ जब भी यह होता है, डर लगने लगता है। वहाँ जाएँगे, तो डर खत्म हो जाएगा। वहाँ यह हर दिन होता है।"

तब वे लौट आये थे। तब आगे सत्तो थी, पीछे किशन, हवा में फूल महक रहे थे, पेड़ों के पत्तों से हवा चुहल कर रही थी।

वह आना एकदम सहज था। कोई खबर नहीं थी। जितनी सहजता से कसी शिशु के आने को लिया जाता है, उतनी सहजता से उन्हें लिया गया।

आते ही उसने केशव को ढूँढ़ा था। केशव नहीं मिला, उसे तीस बरस हो गये थे। केशव का घर वैसा ही था—साफ चमकता हुआ केशव के जैसा केशव का लड़का, आँखों की ज्योति खो चुकी केशव की विधवा।

"कौन हो? दिखता नहीं मुझे," आवाज से पहचाना था उसने और सन्न रह गया था—वह रासमणि थी।

"बोलो। क्या आवाज नहीं है तुम्हारी?" दाँत झलके थे उसके। एकदम मोती की तरह, वैसे ही। उतने ही आबदार।

"मैं किशन हूँ, किशनू...," फिर चुप हो गया था वह।

उस दिन उसे पहली बार डर लगा था। वह किशन कोई और था, जो यहाँ से गया था। चालीस बरस बाद जो लौटा है, वह कोई और किशन है।

उस शाम वह देर तक शुकदेव के साथ घूमा था। देर तक वे किशन के बारे में बात करते रहे थे। सब जानते थे—रासमणि का भाग्य अच्छा नहीं है। उस शाम शुकदेव ने बताया था कि केशव को रासमणि से ब्याह करने की जिद में क्या-क्या करना पड़ा था। तीस बरस पुराने झंझावातों के बीच भटककर अचानक शुकदेव रुक गया था।

"किशनू, पता है," जगतराम ने भी जिद की थी।"

"क्या जिद?"

"वही, जो केशव ने की।"

"फिर?"

"फिर क्या? केशव ने पूरी कर ली। जगतराम पूरी नहीं कर सके। जैसे तुम पूरी नहीं कर सके थे।" शुकदेव ने मुस्कराते हुए कहा था।

"अरे तुम!" पलटकर किशन तिलमिलाया था।

"छोड़ो," अचानक शुकदेव उदास हो गया था। फिर वे दोनों घंटों चुपचाप टहलते रहे थे। अँधेरा घिरने के बाद वह लौटा था। चालीस बरस के लम्बे अन्तराल के बाद वह इतने अँधेरे में चला होगा। लौटते हुए उसे लगा था कि देर तो ज्यादा नहीं हुई।

बस, अँधेरा जरा ज्यादा गाढ़ा था जैसे दिन में उजाला जहाँ जरा ज्यादा तरल हो जाता है।

सत्तो अँधेरे में लालटेन की लौ ठीक कर रही थी और लौ ठीक नहीं हो रही थी।

''लाओ, लौ मैं ठीक करता हूँ।'' उसने कहा था।

''देख आये रासमणि को?'' सत्तो की आवाज आर्द्रता में भीगी थी।

''तुम्हें कैसे पता?'' उसने सूखे गले के साथ पूछा था।

''मैं उसी के पास बैठकर आ रही हूँ।'' सत्तो की आवाज के साथ अँधेरा पिघल गया था। लौ ठीक हो गयी थी और लालटेन सत्तो के हाथ पर से उजाला उड़ेल रही थी।

फिर यह नियम बन गया। सत्तो रोज शाम रासमणि के पास जाती और बात करती। नयी चीजें सीखती। सारा डर कहाँ चला गया उसका, किशन को ताज्जुब होता है। परम्परा की कौन-सी कड़ी है, जिससे सत्यवती ने खुद को जोड़ लिया है।

''सत्तो!'' आँखें खोलकर फिर किशन ने पुकारा, ''नींद आ गयी क्या?''

''नहीं। कुछ कहना है?''

''हाँ।''

''मुझे पता है, क्या कहोगे। मत कहो, कहकर छोटे हो जाओगे।''

''सत्तो, मैं सच कह रहा हूँ।''

''मुझे पता है। सच कह रहे हो। चिन्ता मत करो। कोई बात नहीं है चिन्ता की।''

''सत्तो! मुझे चिन्ता है।''

''तुम्हें डर लग रहा है...बोलो—हाँ। मत कहो, डर लग रहा है। कहो—हाँ।''

''सत्तो!''

''कहो—हाँ। हाँ कहो ना!''

''हाँ।''

''बस, इतनी बात थी। कहा न, अखंड सुहागवती हूँ मैं। पहले मैं जाऊँगी...''

''सत्तो!''

''बत्ती बुझा दो, नींद आ रही है।''

किशन लालटेन की लौ धीमी करने लगा।

चढ़ाई

वह बूढ़ा बंसखेडियों के झुंड के पास पहुँचकर रुक गया। उसने ऊपर नजर दौड़ाई—साल के नंगे पेड़ों के बीच गायों के अधछिपे शरीर हरकत कर रहे थे। उसने अपनी लाठी आहिस्ता से आम के पेड़ के सहारे टिकायी, अपने बदन को पेड़ का सहारा दिया और थकान मिटाने के लिए बैठ गया। उसने अपनी आँखें मूँद लीं।

उस स्थिति में वह चौकीदार नहीं लग रहा था। हालाँकि लोग उसे चौकीदार कहा करते क्योंकि तीस साल पहले तक वह चौकीदार हुआ करता था। तीस साल पहले जब वह बूढ़ा हुआ उसके मालिकों ने उसकी छुट्टी कर दी। तीस साल बाद भी वह बूढ़ा था...

उसने आँखें खोलीं जैसे नींद से जागा हो। उसके सामने बच्चों का झुंड था। उसे आश्चर्य हुआ—बच्चे जैसे बिना आहट किये आकाश से टपक पड़े।

''तुमको मार पड़ी थी ना?'' उनमें से एक बोला।

''दाद्दाजी तुम चोर थे?'' दूसरे ने कहा।

फिर सब बच्चे खिलखिलाये। वह मुस्कराया, उसकी बेतरतीबी से छितरी मूँछें थोड़ा हिलीं। उसने लाठी उठायी और उन्हें दिखायी। वे सब दूर भागे। हँसे। फिर नजदीक सरक आये।

''पता है, कै बरस पहले की बात है?'' वह गम्भीर हो गया। उसने लाठी फिर पेड़ के सहारे टिका दी।

''बहोत पेले की।'' उनमें से कोई बोला।

''हाँ।'' उसने पीठ पेड़ के तने से जमीन की तरफ खींच ली और पेड़ को तकिये की तरह इस्तेमाल करने की कोशिश करता लेट-सा गया। ''तब यहाँ एक साधु रहता था। समझे? उसकी मुर्गियाँ थीं, मुर्गियाँ...बहोत सारी। आठ, दस, पन्द्रह, पच्चीस, पचासों मुर्गियाँ। मैं पत्थर मारूँ, वो भाग जाएँ। एक मर्तबा उस साधु ने मुझे पकड़ लिया।''

बच्चे हँसे। बूढ़ा उनकी हँसी की बरसात रुकने का इन्तजार करता रहा। वे थमे। बूढ़े ने करवट ली, ''फिर उसने मुझे लाठी मारी। समझे? लाठी से पीटा।''

बच्चे चुप थे। वे उसके चेहरे पर देख रहे थे। उसका लम्बा-सा मुँह। छितरे हुए दाँत, छितरी हुई मूँछें। सर पर छितरे हुए बाल...

"मैं चोर था।" साल के मरे हुए पत्ते चरमराये। वह आहिस्ता-आहिस्ता उठते हुए बैठ गया। उसने लाठी उठायी और उसे बच्चों की तरफ हिलाते हुए कहा, "गायें, उजाड़ पे गयी हैं। जल्दी भागो।"

बच्चे हड़बड़ाकर उठे। पहाड़ी की तरफ दौड़े। उनके दौड़ते कदमों के नीचे साल के पत्ते चरमराये। वह लाठी टिकाये धीरे-धीरे उठ खड़ा हुआ। पीछे से लुढ़कते पत्थरों की आवाज के बीच गायों की घंटियाँ टनटनायीं। बच्चे गायों को हाँकते दूर चले गये...

उसने एक कदम आगे बढ़ाया और फिर रुक गया। वह सड़क बंसखेडियों के आगे सँकरी हो गयी थी। उसने नीचे की तरफ देखा—एक लम्बी ढलान। झाड़ियाँ—बेतरतीबी से छितरी हुईं। यहाँ-वहाँ पेड़ों की छाँह तले वे घनी हो आयी थीं। उसने हवा खींची, अपना बायाँ हाथ कमर पर रखा और आगे बढ़ गया।

चार कदम चलने के बाद उसे लगा जैसे कोई उसके पीछे-पीछे तेजी से आ रहा है। वह रुक गया और धीरे-धीरे एक लय के साथ पीछे मुड़ा। सामने से कोई चालीस बरस का आदमी चला आ रहा था। उसे वह अजीब-सा चेहरा लगा। ऐसे चेहरे उसने पहले कभी नहीं देखे थे, चौकीदारी के उन बरसों में भी नहीं। एकदम गोरा चेहरा जिस पर हरी आँखें चौकोर लम्बे चौखटे के ऊपर किसी माणिक-सी चमक रही थीं।

वह उससे कोई पाँच कदम दूर रुक गया। उसके शरीर से पीसने की गन्ध आ रही थी। बूढ़ा पसीने की गन्ध से परेशान था—शायद नहीं भी था। अजनबी आदमियों से परेशान नहीं होना चाहिए। उन पर नजर रखनी चाहिए, चौकीदारी का यह गुर उसने ईजाद किया था और अब भी उस पर अमल करता था। हालाँकि अब वह चौकीदार नहीं था...

"जी, सुनिए...जरा एक मिनट।" अजनबी की आवाज बड़ी बारीक थी और उसकी एक उँगली हथेली से अलग निकल आयी थी।

बूढ़ा मुस्कराया। उसकी मूँछें थरथरायीं। वह सड़क के बीच में बैठ गया।

"बैठो।"

"जी...लम्बा रास्ता है।" अजनबी ने कहा और सड़क के किनारे आसपास कुछ तलाश करने लगा। एक उभरा पत्थर देखकर वह वहाँ तक चला गया और उस पर बैठ गया। "मैं बड़ी दूर से आया हूँ। क्या सौरी का रास्ता यही है?"

बूढ़े ने सिर उस अन्दाज में हिलाया जिसका मतलब सिर्फ हाँ होता है।

"खुदा का शुक्र है। मैं मना रहा था कि यही रास्ता हो।" बूढ़ा चुप रहा। अजनबी भी चुप हो गया।

दूर जंगल में कहीं एक मुर्गा कुड़कुड़ाया।''

अजनबी जेब से रूमाल निकालकर पसीना पोंछने लगा। बूढ़ा चुपचाप बैठा रहा। कई पल इसी तरह गुजर गये। इस बीच सिर्फ झाड़ियों में पीछे से बटेर निकलकर नीचे ढलान की तरफ उतरे...एक तोता नजदीक किसी पेड़ पर उतरा और दूर से बन्दर नीचे उतरे।

''मैंने लोगों से पूछा था। उन्होंने बताया था कि सौरी के लिए बहुत चढ़ाई है। अब तीन किलोमीटर चल आया हूँ। कोई खास चढ़ाई नहीं है।''

बूढ़े ने सुना और सिर्फ सिर हिलाया। उसने लाठी अपने हाथ में ले ली।

''रास्ता यही है ना?''

''हाँ।'' इस बार बूढ़ा बोला।

''मैंने सोचा कहीं गलत रास्ता न बता दिया हो।''

''हमारे यहाँ लोग ऐसा करते नहीं।'' बूढ़े ने फिर लाठी जमीन पर रख दी।

''सौरी में कोई रामप्रसादजी हैं। छियानब्बे साल की उमर है उनकी।''

बूढ़े ने आँखें मूँदी और सिर हिलाया।

''उनमें काफी आब है। मैं उनसे मिलने जा रहा हूँ। आप सौरी में ही रहते हैं?

बूढ़े ने सिर हिलाया। फिर धीरे-से कहा, ''हाँ।''

''आप रामप्रसादजी को जानते होंगे।''

''हाँ।''

''वे मिल जाएँगे?''

''शायद।''

''मैंने सुना है वो बुढ़ापे से नहीं डरते।''

''हो जाता है। अब बुड्ढों का क्या भरोसा।''

फिर कुछ पल चुप्पी छाई रही। वह अजनबी उठ खड़ा हुआ, ''कितनी दूर और है?''

''जितना चल आये हो उतना और चलना पड़ेगा।''

''जी लगता है पहले यहाँ घना जंगल रहा होगा।''

''था। बहोत घना था।''

''आप रोज इस रास्ते से जाते हैं?''

''तकरीबन रोज।''

''आगे चढ़ाई तो नहीं है?''

''है। बहोत लम्बी।''

''कितना आगे से शुरू होगी?''

''सामने। मोड़ दिखता है। उसके बाद एक मोड़ कोई पचास कदम बाद। फिर

बस। चढ़ाई-ही-चढ़ाई, पूरे सौरी तक।''

''जी धन्यवाद।'' उसने कहा और आगे बढ़ गया। साल के मरे हुए पत्ते उसके जूते तले चरमराये।

बूढ़ा उठा और लय के साथ पीछे की तरफ मुड़ा। अजनबी दूर जा रहा था। उसकी नीली कमीज धीरे-धीरे मोड़ के पीछे गुम हो गयी। अब वह फिर अकेला था। सौरी में शायद एक दिन आएगा जब अकेला वही रह जाएगा। तीस बरस पहले, जब बुढ़ापा उस पर असर दिखाने लगा और नौकरी से छुट्टी हो चुकी थी, सौरी में तीस घर थे। अब तीस बरस बाद सौरी में छह घर रहे गये। उसने कदम आगे बढ़ाये—कुछ अपने दम पर, कुछ लाठी के सहारे।

साल का कोई पत्ता लाठी के नीचे आता या उसके पैरों के नीचे, अजीब चरमराहट होती। फिर सब चुप हो जाता। पहले ऐसा नहीं होता था। तब पूरी सड़क साल के पत्तों से भरी होती। पूरा जंगल एकाएक नंगा लगने लगता और पतझड़ एक बेशर्म मौसम लगा करता। नीचे जलधार से ही जंगल ऊबा हुआ लगता था। अब तो जलधार से जंगल दीखता ही नहीं। बरसों में आहिस्ता-आहिस्ता सब खत्म हो जाता है और पहचानना बहुत मुश्किल कि यहाँ पहले क्या था। अपने तरीके से बूढ़ा इस बात को सोचता रहा और सोचते-चलते मोड़ के पास पहुँच गया।

ठीक सामने मोड़ के साथ-साथ सौरी की वह प्रसिद्ध चढ़ाई शुरू होती थी। जब वह जवान था तो घंटे भर में बिना थके यह चढ़ाई चढ़ जाया करता था। तब वह चौकीदार था। अब वह चौकीदार नहीं। अब वह जवान भी नहीं है। उसे लगा चढ़ाई तो उतनी ही छोटी है, बस तनिक आराम करने की जरूरत है। उसने एक पेड़ के सहारे अपनी लाठी और पीठ टिकायी और आँखें बन्द कर लीं।

कुछ पल बाद नजदीक ही कदमों की आहट हुई और एक आवाज उभरी, ''नमस्ते चौकीदार जी...''

''कौन? फरती...'' उसने आँखें बन्द रखीं।

''ना, सिताब सिंह।'' जवाब आया।

''नहीं, सिताब सिंह।''

उसने आँखें खोलीं। सामने खिचड़ी बालों वाला फरती था। उसकी कमीज के बटन टूटे थे और पाजामे पर जगह-जगह पसरे पैबन्द यहाँ-वहाँ से उधड़ रहे थे।

''तू। मेरे सामने पैदा हुआ था। समझे।'' बूढ़ा बोला।

''जी...हाँ जी। चौकीदार जी।''

''चौकीदार के बच्चे। तू बच्चा है।''

''हाँ जी...हाँ जी...बच्चा हूँ।''

''तू बच्चा है। समझे। तेरी मूँछ कहाँ है? जब मैं तेरी उमर का था...समझे। कै

साल पहले?"

"जी बहोत पहले।"

"कै साल?"

"पचास साल..."

"हूँ...पचास साल। समझे...मेरी मूँछ जरा हिलती तो तहलका मच जाता। बाबू हनुमन्त कहते कि रामप्रसाद! तेरी मूँछ सलामत रहे। मेरी इज्जत सलामत रहेगी।" बूढ़ा बोलते हुए फरती के चेहरे को पढ़ता रहा। वह बेहद कमजोर चेहरा था। फरती के खिचड़ी बाल उस चेहरे पर बेशर्मी से झुके थे।

"डागडर ने कुछ बताया?" अब बूढ़े को चिन्ता हो आयी।

"आज बुलाया है?"

"सरकारी डागडर। सरकारी, कुछ कहा, क्या रोग है?" बूढ़े ने लाठी हाथ पर ले ली और अपने को पेड़ से अलग किया।

"डागडर ने कुछ नहीं बताया चौकीदार जी। मैंने बहोत कहा कि डागडर साहब बता दो। हम डरपोक नहीं हैं। डागडर ने कहा शायद टी.बी. है अभी जाँच होगी।"

"हूँ...चिन्ता मत कर। मामूली चीज है। समझे, जा जल्दी जा।" बूढ़े की आँखें नम हो गयीं। फरती नीचे की तरफ धीरे-धीरे चलते हुए गुम हो गया। नीचे—जहाँ जलधार है। सरकारी अस्पताल है। बूढ़े ने चढ़ाई पर चढ़ना शुरू कर दिया। दूर कहीं तीतर बोलने लगा—टिड...टिड...टिटिटिड...

पहले इस हिस्से में भी साल थे, अब नहीं रहे। इधर आम और जामुन के पेड़ फासलों को ढकते हुए खड़े हैं। ढलान पर आम के दो पेड़ मरे पड़े थे—टूटे हुए। अब जंगल को भी क्षय रोग हो गया है। नहीं बचेगा।

"बाबा! सौरी कितना और है..." पीछे से एक तीखी आवाज आयी।

यह बड़ी बेसब्र आवाज थी। वह रुक गया और इन्तजार करने लगा। पीछे से जो भी आ रहा होगा उसके सामने पहुँच जाएगा। उसे कदमों की आवाज से लगा कि एक से ज्यादा लोग हैं।

वे दो थे। लड़का और लड़की। लड़का पतला था और लम्बा...उसकी उँगलियाँ पतली थीं। और वह हाँफ रहा था। लड़की इस बात से अनजान थी कि उसे देखा जा रहा है। वह पसीने से नहायी हुई थी उसके माथे पर गोल बिन्दी आधी घुल गयी थी। वह लड़के के कन्धे का सहारा लेकर खड़ी रही और साँस खींचती रही।

"सौरी क्या बहुत दूर है?" लड़के की आवाज में सब्र नहीं था।

"नहीं। तीन मील है। बस।" बूढ़े ने धीरे-से कहा।

"हम जलधार से चले थे..."

"हूँ..."

“बीच में कोई बस्ती होगी? लड़की ने लड़के के कन्धे का सहारा छोड़ते हुए थकी आवाज में पूछा।

“नहीं।” बूढ़े का स्वर रूखा था।

“देखा? मैंने कहा था ना...” लड़के ने लड़की की तरफ देखा।

“आगे चढ़ाई इसी तरह है?” लड़की बूढ़े को देख रही थी।

“हाँ...” बूढ़ा मुस्कराया। उसकी बेतरतीबी से छितरी मूँछें थोड़ा हिलीं। उनके बीच बातचीत के लिए शायद अब कुछ नहीं बचा। वहाँ मौन हो गया। नीचे ढलान अपना विस्तार खो रही थी। पतझड़ एकाएक घना हो गया। आदमियों के बीच जब बातों के पत्ते छूटकर गिर जाते हैं तो पतझड़ घना हो जाता है। तभी जंगल में दूर कहीं मुर्गा कुड़कुड़ाया।

बूढ़ा चौंक गया। लड़की धीरे-से हँस दी। बूढ़े को यह हँसी अच्छी लगी। वह भी मुस्करा दिया—उसकी मूँछें थरथरायीं।

“बाबा तुम्हारी उम्र कितने साल है?” लड़का एकाएक बोला।

“क्या करोगे?” बूढ़े ने कहा।

“यह कहती है, अस्सी है। मैं कहता हूँ बयासी है।”

“...,” बूढ़ा सिर्फ मुस्कराया।

“हाँ बाबा, बताओ।” लड़की बोली।

बूढ़ा फिर मुस्कराया, “बहोत है?”

“फिर भी। कितनी?”

“कौन जाने।”

“बाबा पुराने लोग गिनती भूल जाते हैं।” लड़की हँस दी। “मेरी कसम...बाबा बोल दो नब्बे साल, तब हम दोनों की बात गलत हो जाएगी।”

“छियानब्बे साल,” बूढ़ा मुस्कराकर बोला।

वे दोनों चौंके। फिर चौंके ही रह गये। जैसे-जैसे चौंकते रहे वहाँ मौन भरता रहा, आखिरकार लड़की ने मौन तोड़ा, “तुम्हारी बुढ़िया भी बूढ़ी होगी।”

“हूँ...” बूढ़े ने सिर्फ एक आवाज निकाली।

“तुम्हारी लड़ाई होती है?”

“ना।”

“फिर दोनों प्यार से रहते हो?” लड़की खिलखिलायी।

“ना।”

“वह खाना पकाती है?”

“ना।”

“तुम्हारे साथ रहती है?”

"ना।"

"तुम्हारे लड़कों के साथ।"

"ना।"

"तुम भी अजीब हो।"

"हूँ..." बूढ़ा इस बार मुस्कराया नहीं। वह ढलान को देख रहा था। अगर कोई फिसला तो फिसलता ही चला जाएगा। पार साल किशन सिंह के नाती की गऊ फिसल गयी थी।

"चलो..." लड़के की बेसब्र आवाज से वह चौंका। एक-दूसरे से सटे-सटे वे चढ़ाई पर दूर होते गये। लड़की की साड़ी का पीला धब्बा दूर से उनके होने की पहचान बना रहा। अब कई रंग बूढ़े की नजर से परे हो गये हैं। आगे कहीं मोड़ के बाद वे गुम हो गये।

अब उस लम्बी चढ़ाई पर बूढ़ा अकेला था। वह धीरे-धीरे चढ़ाई चढ़ने लगा—लाठी पर अपने बदन का बोझ डाले। सड़क चौड़ी थी और ऊबड़-खाबड़ थी। पहले जब पगडंडी थी तब ऊबड़-खाबड़ नहीं थी। तब एक ही आदमी एक जगह चल पाता था। तब अकसर वह परमेसुरी के साथ आता। तब उसकी चाल में तेजी हुआ करती थी और परमेसुरी पीछे छूट जाती थी। तब लोग पगडंडी पर से चलते थे। अब यह सड़क है और अब लोग उस पर नहीं चलते। अब लोग नहीं हैं। वे पता नहीं कहाँ खो गये? साल के पत्तों की तरह...

उसकी लाठी साल के पत्ते पर पड़ी। एक पहचानी हुई चर्राहट सुनकर उसे सुकून मिला। साल के पत्तों से उठती यह आवाज हर पतझड़ उसके लिए संगीत-सी उठती। यह चर्राहट कहीं घनी होती, कहीं विरल और कहीं बिल्कुल चुप। उसका घनापन बूढ़े को सुख देता, इस आवाज का छितरा होना उसे अवसाद का धुँधला आभास देता और इसका बिल्कुल न होना रेगिस्तान-सा दुःख देता। सड़क के उस हिस्से में पेड़ नहीं होते, वह कठोर हो जाती क्रूर और निर्दय...

सड़क सँकरी हो गयी तो वह रुक गया। आगे मोड़ था और वहाँ से सौरी ढाई मील था। परमेसुरी पूछती थी, "कितना और है?" वह कहता, "बस तनिक और, ढाई मील..." वे दोनों एक बड़े पेड़ की छाँह तले बैठ जाते थे। दसेक बरस हुए होंगे वह पेड़ आँधी से उखड़ गया। बूढ़ा वहाँ उभर आयी खाई को देखने लगा—हर बरसात खाई चौड़ी होती गयी और हर पतझड़ साल के पत्ते उसे भरने की कोशिश करते रहे।

एक छोटे पेड़ के सहारे बूढ़ा बैठ गया और आँख बन्द कर थकान मिटाने लगा।

ऊपर से आती पदचाप सुनकर उसने आँखें खोलीं। रघु और बचना आ रहे थे। रघु ने बचना का सहारा ले रखा था।

"नमस्ते चौकीदार जी!" बचना बोला।

"आओ बैठो।" बूढ़े ने पेड़ के तने पर पीठ टिकाये-टिकाये एक तरफ सरककर उनके लिए जगह की गोया वे किसी बस में सफर कर रहे हों। रघु बैठते हुए धीरे-से कराहा।

"ठीक हो जाएगा।" बूढ़े ने मुलायम आवाज में कहा।

"तीन दिन से अस्पताल जा रहे।" बचना बोला।

बूढ़े ने रघु की तरफ देखा। इसका पाँव मोटा हो आया था।

"फरती मिला... ?" रघु बड़ी मुश्किल से बोल सका।

"हूँ... "

"उसे टी.बी. है।" बचना ने कहा।

"हूँ... "

"बड़ा खराब रोग है।"

"नहीं।" बूढ़े ने ढलान की तरफ देखते हुए कहा।

"सच, चौकीदार जी, खराब है।"

अचानक बूढ़े की आँखें गीली हो गयीं। वहाँ आँसू निकल आये—पता नहीं कहाँ से। कोई अगर देख पाता तो वहाँ परमेसरी डबडबाती दीख जाती—टी.बी. से दब तोड़ती हुई।

"चलो..." बचना की आवाज उभर आयी। कराहता हुआ रघु उठा और वे दोनों ढलान में उतर गये। बूढ़े के आँसू सूखने लगे थे। उसे गालों पर अजीब चिपचिपाहट महसूस हुई। वह उठा और बढ़ गया।

यह सबसे कठिन चढ़ाई थी। इस चढ़ाई के बाद एक मोड़ है फिर चढ़ाई कम है और सड़क के किनारे आम के पेड़ हैं, बड़ी-बड़ी चट्टानें हैं जिन पर आराम से लेटा जा सकता है। जब वह चौकीदार था तो बिना कहीं रुके सीधा सौरी पहुँचकर ही दम लेता था। सामने से कोई उसे घूरते हुए आ रहा था। बूढ़ा उसे पहचान नहीं पाया।

"चाचा नमस्ते!" वह पास आ गया था। उसने चश्मा लगा रखा था। उसके सर पर बाल कम थे। जो थे वह सब सफेद थे। बूढ़ा उसे घूरता रहा।

"नहीं पहचाने?" वह आदमी मुस्कराया।

बूढ़े ने सिर हिलाया।

"मैं रामफल हूँ..."

"ओ...मुमिरत लाल के लड़के। हूँ...कब आये?"

"परसों। आपके घर गया था। कुंडी लगी थी। पता चला चार दिन से आये ही नहीं।"

"हाँ...जरा जलधार रुका रहा। कै दिन हो?"

"अब कहाँ जाना चाचा। जिन्दगी गुजर गयी।"

"होश में हैं?"

"चाचा अब रिटायर हो गया।"

"ठीक है। अच्छा है। आराम करो।"

"कैसे कटेगी?"

"जैसी मेरी कटी..." अब वह बूढ़ा नहीं लग रहा था।

"पर चाचा तुम्हारी बात और थी।"

"क्या थी? तीस साल काट लिये। परमेसुरी गयी। फिर चौकीदारी गयी।" वह फिर से बूढ़ा हो गया।

"अच्छा चाचा एक बात पूछूँ! बुरा मत मानना।"

"पूछ।"

"आपकी उम्र कितनी होगी?"

"छियानब्बे साल।"

"चाचा पिछले साल भी आप यही बता रहे थे।"

"सतानब्बे होगी।"

"उससे पिछले साल भी छियानब्बे बतायी थी।"

"तो अठानब्बे होगी।"

"चाचा क्या बात है? आप पिछले कई सालों से छियानब्बे से आगे नहीं बढ़े।" रामफल ने हँसते हुए कहा।

"तो निन्यानबे होगी।" बूढ़े ने धीरे-से कहा और आगे बढ़ गया।

चढ़ाई चढ़ते हुए उसकी साँस फूलने लगी। वह आगे चलता चला गया। अब हाँफने लगा था। उसने आगे मोड़ के बाद किसी चट्टान में बैठकर सुस्ताने का फैसला किया।

मोड़ आया और चढ़ाई कम हो गयी। दूर किसी चट्टान पर पीला धब्बा इधर-उधर सरक रहा था। बूढ़ा रुक गया। हवा में लड़की की हँसी दूर से उभर आयी। बूढ़ा आगे बढ़ गया। अब वे दिखायी दे रहे थे। लड़का चट्टान पर सुस्ता रहा था। लड़की की साड़ी का पीला रंग एक धब्बे की तरह चट्टान और लड़के के बदन पर छिटका हुआ था। बूढ़ा उनके नजदीक पहुँचा तो खाँसा। वह जब भी घर जाता तो खाँसता था औरतें ओट कर लेतीं।

चट्टान पर कुछ बदलाव नहीं था। पीला धब्बा उसी तरह पसरा रहा—निष्कम्प। बूढ़े ने अपना मुँह बायीं तरफ कर लिया। चट्टान के नजदीक चूड़ी खनखनायी। वह तेजी से आगे निकल गया। पीछे से उसे खिलखिलाहट सुनाई दी। वह लड़की की हँसी थी जो उसके कानों से टकरायी और हवा में चूर-चूर होकर बिखर गयी।

बूढ़ा बहुत थक गया था। वह सड़क पर बैठ गया। बैठने के लिए वह हमेशा पेड़

के तने का सहारा लेता। वह इस तरह बैठता कि सड़क दूर तक नजर आती थी ऊपर भी और नीचे भी। वह आँख बन्द कर सुस्ताने लगा।

"अच्छा बाबाजी..." इस आवाज से बूढ़ा चौंक गया। उसने आँखें खोलीं। ऊपर से वही अजनबी नीचे उतर रहा था। वह बूढ़े के सामने पहुँचकर रुक गया।

"चल दिये?" बूढ़े ने कहा।

"हाँ जी। रामप्रसाद जी तो मिले नहीं।"

"हूँ..."

"उनके घर कुंडी चढ़ी थी। लोग उन्हें चौकीदार कहते हैं। बड़ी दिक्कत हुई। लोग तो नाम नहीं जानते।"

बूढ़ा चुपचाप अजनबी को घूरता रहा।

"चार दिन से गायब है। उनके लड़के भी सालों पहले चले गये थे। सारी मेहनत बेकार गयी।" अजनबी ने फिर हाथ जोड़े। वह नीचे की तरफ तेजी से उतर गया।

बूढ़ा खड़ा हुआ। उसे दूर जाते अनजबी की चाल में कोई गहरी निराशा दिखाई दी।

"सुनो।" उसने जोर से कहा। उसकी आवाज थोड़ा आगे पहुँचकर खत्म हो गयी। वह अजनबी को नीचे जाते देखता रहा। मोड़ के पार वह भी गुम हो गया।

बूढ़े ने लाठी उठायी और सामने देखा। सौरी मील भर दूर था। सामने की चढ़ाई पाँच फर्लांग तक जाती थी और इस पूरे फासले में कोई मोड़ नहीं था। उसने चढ़ाई में फिर चलना शुरू किया—कुछ अपने दम पर, कुछ लाठी के सहारे।

आँधी

अँधेरे में सड़क की ज्यादा काली लकीर पर चलते हुए जैसे ही मैं मकान के सामने पहुँचा आसमान से बिजली की तेज चौंध मकान पर गिरी, मकान का आधा हिस्सा एकाएक मेरे सामने उघड़ गया। उड़ चुकी टीनों से खाली हुए छत के आभास को जब तक मैं गौर से देख पाता रौशनी की कौंध वहाँ से गायब हो गयी और एक तेज गड़गड़ाहट देर तक वहाँ बजती रही। मैंने लोहे के बन्द फाटक को धीरे-से धकेला। फाटक वैसा ही पड़ा रहा—बन्द। मैंने एक और धक्का फाटक पर लगाया पर फाटक वहीं रहा। एक-दो पल पता नहीं किस असमंजस में गँवाने के बाद मैंने जोर से आवाज लगायी, "चाचाजी! चाचाजी!" और फाटक जोर से हिलाया—लोहे के मजबूत कब्जों पर वह सिर्फ काँपकर रह गया। फाटक की बेबात-सी मौजूदगी पर झुँझलाकर मैंने फिर चाचाजी को आवाज लगायी। तभी हवा तेजी से बहने लगी और मकान के कई हिस्सों से टीन के खड़खड़ाने की आवाज के बीच मेरी आवाज दब गयी। दूसरे रास्ते से मकान में पहुँचने का साधन मुझे तब सूझा।

यह दूसरा रास्ता खेतों से होकर जाता है। पिछले किसी जमाने में जब दादाजी ने यह मकान बनवाया होगा, उन्हें कई रास्तों की जरूरत महसूस हुई होगी। उन्हें किसी एक जगह बहुत लम्बा चक्कर लगाकर पहुँचने से सख्त नफरत थी। बाद में पिताजी ने कुछ रास्ते बन्द करा दिये। शहर में जो मकान पिताजी ने बनवाया उसमें तो सिर्फ एक ही रास्ता रहने दिया। खेतों के रास्ते मकान की तरफ चलते हुए मुझे लगा कि दादाजी बहुत दूरदर्शी थे।

हल्की-हल्की बूँदें पड़नी शुरू हो गयीं। बीच-बीच में आसमान चुँधियाने वाली रौशनी फेंकता और खेतों की मेड़ें उनमें चमककर बुझ जातीं। खेतों पर हाल ही में हल चलाया गया था और मेरे पाँव उनमें धँसने लगे। मकान की दूसरी सीमा पर पहुँचने तक बारिश तेज हो गयी और मैं अपनी अटैची थामे सीधा जंगल की तरफ भागा। अगर यहाँ भी फाटक होता तो पता नहीं और कौन-कौन-सी मुसीबतें मुझ पर आ गिरतीं।

मैंने अपने आपको जोर-जोर से दरवाजा पीटते हुए पाया। भीतर से दो आवाजें एक साथ बाहर आयीं और दरवाजा खुला। बूढ़ा पतला चेहरा—कमरे के किसी कोने में

लटके बल्ब की रौशनी में आधा चमकता हुआ कमर पर झुकी देह पर बेबसी के साथ टिका मुझे अपनी फैली आँखों से देख रहा था। मेरे सामने चाचाजी थे।

"अरे नरेन! भीग गये।" उन्होंने कहा और दरवाजे से हटे।

मैं भीतर चला आया। कमरे के कोने में चारपाई पर बैठी चाचीजी मुझे देखते ही रोने लगीं।

"क्या हुआ?" मैंने चाचीजी से पूछा।

"अरे, नरेन आ गया है। अब काहे को रोती है।" चाचाजी की आवाज में अजीब-सी तिक्तता थी, "तुम भीगे हुए हो। फाटक नहीं खटखटाया?" चाचाजी मेरी तरफ मुड़े।

"खटखटाया था। आवाज शायद पहुँची नहीं। खेतों के रास्ते ही आ गया।"

"हम सोच रहे थे कि कल या परसों तक आओगे।"

"आज ही चिट्ठी मिली थी। बारह बजे मुझे चिट्ठी मिली। डेढ़ बजे मैं चला। नौ बजे सौरी पहुँच गया।"

"बहोत नुकसान हो गया नरेन।" चाचीजी चारपाई से उठते हुए बोलीं। धोती के पल्लू से उन्होंने आँसू पोंछ लिये थे।

"हाँ, मैंने बाहर से अभी देखा था। बिजली की कड़क से जब छत दिखी तो बड़ी भद्दी लग रही थी। पहले कभी इतनी ज्यादा टीनें नहीं उड़ीं चाचाजी!"

"अब मकान भी बूढ़ा हो गया नरेन। इतना बड़ा मकान और रहनेवाले हम दो बुड्ढे-बुढ़िया। हमारी ही देखभाल करनेवाले नहीं यहाँ तो मकान तो फिर मकान है। हमसे जितना होता है, करते हैं। छह बरस पहले भी उड़ी थी। तब ताकत थी मुझमें। खुद महादेव मन्दिर के पास से टीनें उठाकर लाया था। आधी चिन्ता तो यही है कि कोई टीनें ही ना उठा ले जाये।" अचानक चाचाजी चुप हो गये।

"मैं तो बहोत डर गयी थी।" चाचीजी मेरे नजदीक चली आयीं, "पहले तो भड़ाम्-भड़ाम् टीनें बजीं। फिर जोर से आवाज पत्थर गिरने जैसी उठी। बस परलय ही आ गयी थी। ये बाहर उठकर जाने लगे। मैंने बड़ी मुश्किल से रोका।" अब चाचीजी थोड़ा सहज हो गयीं। जैसे डर को उन्होंने शब्द में बैठाकर अपने भीतर से बाहर कहीं रवाना कर दिया हो।

"अरे नरेन को पहले चाय पिलाओ। फिर रोटी बनाना।" चाचाची ने उन्हें टोका। वे थकी-सी चाल से रसोई में चली गयीं।

चाचीजी के जाने के बाद कमरे में मैं और चाचाजी रह गये। चाचाजी ने बीड़ी सुलगा ली और दार्शनिकों-सी गहन चिन्तकों की मुद्रा अपना ली। वे रुक रुककर बीड़ी से लम्बा कश खींचते फिर छत की तरफ अधमुंदी पलकों से देखकर गहरा धुआँ छोड़ते।

"अब क्या होगा?" बीड़ी के दीवार पर मसलते हुए अचानक चाचाजी ने मुझसे कहा।

"चाचाजी! ऐसे कब तक चलेगा? प्रशान्त के साथ आप रह नहीं सकते। हमारे साथ रहने में आपको संकोच है। इस मकान को ही न बेच दें। कोई अच्छा-सा ठिकाना लेकर आप आराम से शहर में रह सकते हैं।"

"ये तू कह रहा है, नरेन!" अचानक चाचाजी की आवाज तल्ख हो गयी, "ये नहीं छूटेगा। सारी जिन्दगी यहीं बीती। एक आराम तो है। सहूलियत से यहाँ-वहां चल-फिर सकते हैं और फिर इस मकान को खरीदेगा कौन?...नहीं बस पाँच-छह बरस और टिक जाये। कौन जाने आगे दस-पन्द्रह सालों तक अँधड़ ही ना आये। तब तक हम भी अपने दिन पूरे कर लेंगे।" धीरे-धीरे उनकी आवाज में तल्खी की जगह एक हताश उदासी चली आयी।

"अभी चाचाजी पच्चीस बरस तक आपको कुछ नहीं होनेवाला है।" मैंने हँसते हुए कहा।

"पच्चीस बरस तो दुनिया भी नहीं टिकेगी नरेन।" चाचाजी ने फिर दार्शनिकों-सी मुद्रा ओढ़ ली, "और मकान की तो कमबख्त दीवारें भी खोखली हो गयीं। दुनिया भर के चूहे, कीड़े भरे पड़े हैं इसमें, मैंने कुछ मिस्त्रियों से भी बात की थी नरेन। अब वो मिस्त्री रहे ही नहीं...टीन की छतोंवाले मकान ही नहीं रहे। फिर मिस्त्री कहाँ रहते...सबने काम छोड़ दिया।"

"पर चाचाजी वो गोकुल मिस्त्री..."

तभी जोर से टीनें कहीं किसी ठोस चीज से टकरायीं, दरवाजा बड़ी जोर से भड़भड़ाया, दरवाजे की झिरियों से होकर रौशनी का तीव्र पुंज भीतर चारों तरफ बिखरा, आसमान से बड़ी जोर की गड़गड़ाहट हुई और बिजली चली गयी। कमरे के बीच अँधेरा जब तब रौशनी के तेज झटकों से हिलकर अपनी जगह से सरकता और फिर वहीं वापस आ गिरता। इन तमाम चीजों के बीच रसोई से चाचीजी की तेज चीख सुनायी पड़ी। मैं हड़बड़ाकर रसोई की तरफ भागा और अँधेरे में कोई चीज मेरे पैरों से टकरायी। मैं ठिठका और कमरे में हल्का प्रकाश भर गया। चाचाजी दियासलाई की तीली जलाए कुछ ढूँढ़ रहे थे। तीली बुझी तो उन्होंने दूसरी जलायी, फिर तीसरी...चौथी। थोड़ी ही देर में लालटेन की रौशनी पसर गयी। चाचाजी हँस दिये, "ऐसे ही चिल्लाती है। जब बिजली चली जाती है और तेरी चाची रसोई में अकेली पड़ जाती है तो उसे डर रहता है कि अभी कोई साँप किसी दीवार से बाहर निकल आएगा।" "ऐसा हो सकता है चाचाजी, उनका डरना जायज है।" मैंने कहा और रसोई में चला गया।

रसोई में जाते ही मुझे तेज झटका लगा। वहाँ छत की टीनें जगह-जगह से सरक चुकी थीं और पानी की बूँदें ठीक चूल्हे के पास रखी एक हंडिया में गिर रही थीं। मैंने

आसपास गौर से देखा—रसोई में हँडियों की कतार थी और उन पर ऊपर से पानी टपक रहा था। चाचीजी के सामने दो प्याले थे और वे उनमें चाय डाल रही थीं।

"यहाँ भी उड़ गया!" मैंने चाचीजी की तरफ देखकर कहा।

"ये पूछ नरेन की कहाँ नहीं उड़ा। पितरों की कृपा थी सो इतने दिन रह लिये। पितर देवता भी अब कह रहे हैं इनसे कि जाओ। जाके नया मकान बनाओ। बहोत रह लिये हमारे मकान में। एक ईंट तक नहीं जोड़ी उन्होंने। मकान ऐसे टिकते हैं कोई।"

चाचीजी तेज आवाज में बोलकर पता नहीं किस अदृष्ट पर अपना क्रोध जता रही थीं। उन्होंने चाय का प्याला मेरी तरफ बढ़ाया। चाय की इस वक्त सचमुच मुझे सख्त जरूरत थी। प्याला पकड़े हुए मैंने राहत महसूस की और तभी मुझे अपने हाथ पर गर्म चाय के छींटें की झुलसानेवाली पीड़ा महसूस हुई। एक अजीब-सी आवाज मेरे कानों में गिरी—बडब! ऊपर से पानी की बूँद प्याले में गिरी थी।

"आग लगे इस बारिश पर," चाचीजी कह रही थीं, "पर बारिश तो आएगी। अपने नसीब ऐसे हैं। बाप-दादों के मकान में रहने का शऊर ही नहीं आया। पता है कि यहीं रहना है। इस बुढ़ापे में और कहीं कहाँ टिकेंगे। सालों से कह रही नरेन कि मकान की तरफ ध्यान दो। इन्हें तो बस एक ही रट है कि बाबूजी ने बनवाया है। मजबूत नींव है। जितना जमीन के ऊपर है उतना जमीन के नीचे भी है। आँधी आयी तो धरी रह गयी नींव। छत उड़ गयी तो देख लो नींव। जग-हँसाई अलग कि देखो इतना बड़ा मकान और आज हफ्ता भर हो गया टीनें बाहर गिरी हैं। छत नहीं बिछवा सकते।" उन्होंने सुबकना शुरू कर दिया। मैंने उनके पैरों के पास पड़ा दूसरा प्याला सावधानी से उठाया और चाचाजी के पास वापस मुड़ चला।

वापस मुड़ते ही मुझे अँधेरा ज्यादा महसूस हुआ। हम सब ज्यादा रौशनी से कम रौशनी की तरफ जाते हैं तो चलने में दिक्कत आती है। अकसर ऐसा भी होता है कि हमें रौशनी से अँधेरे की तरफ चलना पड़ता है। बचपन में हम इन कोसों में घात लगाकर बैठे रहते थे। रसोई से चूल्हों की आग दहकती हुई रौशनी दीवारों पर फेंकती, बाहर के कमरों में लालटेन की उदास मैली चमक गिरती रहती ओर आलों पर ढिबरी की काँपती लौ सरकती जाती। जब भी कोई रसोई से बाहर की तरफ आता तो हम 'भूत' कहकर उसके सामने अचानक आ खड़े होते। वह हड़बड़ाकर चीख पड़ता, "अरे वही..." चाचीजी की तेज चीख तभी वहाँ उठ आयी। मैं हड़बड़ाहट में पीछे की तरफ मुड़ा, कमरे की दीवार पर एक परछाई भागती दिखाई पड़ी और कोई मेरी पीठ से टकराया, प्यालों में चाय गर पड़ी। मैंने चौंककर पीछे देखा। चाचाजी थे। हम दोनों तेजी से रसोई की तरफ भागे।

चाचीजी बदहवास खड़ी दीवार पर बने एक लम्बे सूराख की तरफ उँगली से इशारा कर रही थीं। चाचाजी ने चूल्हे के पास पड़ी लकड़ी उठा ली और मैं उनके साथ

ही सूराख की तरफ बढ़ गया।

"रुको। ऐसे मत जाओ।" चाचीजी की साँस तेजी से उठ-गिर रही थी। सूराख से बाहर किसी प्राणी की हिलती हुई पूँछ निकल रही थी।

"चूहा है।" चाचाजी ने लकड़ी गुस्से में जमीन पर पटक दी, "बिल्कुल डरा दिया तुमने। इतने बरस की बुढ़िया हो गयी और साँप और चूहे में फरक नहीं कर सकती, सारी चाय गिरवा दी।"

चाय के प्याले अभी तक मेरे हाथ में थे। प्यालों में थोड़ी-सी चाय बची रह गयी थी। मैंने खिसियाहट में चाय का घूँट हलक से नीचे उतार दिया। दूसरे प्याले का क्या करूँ यह तय नहीं कर पाया।"

"चाय बनाओ।" चाचाजी की आवाज में पता नहीं कहाँ से हिकारत चली आयी। चाचीजी चुपचाप बैठ गयीं और चाय की पतीली उठाकर खड़ी हो गयीं। मैंने आदतन दोनों प्याले उस जगह रख दिये जहाँ वे बरसों से रखे जाते रहे हैं। जब हम छोटे थे तब भी मिट्टी की जमीन पर सीमेंट का चबूतरा-सा होता था और तमाम जूठे बरतन वहाँ रख दिये जाते थे—जब वहाँ बरतनों का ढेर लग जाता घर की कोई औरत उन्हें धोने लगती। प्याले वहाँ रखने के बाद जब मैं खड़ा हुआ तो ऊपर से और दाहिने से बिजली की चौंध रसोई के फर्श पर गिरी और यहाँ-वहाँ सीमेंट के उखड़ने से बन आये गड्ढों में काँपी। मैं चाचीजी के पीछे-पीछे रसोई से बाहर कमरे में चला आया।

"चाचाजी! कितने बरस हो गये होंगे इस मकान को?" मैंने उनसे पूछा।

वे तख्त पर बैठ गये। उन्होंने बीड़ी सुलगायी और ध्यानमग्न आँखों से बीड़ी के धुएँ का पीछा करने लगे—जैसे अपने फेफड़ों की ताकत कूत रहे हों। "सत्तर बरस तो मेरी उमर हो गयी। शुरू में चार कमरे थे। बाद में दो मंजिला करवाया। रसोई भी बाद में बनवायी, उसी वक्त पीछे बरामदा बनवाया, बैठक बनवायी। ये सब भाई साहब के पैदा होने से पहले बनवाया था। तुम कपड़े बदल लो। गीले हो गये हैं।"

मैंने कपड़े बदल लिये। खुदा का शुक्र था कि टीनें मकान के इस हिस्से से नहीं उड़ी थीं। वे उस हिस्से से उड़ी थीं जहाँ से हमेशा उड़ती आयी हैं। उधर से बहती हवा का जोर तेज रहता है। उधर पेड़ नहीं हैं और पहाड़ियाँ बहुत दूर हैं—इतनी दूर कि आँधी उन्हें लाँघकर मकान पर चोट कर देती है।

"आँधियाँ तो आएँगी ही," चाचाजी बुदबुदाये, "झूठी आस है नरेन कि दस-पन्द्रह बरस तक कोई आँधी नहीं आएगी। पाँच-छह साल में फिर आ जाएगी। तुम कब तक टीनें जड़वाते रहोगे। नरेन तुम्हें इतना मोह हमसे है या मकान से?" वे हँस दिये।

उनका यूँ बिना सन्दर्भ हँसना मुझे अटपटा लगा। मुझे गुस्सा भी आने लगा। मैं कल सब कुछ ऐसे ही छोड़-छाड़कर चला जाऊँगा। मैं बैठ गया। बैठते ही मुझे लगा मैंने बेकार उनके हँसने का बुरा माना। मैं चला भी जाऊँ तो वापस लौट आऊँगा। मकान

को सलामत रहना है—मुझे लगा जैसे मकान मेरी सांस्कृतिक जरूरत है। और चाचाजी से मुझे मोह है क्योंकि चाचाजी ही हैं जो वहाँ बने हुए हैं। मैं धीरे-से हँस दिया। कुछ पल हमारे बीच मौन चला आया। यह मौन मुझे बहुत भारी लगा। इससे बचने का उपाय मुझे ही करना था।

"चाचाजी! इस बार मैं पक्का इन्तजाम करके ही जाऊँगा। इसके तीन हल हैं।" मैंने उन्हें वे तमाम बातें तफसील में बतायीं जो रास्ते भर सोचता आया था, "पहला तो ये कि आँधी ही न आये। आँधी को हम रोक नहीं सकते। दूसरा ये कि टीन की जगह लिंटर बिछा दें। जितना खर्चा आएगा इसमें उतने में तो दूसरा मकान बन जाएगा। तीसरा ये कि टीनें किसी माहिर मिस्त्री से इस मजबूती से जड़वाई जाएँ कि आँधी में हिलें भी न।" मैं चुप हो गया और गौर से चाचाजी का चेहरा पढ़ता रहा।

वे आँखें बन्द कर कुछ सोचते रहे। अचानक बोले, "मजबूती के लिए मजबूत लकड़ी चाहिए। राफटर और बत्तों के लिए मजबूत लकड़ी कहाँ मिलेगी?"

"चाचाजी! आप कौन से जमाने में रह रहे हैं? मैं शहर चला जाऊँगा, वहाँ हर दिन नये मकान बन रहे हैं। वहाँ लकड़ी की कमी नहीं है।"

"पर मिस्त्री...अब माहिर मिस्त्री कहाँ मिलेगा नरेन?" वे फिर भी आश्वस्त नहीं थे। तभी चाचीजी चाय ले आयीं।

"वो तुम्हारा भीमा कब काम आएगा?" चाचीजी ने चाय हमें थमाते हुए कहा।

"तुम कौन से जमाने में रह रही हो? भीमा पारसाल नहीं मर गया था?" चाचाजी की आवाज में अजब-सी तिक्तता थी।

"तो गोकुल मिस्त्री को पकड़ो।" चाचीजी एकदम चाचाजी के सामने जा खड़ी हुईं।

"हाँ...चाचाजी! गोकुल मिस्त्री बड़ा माहिर था। मैं तो आपसे उसी के बाबत पहले भी पूछ रहा था।"

"वो बूढ़ा हो गया है। उसके बस का कहाँ अब छत पर चढ़ना।" चाचाजी ने चाय सुड़कते हुए कहा, तभी बिजली आ गयी। "जय हो प्रभो!" चाचीजी ने बल्ब की तरफ हाथ जोड़कर शीश नवाते हुए कहा और रसोई में चली गयीं।

उस रात मुझे नींद नहीं आयी। मैं आँगन में घूमता रहा। आकाश साफ हो गया था और कृष्ण-पक्ष की पंचमी का चाँद भुतही-सी रौशनी मकान पर डाल रहा था। आँगन के एक कोने में छत पर से उखड़ गयी टीनें तरतीब से पड़ी थीं। उससे जड़ी कीलों पर लकड़ी के बत्ते मसीहा की तरह लटके हुए थे। मकान पर हमें गर्व था। वहाँ हम लोगों से जिक्र करते थे कि हमारा एक बहुत बड़ा मकान है जो गाँव में है, कि उस मकान की नींव बहुत गहरी है कि वह मकान बहुत पुराना है। शादी के बाद जब मैं शीला को लेकर पहली बार यहाँ आया था तो मैंने उससे कहा था कि तुम भाग्यशाली होगी अगर अभी

बारिश होने लगे। टीन की छत पर बारिश की बूँदें पड़ती हैं तो टीन की छत पर एक मादक संगीत की धुन बजती हैं।

मुझे कई चिन्ताएँ सता रही थीं। मेरे पास सिर्फ चार दिन का वक्त था और अगर चार दिन में कोई माहिर मिस्त्री ही नहीं मिला गाँव में तो...

गाँव में मिस्त्री थे भी नहीं। चाचाजी की यह बात अगले दिन मेरी समझ में आयी जब मैं सारा गाँव मिस्त्री की खोज में छान गया। इस तरह के टीनवाले मकान रहे भी नहीं गाँव में अब। तब अकेला एक ही मिस्त्री बचा रह गया—गोकुल मिस्त्री। गोकुल मिस्त्री। लोगों ने बताया कि अब वह काम नहीं करता पर अगर कर सके तो उसके बराबर छत बिछाने में माहिर मिस्त्री एक जमाने में इलाके भर में कोई दूसरा न था। मैंने यह सब चाचाजी को बताया।

"पर वह बूढ़ा है।" चाचाजी ने कहा।

"उसे टीनें थोड़ी ही उठानी हैं। उसके साथ मजदूर रहेंगे।" मैंने उन्हें समझाया।

"पर वह तैयार भी होगा कि नहीं?" चाचाजी फिर किसी शून्य को टटोल रहे थे।

"आप कहेंगे तो क्यों नहीं होगा। आखिर आप इतने पुराने आदमी हैं। फिर गोकुल के बाप को तो दादाजी ने ही बसाया था। इस मकान की छत सबसे पहले उसके बाप ने डाली थी।" मैंने उनमें हौसला भर दिया। वे कुछ देर रुके, उन्होंने गरदन हिलायी, "ठीक है। मैं पूछ आता हूँ उससे।"

करीब घंटे भर बाद चाचाजी के पीछे-पीछे गोकुल मिस्त्री चला आ रहा था। दुबला-पतला शरीर, कमर कमान-सी झुकी हुई, जैसे बरसों से यह आदमी मकानों की छत पर झुका-झुका खुद किसी मकान पर छत की तरह छा गया हो। चेहरे पर झुर्रियाँ—आँखों के पास तो घनी हो आयी थीं। सफेद छितरी हुई दाढ़ी। उसने मेरी तरफ देखते हुए दाहिना हाथ माथे तक उठाया—नमस्ते करते हुए, मुझे यह अटपटा लगा। जब हम छोटे थे तो उसे नमस्ते करते थे, "गोकुल चाचा नमस्ते।" वह हँसते हुए पूछता था, "तुम्हारा नाम क्या है?" मैं कहता, "नरेन्द्र कुमार।" वह हँसता, "नहीं, तुम्हारा नाम नरेन्द्र कुमार नहीं है। तुम्हारा नाम सिणकू कुमार है। हमेशा नाक से सिणक निकालते रहते हो।" मैं रोने लगता।

"मिस्त्री जी तैयार हो गये नरेन।" चाचाजी की आवाज में मैंने पहली बार उल्लास का अनुभव किया।

"बाबूजी मैं अब ये काम करता नहीं। पर अब जब आप खुद मेरे दरवाजे पे आये तो कैसे मना करता। आपके पुरखों का दिया ही तो खाते आये आज तलक।" वह हाथ जोड़कर कह रहा था।

"अरे नहीं मिस्त्री जी," मैंने मक्खन लगाया, "सब अपने-अपने सुन्दर हुनर

का खाते हैं। आपके बराबर माहिर मिस्त्री कोई दूसरा नहीं है। कितने दिन में ठीक हो जाएगा?''

''वो तो बाबूजी सब दो दिन का काम है अगर सामान आ जाये। जरा चढ़कर तो देख लूँ।'' उसने कहा और मकान के पता नहीं कौन-से कोने से एक सीढ़ा उठा ले आया। जैसे वह सीढ़ी उसने ही पहले कभी सँभालकर रखी हो। उसकी फुर्ती और चुस्ती देखकर लगा ही नहीं कि वह यह वही बूढ़ा गोकुल मिस्त्री है। हम घूम-घामकर ठीक जगह तलाश करने लगे जहाँ से छत पर चढ़ा जा सकता था। उसने जगह ढूँढ़ ली और वहाँ सीढ़ी लगाकर छत पर चढ़ गया। उसके पीछे मैं भी छत पर पहुँच गया।

छत पर पहुँचते ही मुझे धक्का लगा। लगा जैसे मैं किसी पुरातात्त्विक खुदाई में मिले खँडहर देख रहा हूँ। सालों में बन्द कमरे धूप की मटमैली आँच में बड़ी बेबसी के साथ तप रहे थे। पुराने वक्तों में जमा कबाड़ वहाँ से एक अजीब गन्ध दे रहा था—टूटी चारपाइयाँ, दो सलामत मेज, कुर्सियाँ जिनका बेंत पता नहीं कब का गल चुका था, कुछ तखते, एक बड़ा भारी मिट्टी का माट जिसमें अरसा पहले गाँव भर में ब्याह-शादियों के वक्त मठ्ठा छुँकता था। इन तमाम चीजों को ढकती हुई धूल। सालों से जमा होती इस गर्द पर छत की मुँडेरों के उखड़ने से गिर आयी सुर्खी और मिट्टी बेशर्मी से लिपटी पड़ी थीं। उन्हें हमारी चिन्ता नहीं थी। मैंने घबराकर आँखें बन्द कर लीं।

''बाबूजी!'' यह गोकुल मिस्त्री की आवाज थी। मैंने आँखें खोल लीं। वह उस हिस्से पर था जहाँ से टीनें उखड़ चुकी थीं। उसका एक पैर छत के सलामत हिस्से में था और दूसरा पैर दीवार के ठीक ऊपर हवा में। वहाँ टीन उखड़ने से दीवार पर कई दरारें उभर आयी थीं। उसने धीरे-धीरे दूसरा पैर भी हवा से उतारकर छत की ठोस टीन की सतह पर रख दिया। मैं हाथों को छत पर टिकाये उसके पास सरक आया। वह टीन पर झुकता-झुकता बैठ रहा था। उसने धीरे-से अपना हाथ वहाँ रखा—दीवार पर। एक सरसराहट-सी हुई और दीवार से मिट्टी, बजरी और चूने का सालों पुराना मसाला नीचे कमरों में गिरने लगा।

गोकुल मिस्त्री ने अपना सिर जमीन के समानान्तर हिलाया—उसकी आँखें सिकुड़ गयीं और होठ दब गये। उसने अपना हाथ दीवार पर दूसरी जगह रखा। वही सरसराहट हुई और उसका सिर जमीन के समानान्तर हिला—उसके चेहरे पर वही मुद्रा उभर आयी। उसने दीवार पर दो जगह और अपना हाथ उसी तरह रखा। उसके हाथ रखते ही दीवार से वही सरसराहट होती और मलबा नीचे कमरों पर गिरता। कमरों से एक आवाज ऊपर आती—गड़गड़ाती हुई।

वह खड़ा हो गया, ''मुश्किल है। बाबूजी अब दीवारों में जान नहीं रही, पोली हो गयी हैं। जब कोई नहीं रहता तो दीवारें पोली हो जाती हैं। अब इनमें बल्लियाँ भी नहीं टिकेंगी, राफटर कहाँ लगेंगे?'' उसने अपने हाथों से मिट्टी झाड़ी।

"तुम तो बहुत माहिर मिस्त्री हो, इन दीवारों का कुछ तो इलाज होगा तुम्हारे पास।" मैंने उससे कहा।

"नहीं।" उसने कहा।

"कुछ भी नहीं।" मैंने उससे फिर कहा।

जवाब में वह मुझे घूरने लगा। उसकी आँखों में पता नहीं कहाँ से घृणा का सैलाब फूट पड़ा।

गरमाहट

बिजली के जाते ही उसे भीषण ठंड लगने लगी। हीटर की लाल सुर्ख काया म्लान होते-होते बुझ गयी। उसने एक पल अपनी पीठ कुर्सी से टिकायी—इस उम्मीद में कि अभी बिजली आ जाएगी और उसे ठंड से मुक्ति मिल सकेगी। बिजली नहीं आयी और ठंड उसे अपने भीतर और तेजी से सुराख करती जान पड़ी। उसने मदद के लिए दरवाजे को आँखों से टटोला।

वहाँ कुछ नहीं था। दृष्टि का एक खुला चौकोर हिस्सा जहाँ रोशनी धीमे-धीमे कम हो रही थी। उसने हाथ अपने कोट की जेबों में डाले। वहाँ भी ठंड थी। उसने सामने रखी घंटी बजायी—यह सचमुच कष्टकारी क्रिया थी, जैसे अँगुलियों को ठंड की कील पर रख रहा हो। ट्रिंक-ट्रिंक। उसने राहत की साँस ली। आवाज अभी ठंड में भी बची थी।

''जी साहब!'' सामने उसका चपरासी था।

''मालूम करो कि बिजली क्यों गयी?'' उसने महसूस किया कि उसे बोलने में भी तकलीफ हो रही है। जैसे आवाज जमने लगी है।

''कोई जबर्दस्त पावर ब्रेक डाउन हुआ है साहब। यहाँ तो सालों से बिजली नहीं गयी।''

तब उसे ध्यान आया कि सालों बाद बिजली इस तरह गयी है। इस बात को समझते ही उसे ठंड और ज्यादा महसूस हुई। उसने चपरासी की तरफ देखा।

''तुम्हें ठंड नहीं लग रही?''

''नहीं साहब।''

''यहाँ तो बड़ी ठंड है।''

''हाँ साहब।''

''चाय बना लाओ।''

''हीटर तो नहीं जलेगा साहब, कैंटीन की ले आऊँ?''

वह सोच में पड़ गया। सालों पहले पी कैंटीन की चाय का बुरा स्वाद किसी दुःस्वप्न की तरह उसके जेहन में चला गया। सचमुच वह बहुत बुरा पल था। ठंड में

उसे लगा जैसे वह वहीं जम गया है—मस्तिष्क की किसी कोशिका में खास कौंध पैदा करता हुआ। उसने अपने हाथ फैलाये, होठों को भींचा और चपरासी की तरफ देखा—वह वैसे ही खड़ा था। दोनों हाथ आपस में बाँधे, नीचे जमीन को देखता हुआ।

"सुनो," बड़ी मुश्किल से वह यह एक शब्द कह सका। अपनी आवाज सुनकर उसे थोड़ा सुकून भी मिला, जैसे कमरे की तमाम चीजें आवाज का स्पर्श पाकर गलने की हद के करीब पहुँच गयी हों।

चपरासी हिला, "जी साहब!"

"बिजली कब तक आएगी?" पल भर को उसे लगा जैसे ठंड कम होने लगी हैं। तभी तक, जब तक उसके होंठ हिलते रहे।

"काफी देर लगेगी साहब!" उसे लगा चपरासी मुस्करा रहा था।

उसे ठंड और ज्यादा लगने लगी। चाय पीकर सचमुच राहत मिलेगी। उसने वह अप्रिय चाय सालों बाद फिर से पीने का फैसला कर लिया।

"ठीक है।" बोलते हुए उसे लगा कि अगर वह उसी समय शब्दों को अपने से बाहर नहीं फेंक देगा तो वे जम जाएँगे, "कैंटीन से ही ले जाओ।"

चपरासी बाहर चला गया उसी सहजता से जिस सहजता से वह भीतर आया था। 'कितना जाहिल आदमी है।' उसने चपरासी के बारे में सोचा।

अब फिर वह कमरे में अकेला था। सालों बाद ठीक आज ही बिजली चली गयी। जबकि आज इतनी ठंड है। उसने सोचा। इस बात से उसे कुछ डर भी लगा। जैसे यह कोई अनिष्टकारी संयोग घटित हो रहा हो। अपने मन में दबे इस अंधविश्वास को दूर करने के लिए उसने तर्क के हथियार ढूँढ़ने शुरू किये। यह जानकर उसे और आश्चर्य हुआ कि सालों से उसे तर्क की जरूरत नहीं पड़ी थी। दुनिया में सालों से जो भी कुछ होता आया वह उसे स्वीकार करता रहा—सालों से कुछ घटा भी नहीं। तर्क उसकी स्मृति में शायद पहले कभी थे। वे नहीं मिले। इस बात को जानकर उसे और ज्यादा डर लगने लगा। अनिष्ट जैसे एकदम उसके सामने आ खड़ा हुआ।

सालों से वह स्थितियों को चुपचाप स्वीकार करता रहा था। उसमें उसे सहूलियत थी। तब अपना शरीर, अपनी चिन्ताएँ सुरक्षित थीं। स्थितियों के बदलने में शरीर परेशान हो सकता था और चिन्ताएँ बढ़ सकती थीं। अब ठंड सीधे उसके शरीर पर चोट कर रही थी। शरीर पर...

चाय का वह बेचैनी से इन्तजार करनेलगा। यह चाय कैंटीन की चाय होगी। जिसे वह सालों पहले इसी कमरे से बाहर फेंक चुका था। उस चाय का इन्तजार। यह बात उसके मस्तिष्क में जैसे ही कौंधी तो उसकी आत्मा छटपटाने लगी। यह बेचैन छटपटाहट थी—वह हिलने लगा। पहले उसने पैर जमीन पर बार-बार बजाने शुरू किये, फिर बाँहों को फैलाया, ठंड उसकी फैली बाँहों के विस्तार तक फैल गयी। उसने

हाथ सिकोड़ लिये। ठंड के हमले के लिए बहुत थोड़ी जगह वह छोड़ना चाहता था। फिर भी उसका जिस्म बहुत बड़ा था और कुर्सी पर बैठे-बैठे वह इसे और अधिक नहीं सिकोड़ सकता था। उसने मदद के लिए कमरे में चारों तरफ देखा—बन्द खिड़कियाँ, अधखुला दरवाजा और उस पर आधा गिरा परदा, फाइलों से भरी रैक, किताबों से सनी अल्मारी, दो खाली सोफे, पानी से भरा जग, काँच के गिलास, मेज पर बिखरे कागज, बुझी हुई ट्यूब, ठंडा हीटर और वह खुद। हर चीज जैसे ठंड का एक अलग स्रोत...

तभी बाहर से एक आवाज भीतर चली आयी। उसने ध्यान से आवाज को सुना। सालों बाद वह इस तरह किसी आवाज को ध्यान से सुन रहा था, यह फर्श पर किसी के चलने की आवाज थी जो पैरों को फर्श पर रगड़कर आगे बढ़ रहा था। आवाज के थमते ही उसकी बेचैनी बढ़ गयी। ठंड का एक झोंका उसकी आत्मा को भिगोकर चला गया। उसने ठिठुरते हुए अपना सर बँधे हाथों के भीतर दबा लिया। अब उसकी आँखों के सामने कुछ नहीं था। सिर्फ उसके तेजी से ऊपर उठते-गिरते फेफड़ों का दबाव भर वहां बना रहा।

"साहब चाय!"

चपरासी की आवाज सुनकर उसे कुछ सुकून मिला। उसने अपने सिर को हाथों के दायरे से अलग किया। इस क्रिया में उसे तकलीफ हुई, लगा जैसे हाथों की ओर से हटते ही सिर पर ठंड की सख्त मार पड़ेगी। झनझनाते सिर को किसी तरह उसने सीधा किया और धीरे-धीरे कुर्सी पर सामान्य स्थिति में लौट आया। उसे चपरासी के हाथों में चाय की ट्रे देखकर राहत मिली। उसने अपनी आँखें मलीं। उसे लगा कि कमरे की चीजें अब हिलने लगी हैं। दरवाजे पर परदा पहले से ज्यादा खुला है, मेज पर चाय की ट्रे है,चाय के प्याले से उठती भाप है, चाय तैयार करता हुआ चपरासी है और चाय के इन्तजार के खत्म होने की खुशी है।

चपरासी ने प्याला उसके पास रख दिया। उसने धीरे-से प्याले की तरफ अपनी उँगलियाँ बढ़ायीं—प्याला ठंडा था।

"अरे यह तो ठंडी है।" उसकी आवाज में ठंड की कँपकँपाहट चली आयी। उसने हताश आँखों से चपरासी की तरफ देखा।

"साहब! चाय तो गरम है। भाप उठ रही है।"

भाप सचमुच उठ रही थी। उठती भाप में ऊष्मा के जरूर होने की बात उसकी स्मृतियों में बसी थी और स्मृतियों पर उसे भरोसा था। चपरासी का तर्क उसे अद्भुत लगा। यह आदमी अच्छे तर्क कर सकता है। उसे अपनी इस खोज पर आश्चर्य भी हुआ, सालों से वह चपरासी को देखते रहने के बावजूद इस तथ्य को नहीं खोज सका था। उसने प्याला उठा लिया। ठंड वहाँ थी पर काफी देर पकड़े रहने के बाद वह उतनी खतरनाक नहीं लगती रह सकी।

उसने चाय का पहला घूँट लिया। एक ठंडा तरल उसे जीभ के चरों तरफ फैलता लगा। उसकी नाक सुन्न पड़ गयी और एक ठंडी झुरझुरी उसके सर से लेकर पैरों तक फैलती पूरे बदन को कँपकँपा गयी। उसने प्याला वापस मेज पर रख दिया।

''ये क्या बकवास है!'' वह चिल्लाना चाहता था पर शब्द बहुत ज्यादा घुटी आवाज में बाहर निकले। वह आँखों में गुस्से को भरकर चपरासी की तरफ घूरना चाहता था पर चपरासी से आँखें मिलाते ही उसे लगा कि अपनी आँखों में वह सिर्फ लाचारी ही भर सका है।

''बिल्कुल ठंडी है।'' उसने हताश आवाज में चपरासी से कहा।

चपरासी ने चाय का प्याला अपने हाथों में लिया और मुस्कराकर उसकी तरफ देखा। उसे यह मुस्कराहट बहुत बुरी लगी।

''साहब ठीक तो है।'' चपरासी ने प्याला वापस मेज पर रख दिया।

अजीब आदमी है। उसने चपरासी के बारे में सोचा। मैं जिस चीज को चखकर ठंडी बता चुका हूँ, उसे छूकर गरम बता रहा है। इसकी खाल शायद गलत बन गयी है।

'वावस ले जाओ।' उसने गुस्से में कहना चाहा, पर जबान पर चाय के उस एक घूँट का लिजलिजा ठंडापन इस हद तक फैला था कि जोर से बोलने में किसी तीक्ष्ण पीड़ा का डर उसके दिमाग में चला आया। वह सिर्फ एक लाचार रूखापन दिखा सका।

चपरासी चुपचाप चाय ट्रे में उठाये बाहर निकल गया। उसके जाने से परदा काँपने लगा और एक झुरझुराहट उसके सीने में उभरने लगी। कमरे से उठकर बाहर चला जाना चाहिए, बाहर ठंड नहीं होगी। उसने कमरे से बाहर निकलने का फैसला कर लिया। वह चुपचाप कुर्सी से उठा। उसके पाँव काँप रहे थे। दो-चार कदम उसने मेज पर झुके-झुके यों ही रखे। हालाँकि मेज पर हाथ रखते ही ठंड उसे और ज्यादा घनी लगने लगी थी। पैरों को जमीन में रगड़ने से उसे राहत मिली। उसने मेज का सहारा छोड़ दिया और कमरे से बाहर निकल आया।

बाहर निकलते ही उसके दिमाग में यह बात कौंधी कि सालों बाद वह इस तरह दिन में ही दफ्तर से बाहर निकल आया है। यह दिमाग में घुसते ही एक अजीब बेचैनी सताने लगी।

बाहर दिसंबर की धूप थी, फाटक के ऊपर दरख्तों की परछाइयाँ थीं और बर्फ-सी चोट करती हवा थी। पहले उसके हाथों की उँगलियाँ सुन्न पड़ीं, फिर उसका माथा ठंड से परेशान हुआ और फाटक से बाहर सड़क पर आते-आते उसका पूरा जिस्म ठंड में ठिठुरने लगा।

सड़क पर लोग थे, ट्रैफिक था, आवाजें थीं और इन सब चीजों पर धूप पसरी पड़ी थी, वह सड़क के बायें किनारे चलते-चलते जब ठंड से बहुत ज्यादा परेशान हो

गया, तब यह बात उसकी पकड़ में आयी कि वह पेड़ों के साये में चल रहा है। दरख्त दायें किनारे में भी हैं पर वहाँ उनके साये नहीं हैं। वहाँ धूप है। धूप! उसकी आत्मा ने करवट ली। उष्णता का काल्पनिक सुख पलांश को उसके मस्तिष्क में कौंधा और फिर गायब हो गया। उसे दायें किनारे तक पहुँचने के लिए करीब फर्लांग भर और आगे जाना था जहाँ से सड़क पार की जा सकती थी। वह उसी बिन्दु पर रुक गया। सिर्फ बीस सेकेंड। वह मुस्कराया। यह अपने से मुस्करानेवाली मुस्कराहट थी जब होंठ सिर्फ फैलते भर हैं और दाँतों की चमक बाहर नहीं आती। दस सेकेंड एक तरफ के लिए। फिर वह सड़क के बीच ऊँचे प्लेटफार्म पर धूप में खड़ा हो सकता है। अगर दस सेकेंड के लिए उधर से भी कुछ थमे तो सड़क ही पार हो जाये। इस कल्पना से वह उल्लसित हुआ। उसकी बेचैनी गायब हो गयी और ठंड (जो उसे अब भी लग रही थी) उतनी मारक न रही।

उसने ट्रैफिक पर नजर डाली। मन-ही-मन दस तक गिनती गिनी। दस तक गिनने में लम्बा वक्त लगा, 'इतनी देर तक ट्रैफिक रुकना असम्भव ही है,' उसने सोचा। ठंड अब फिर उसे कोंचने लगी थी। हवा की तेज बर्छियाँ उसके कोट के पता नहीं कौन हलकों पर हमला कर उसके जिस्म में घुसी जा रही थीं। इन बर्छियों की नोकें बेहद ठंडी थीं। उसकी कलाइयों की हड्डियाँ ठंड से सुन्न पड़ गयीं। उसे लगा अगर थोड़ी देर और वह इस तरह खड़ा रहा तो उसका जिस्म ठंड से जमकर सड़क पर गिर पड़ेगा।

उसने पाँच तक गिनती गिनी। उसे लगा इतना वक्त दौड़ती किन्हीं दो गाड़ियों के बीच का फासला हो सकता है। पाँच सेकेंड। दौड़कर वहसड़क के बीच के प्लेटफार्म पर खड़ा हो सकता है। उसने अपने दाहिने से आती गाड़ियों की तरफ देखा। उनके बीच फासला बहुत कम था। पाँच सेकेंड का वक्त कहीं लम्बा था। ठंड ने उस पर हमला और तेज कर दिया। ठिठुरते बदन और किटकिटाते दाँतों को सँभालने की भरपूर कोशिश के बीच उसने एक कार को अपनी बगल से तेजी से गुजरते देखा। कार के पीछे फासले पर एक स्कूटर आता देखा। क्षणांश में उसने फैसला कर लिया और तेजी से सड़क के बीच बने उस मीलों लम्बे शरण-स्थल की तरफ भागा। उसे अपने पीछे ठंड की एक तेज लहर गुजरती महसूस हुई। उसने एक छलाँग हवा में लगायी और दो फुट ऊँची पटरी पर जा चढ़ा।

कुछ पल वह जड़ बना रहा। उसका दिल बेतरह धड़क रहा था और साँस तेजी से उठ-गिर रही थी। दिमाग तक किसी खतरनाक हादसे से बाल-बाल बच जाने की उत्तेजना पहुँच चुकी थी और यहाँ ठंड उसे उतनी मारक नहीं लग रही थी। उसके दिमाग में एक साथ कई विचारों की छायाएँ उभरीं और खो गयीं। सिर्फ कुछ क्षण पूर्व सड़क पर भागते हुए उसकी अपनी छवि वहाँ टँगी रह गयी। उसने धड़कते हुए दिल पर काबू किया और पाया कि वह सड़क के बीचोंबीच दोनों तरफ भागते ट्रैफिक के

दरम्यान खड़ा था।

उसके ऊपर धूप गिर रही थी। धूप! उसने खुश होकर सूरज की तरफ देखा। एक सफेद लपलपाती बरछी उसे अपनी आँखों की तरफ बढ़ती नजर आयी और उसने आँखें बन्द कर लीं। उसके बदन ने एक झुरझुरी ली। एक बस बड़ी तेजी से उसके सामने से निकल गयी और उसका पूरा बदन हवा में झूल-सा गया। सड़क पर भागते टायरों की थरथराहट उसके पैरों तक पहुँचने लगी और उसके कानों में उनकी ठंडी सरसराहट टकरानी शुरू हो गयी। उसने अपना बदन सिकोड़ने की कोशिश की। उसके हाथ सीने के चारों तरफ बँध गये। उसके पैरों में कँपकपाहट चली आयी, वह घबरा गया—उसे ठंड फिर से सताने लगी।

उसे ठंड से बचने के लिए फौरन ही सड़क के सामनेवाले किनारे पर पहुँच जाना चाहिए। इस तरफ ट्रैफिक बहुत अधिक था। उसने दो बार गिनने की कोशिश की। एक...दो...तीन और कोई बस ठंड का झोंका हवा में पैदा करके उसके सामने से गुजर जाती। वही टायरों की पक्के डामर से सतत टकरानेवाली आवाज, वही दोनों तरफ गूँजते हॉर्न, वही भागती गाड़ियों के इंजनों का घुला-मिला शोर और वही ठंड की बर्छियों से हवा में झूलता उसका जिस्म।

उसने अपने दिमाग को इस्तेमाल करना शुरू किया। पहले तो उसे आश्चर्य हुआ कि उसका मस्तिष्क अभी सोच सकता था और ठंड जो इतनी तेजी से उस पर हमला कर रही थी अभी मस्तिष्क की कोशिकाओं तक नहीं पहुँची। उसे अपनी स्थिति की गम्भीरता का एहसास हुआ। सड़क के बीचोंबीच इस प्लेटफार्म पर वह बहुत ज्यादा देर खड़ा नहीं रह सकता। उसके स्नायु इस तमाम शोर के सामने दुर्बल पड़ जाएँगे और वह एक सीमा तक यह सब झेलने के बाद सड़क पर गिर पड़ेगा। सड़क पर गिरते ही कोई बस उसके सर को कुचल डालेगी। उसने कल्पना में अपना भेजा सड़क पर बिखरते हुए देखा। अपने को इस रूप में देखकर उसके बदन ने एक झुरझुरी ली और उसे घर का ध्यान आया।

घर! उसकी कल्पना में पत्नी का बदहवास चेहरा उभरा और बच्चों की जिज्ञासा करती मुद्राएँ बनीं, यह सिर्फ खतरनाक कल्पना है। ऐसा कुछ नहीं होने जा रहा। उसने राहत की साँस ली। मुझे यहाँ खड़ा ही नहीं रहना है। वापस उसी किनारे सहूलियत से जाया जा सकता है। उधर पाँच सेकंड का वक्त मिल सकता है। उसने सोचा और फौरन वापस मुड़ गया। उसके बायें से एक बस गुजरी और दूर कहीं किसी कार की धूमिल चमक उसे दिखाई दी। उसने सड़क पर छलाँग लगा दी।

वह किसी चीज से टकराया और एक तेज सीटी-सी चरमराहट उसकी चेतना को हिला गयी। उसकी रफ्तार और तेज हुई और वह सीधा फुटपाथ पर जा पहुँचा। फुटपाथ पर पहुँचते ही उसे आभास हुआ कि वह एक सम्भावित दुर्घटना से बचा है।

वह एक स्कूटर से टकराया था और उसी टकराहट के संवेग में वह सुरक्षित किनारे तक पहुँच गया था। उसने अपने आगे-पीछे देखा। लोग चुपचाप चल रहे थे।

चलते हुए उसे ठंड फिर से सताने लगी। पेड़ों की छाँह हर वक्त उसके बदन पर गिरने लगी। वह लगभग भागने ही लगा। इस क्रिया में उसके फेफड़ों पर हवा का दबाव बार-बार बढ़ने लगा और उसका सीना ऊपर-नीचे उठने-गिरने लगा। उसके कानों में उसके ही हाँफने की आवाज टकराने लगी। वह घबराकर रुक गया।

कुछ पल बाद उसने सड़क की तरफ देखा। ट्रैफिक की रफ्तार बहुत धीमी थी। उसे इस बात से राहत मिली। अब उसका मस्तिष्क सोच सकने की हालत में आ गया था। उसने मस्तिष्क का इस्तेमाल करने का फैसला किया। ठंड की यह मारक धार तभी रुक सकेगी जब तुम इसके बारे में सोचना बन्द कर दोगे। उसके मस्तिष्क ने उसे सलाह दी। उसे यह सलाह बड़ी बेतुकी लगी। तुम कुछ और सोचो, मसलन यह कि यहाँ ट्रैफिक इतना धीमा क्यों है। यह बात उसे जँची, उसने सामने सड़क का एक बार फिर जायजा लिया।

वहाँ ट्रैफिक रुका हुआ था। तब उसे सामने लाल बत्ती दिखायी दी। यह तो चौराहा है। उसकी आत्मा ने प्रसन्नता में करवट ली। और अब उसका ध्यान इस बात की तरफ गया कि वह इस जेबरा क्रॉसिंग के सामने खड़ा है। उसने फौरन जेबरा क्रॉसिंग पर दौड़ लगा दी।

वह सड़क के दूसरे किनारे पहुँच गया। इस किनारे छाँह नहीं थी और धूप सब चीजों पर उदारता से गिर रही थी। वह कुछ पल अपने हाथ और पैर फैलाकर खड़ा रहा। लोग उसकी बगल में गुजरते रहे। वे थोड़ा सिकुड़कर उससे टकराने से बच जाते। यह बात जब उसका मस्तिष्क पकड़ सका तो वहाँ अजीब खयाल और चला आया। हो सकता है लोग मुझे पागल समझ रहे हों। उसने हाथ और पैर सिकोड़ लिये। अब वह सड़क पर स्थिर खड़ा था। लोग अभी भी उसकी बगल से गुजर रहे थे। वे अभी भी मुझसे बच रहे हैं। उसने सोचा, मैं यहाँ खड़ा हूँ। उनका कुछ नुकसान नहीं कर रहा। मैं सिर्फ अपनी तकलीफ दूर करने के लिए खड़ा हूँ, तकलीफ! अचानक ठंड उसके मस्तिष्क में कौंधी। ठंड के वहाँ कौंधते ही उसका पूरा जिस्म काँपने लगा।

वह चंद कदम आगे बढ़ा। उसकी कँपकपाहट कुछ देर को थम गयी। वह रुक गया। रुकते ही कँपकपी उस पर तारी हो गयी। उसने फिर चलना शुरू कर दिया। सामने से लोग आते और उसकी बगल से गुजर जाते। चलते हुए उसे लगा कि लोग अब उससे बचने की कोशिश नहीं कर रहे हैं। वे उसकी बगल से उतनी आसानी से गुजर रहे हैं जितनी आसानी से वह खुद उन लोगों की बगल से गुजर रहा है। ठंड उसे अब भी लग रही थी पर अब वहाँ वह तीक्ष्णता नहीं थी जो तब थी जब वह स्थिर था। उसने अपनी स्मृति पर जोर डालकर जानना चाहा कि क्या पहले भी कभी वह इस तरह

फुटपाथ पर लम्बी दूरी तक अकेला चलता रहा है? वहाँ ऐसा कोई उदाहरण मौजूद नहीं था। हो सकता है वह जिन्दगी में कोई पहला ही दिन हो जब वह इस तरह अकेला चल रहा हो। लेकिन इस बात से उसकी उत्तेजना और बढ़ गयी। यह एकदम नयी स्थिति है और कुछ भयावह अघट यहाँ घटित हो सकता है। उसके मस्तिष्क ने उसे डरा दिया।

उसकी चाल तेज हो गयी। वह और तेजी से चलने लगा। उसने सड़क पर भागते ट्रैफिक की तरफ देखा—एक लम्बी कतार में चमकीली चीजें तेजी से भाग रही थीं। वे सब बिना काँपे चले जा रहे थे। ठंड उनमें से किसी को भी नहीं लग रही है। उसने सोचा, लेकिन वे तो सिर्फ चीजें हैं। लोग उनके भीतर हैं। उन्हें ठंड नहीं लग सकती। इस खोज से वह खुश हुआ। ऐसे ही सिर्फ खुला घूमना पागलपन ही था। वह मुस्कराया। मुस्कराते हुए उसने महसूस किया कि उसे होंठों को फैलाने में भी दिक्कत हो रही है। ठंड ने उन्हें जकड़ लिया है। इस बात के दिमाग में प्रवेश करते ही ठंड और तेजी से उस पर हमला करने लगी।

उसने फिर भागना शुरू कर दिया। भागते हुए वह अचानक कुछ लोगों के झुंड से टकराया। वह लगभग गिरने-गिरने को हो आया था कि दो बाँहों ने उसे थाम लिया। ये ऊष्णता से भरी बाँहें थीं। उसने सिर उठाकर उसे देखा। गोल से चेहरेवाले उस आदमी ने सफेद ऊनी स्वेटर पहन रखा था और धूप उसके रेशों पर अटककर झिलमिला रही थी। उसने उसकी पीठ को अपनी नरम हथेलियों से थपथपाया। उसे पीठ पर एक कुनकुनाहट-सी महसूस हुई और फिर गायब हो गयी। उसे वहीं फुटपाथ के कोने पर छोड़कर वह आदमी मुस्कराता हुआ आगे बढ़ गया। उसको कुछ पल वह कुछ लोगों के बीच धँसते हुए देखते रहने के बाद उसके मन में एक उत्कट इच्छा जागी—इसी तरह लोगों से टकराया जाए। उनमें से जब कोई उसे उठाएगा तो गरमी की एक नर्म धार उठानेवाले के हाथों से होकर उसके बदन तक पहुँचेगी। उसने फिर भागना शुरू किया।

उसे लगा कि अब भागते हुए एक युग बीत चला है। वह किसी से नहीं टकरा सका। अब उसे भागते हुए भी ठंड लगने लगी। ठंड की बर्छियाँ अब हवा में भी उग आयी थीं। वह रुक गया। उसने चारों तरफ देखा।

यह सब स्टॉप था। यहाँ भीड़ नहीं थी। दफ्तर के पास से बस पकड़कर भी वह यहीं पहुँचता था। तब उसे आश्चर्य हुआ कि वह इतनी लम्बी दूरी बिना बस के तय कर आया था। तभी एक बस रुकी। उसकी आँखें ठंड में सिकुड़ने के बावजूद आदतन बस के नम्बर पर पड़ीं। यह तो वही बस है। उसके मन ने घर पहुँचनेवाली बस को देखकर उल्लास का अनुभव किया और क्षणांश में दौड़कर वह बस में बैठ गया।

बस लगभग खाली थी। इस खालीपन में ठंड को और ज्यादा जगह मिल गयी। अगर ये शाम का वक्त होता उसने सोचा, तो यह लोगों से ठसाठस भरी रहती। तब वह

हर पल उनसे टकराता रहता और ठंड का कहीं पता नहीं होता। तब उसके दिमाग में एक हल्की उम्मीद की किरन चमकी—घर! बिस्तर। रजाई और पत्नी के ममत्व भरे स्पर्श का अनुभव उसकी आत्मा ने किया। सिर्फ आधा घंटा और...उसने सोचा और अपना बदन सिकोड़ लिया, आँखें बन्द कर लीं और सर अगली सीट पर टिकी अपनी दोनों हथेलियों पर रख दिया।

घर की सीढ़ियाँ चढ़ते-चढ़ते वह ठंड में ठिठुरने लगा था। उसे लगा जैसे वह एक अजीब से बुखार में घिर गया है। फौरन ही रजाई में घुस जाने की उत्कट अभिलाषा के साथ उसने अपने पूरे बदन का बोझ दरवाजे के दाहिने कोने पर उभरी कॉल-बेल पर डाल दिया। फिर वह निढाल दरवाजे के आधे हिस्से पर अपने दाहिने कन्धे को टिकाए खड़ा हुआ। दरवाजे को छूते ही उसे लगा जैसे बर्फ की सिल्ली पर उसने अपने बदन को झौंक दिया हो। वह उछलकर वहाँ से पीछे हटा और बेसब्री से उसकी उँगली कॉल-बेल पर पड़ने लगी। वहाँ से भी अब ठंड की लहरें उठने लगी थीं।

इन सब चीजों को करने के बावजूद उसे भीतर से कोई ऐसी आवाज नहीं सुनाई दी जिससे दरवाजा खुलने का आभास मिलता। इस बात से उसकी बेचैनी बढ़ गयी और झुँझलाहट का अजब उस पर पैदा हो गया। उसने दरवाजे के तमाम ठंडेपन के बावजूद उस पर मुक्कों की झड़ी लगा दी। उसे कुछ सन्तोष भी मिला। जैसे वह बर्फ की सिल्ली को तोड़ने जा रहा हो। वह फिर भी बरकरार रही। अलबत्ता दरवाजे पर उसकी बन्द हथेलियों की टक्कर से आवाज वहाँ जरूर उठी। आवाज को सुनकर उसे सुकून मिला। चुप्पी जैसे ठंड के आतंक से फैली थी और उसने उसे अपनी तेज चोट से हिला दिया हो।

तभी भीतर भी कुछ हलचल हुई। वह बेचैन होकर भीतर की आवाज सुनने की कोशिश में अपने कानों को दरवाजे के नजदीक ले गया (उसने इतनी सावधानी जरूर बरती कि उसके कान दरवाजे को न छुएँ)। कुछ फर्श पर घिसटा। एक अजीब-सी बारीक चर्राहट हुई थी। फर्श पर कुछ कदमों के तेजी से भागते जाने की थरथराहट भी उसने अपने पैरों के जरिये महसूसी। दरवाजे के परे मैजिक आई में हलचल हुई। वह ठीक सामने खड़ा हो गया। अन्दर से सिटकनी के हिलने की आवाज के साथ दरवाजा खुल गया।

बदहवास, नींद से अभी-अभी जगी-सी पत्नी की सवालिया आँखें उसके सामने थीं। तरतीब से सजाये केश और ताजा-ताजा पहिनी साड़ी में अपने शरीर को भरसक युवा दिखाते तेवर के साथ दरवाजे पर उल्लास की अनोखी चमक देखने की आदत थी। उसे भद्दे से गाउन में अपने सामने इस तरह दरवाजे पर खड़े होकर देखकर उसके मन में जुगुप्सा जग उठी। वह गुस्से में बोला, "कितनी देर से घंटी बजा रहा था।"

''मैंने तो नहीं सुनी।'' पत्नी की आवाज में परेशानी को घुलता हुआ देखकर वह थोड़ा शान्त हुआ।

''क्या सो रही थीं?'' इस बार उसकी आवाज में उतनी तेजी तो नहीं थी पर झुँझलाहट अभी बाकी थी।

''तुम्हारी तबीयत ठीक नहीं है?'' वह और परेशान होती हुई दरवाजे से उसके लिए रास्ता बनाती हट गयी।

''तुमने घंटी क्यों नहीं सुनी।'' वह फिर भी वहीं खड़ा रहा।

''घंटी बजी कहाँ? बिजली नहीं है।'' पत्नी डरी-डरी-सी आवाज में बोली।

''बिजली नहीं है,'' जैसे ही ये शब्द उसके कान में पड़े वह स्तब्ध हो गया। दफ्तर में अचानक बिजली के चले जाने का वह मनहूस क्षण उसकी याद में चला आया। ठंड का वह तीव्रतम मारक एहसास उसे दुबारा अपने भीतर उगता हुआ लगने लगा। वह धीरे-धीरे दरवाजे को पार कर पत्नी की बगल से गुजरता हुआ अपने कमरे में पहुँच गया।

कमरे में सब चीजें अपनी जगह थीं। सालों से उसी जगह वार्डरोव के ऊपर लटकी दीवार घड़ी, खिड़की के पास बिछा पलंग, पलंग के सिरहाने रखी मेज, मेज पर रखी किताबें और किताबों के बगल में उसके ब्रीफकेस के लिए छूई खाली जगह। तब उसे ध्यान आया कि ब्रीफकेस वह दफ्तर में ही भूल आया है। इस बात के ध्यान में आते ही उसे याद आया कि वह दफ्तर से घर के लिए चला ही नहीं था। फिर कैंटीन की उस बदमजा चाय का वह अकेला ठंडा घूँट उसके जेहन में उभरा। वह ठंड में काँपने लगा।

उसके माथे पर एक गर्म हथेली का दबाव पड़ते ही उसकी आत्मा ने उष्णता का अनुभव किया।

''तुम्हें बुखार है?'' पत्नी ने उसके माथे से अपनी हथेली हटाते हुए प्रश्न किया। उसके हाथ हटाते ही वह फिर ठंड से सिहर गया। उसने उसी पल पत्नी को कसकर पकड़ लिया।

''मुझे छुओ,'' वह बुदबुदाया। उसने पत्नी की आँखों में झाँकते हुए कोशिश की कि उसकी बात वह समझ सके। उसे वहाँ चिन्ता के गहन बादल घुमड़ते दिखे।

''तुम्हें क्या हो गया है?'' उसे पत्नी के प्रश्न में किसी अनिष्ट के छिपे होने का आभास तब हुआ जब उसकी बाँहों से वह निकलने की कोशिश करने लगी।

''तुम्हारा दिमाग खराब हो गया है। यह कोई वक्त है,'' पत्नी ने वितृष्णा से कहा और एक झटके से उससे अलग हो गयी।

ठंड से जो क्षणिक मुक्ति उसे मिली थी, वह अब वहाँ नहीं थी। उसे लगा वह बोल भी नहीं पाएगा। पत्नी की आँखों में चिन्ता के साथ भय को पैदा होते देख वह खुद डर गया।

"सुमि! मुझे ठंड लग रही है।" उसने गिड़गिड़ाकर कहा।

"लेट जाओ। मैं चाय बनाती हूँ," वह उसके नजदीक आ गयी। उसकी बाँहों ने फिर पत्नी की हथेलियों की गरमाहट महसूस की। वह पलंग पर उन गरम बाँहों का सहारा लेकर लेट गया। उसने अपने ऊपर रजाई के भार को महसूस किया और घर में होने की शान्त भावना ने उसे सन्तुष्टि दी। पत्नी जा चुकी थी।

रजाई में लेटे-लेटे उसे थोड़ी देर में गरमाहट महसूस होने लगी। उसने उन तमाम चीजों के बारे में सोचना शुरू किया जिनसे होकर वह अभी-अभी गुजरा था। चीजों की शक्ल में उसने ठंड को ढूँढ़ना चाहा पर वह वहाँ नहीं मिली। तभी दीवार घड़ी ने एक तेज आवाज की। 'एक बज गया है,' उसने सोचा। इस वक्त वह दफ्तर में होता तो चपरासी से मँगाया लंच ले रहा होता। उसने याद करने की कोशिश की कि पहले कब वह इस तरह एक बजे घर में रहा था जबकि दफ्तर में छुट्टी नहीं थी। उसने स्मृति के तमाम कोष टटोल डाले पर उसे ऐसा एक भी दिन वहाँ नहीं मिला। तब उसे आश्चर्य से लबालब सुख का अनुभव हुआ कि इतनी उम्र बीत जाने के बाद यह अनोखा दिन मिला था। वह रास्ते की तमाम तकलीफों और अनिष्ट की आशंकाओं को भूलकर रजाई में पैदा हो गये ताप का आनन्द लेने लगा।

तन्द्रा में उसने कुछ पल बहाये ही थे कि पत्नी की हथेली को उसने अपने माथे पर महसूस किया।

"सो गये?" आश्वस्त आवाज में पत्नी का प्रश्न उसके कानों से टकराया।

"नहीं! बस अब जरा ठीक है," वह रजाई से उठता हुआ बोला। रजाई को अपने शरीर से हटाने में उसे तकलीफ हुई। बहुत बारीक—बुनावट में ठंड उसे अपने आसपास घिरती हुई लगी। उसकी आँखों के सामने पत्नी की मुस्कराती आँखें थीं। उसेन गौर से देखा—पत्नी ने केश सँवार लिये थे, साड़ी पहन ली थी और उल्लास से चमकते उसके चेहरे में वही चपलता चली आयी थी जो शाम को चाय पिलाते हुए हर वक्त उसके सामने हाजिर हो जाती थी।

"चाय पी लो।"

पत्नी के शब्द सुनते ही उसे लगा कि ठंड अब कानों के रास्ते उसकी आत्मा तक चली आयी है। चाय का बेमजा ठंडा स्वाद उसे जीभ के बीचोंबीच महसूस हुआ। प्याला पकड़ने के लिए बढ़ा उसका हाथ वहीं रुका और फिर वापस रजाई में आ गया।

"इच्छा नहीं हो रही?" पत्नी के माथे पर दो महीन सलवटें उभर आयीं। उसे पत्नी की आवाज सुनकर लगा जैसे कहीं बर्फ की बारीक परत दरक रही हो।

"आज कैंटीन की चाय पी थी।" वह बड़ी मुश्किल से बोल सका।

"क्यों?" पत्नी ने उसका चेहरा थाम लिया। चेहरे पर उसे ऊष्मा का आभास हुआ।

उसे लगा वह अब बोल सकता है, "सुमि, ऐसे ही रह!"

"तुम्हें क्या हो गया है?" पत्नी ने घबराकर उसके कन्धे पकड़ लिये।

"यहाँ नहीं।" उसने पत्नी की हथेलियों को अपने चेहरे से सटा लिया। उसे इससे राहत मिली। राहत की सूचना उसने अपनी आँखों से पत्नी को देनी चाही। उसे लगा वह सब समझ गयी।

"अब बताओ," पत्नी ने हाथों का नरम दबाव बढ़ाते हुए कहा।

"वहाँ बिजली चली गयी। पहली बार..." उसे दिल की धड़कन बढ़ती हुई लगी।

"इसमें परेशान होने की क्या बात है? यहाँ तो अक्सर बिजली जाती है।" पत्नी की हथेलियों का दबाव हलका पड़ने लगा। उसने कसकर अपने हाथों से उन पर दबाव बढ़ाने की कोशिश की। थोड़ी राहत मिलने पर उसने फिर से बोलना शुरू किया, "वहाँ के कमरे बहुत ठंडे हैं। हीटर बन्द होते ही आज कुल्फी जम गयी थी।" उसने पत्नी की आँखों में झाँका।

"तुम्हारा वहम है।" वह बोली, "लो चाय पी लो।"

एक झटके से उसने पत्नी की हथेलियों को अपने चेहरे से अलग होते देखा और ठंड का तेज झोंका उसे गालों पर ठीक उस जगह महसूस हुआ जहाँ अभी-अभी पत्नी की हथेलियाँ थीं। वह चाय का प्याला लिये खड़ी थी। उसने चाय ले ली और एक साँस में प्याला खाली कर दिया। चाय गरम नहीं थी। पर कैंटीन की उस मनहूस चाय से बेहतर जरूर थी।

"सुमि, सुन!" चाय का खाली प्याला पत्नी की तरफ बढ़ाते हुए वह फ़ुसफुसाया, "यहीं रह। बस मेरे पास।" उसने पत्नी की आँखों में फिर से आश्चर्य के बीच किसी आशंका को उगते देखा। ठंड की लहरें अब उसे परेशान नहीं कर रही थीं। उसे लग रहा था कि वह ठंड के शान्त सागर में ठहरा हुआ है। ठंड का ठाठे मारता समुद्र शायद घर के बाहर ही कहीं रह गया। इस बात से राहत महसूस करते हुए उसनें पत्नी की शंकित आँखों में फिर से झाँका। 'यह समझ नहीं रही है।' उसने सोचा। कुछ पल उसी तरह पत्नी की आँखों में झाँकते रहने के बाद उसने अनुभव किया कि वह समझ नहीं पाएगी। उसने आगे बढ़कर पत्नी को अपनी तरफ खींच लिया।

"मुझे घेरे रह।" वह बुदबुदाया, "सुमि, अगर तू हटी तो फिर ठंड लगने लगेगी।"

तभी घंटी की तेज आवाज सुनकर वह चौंका। पत्नी छिटककर उससे अलग हो गयी।

"बिजली आ गयी।" पत्नी ने दरवाजे की तरफ जाते हुए कहा।

उसने राहत महसूस की। दफ्तर के कमरे में जलते हीटर की लाल सुर्ख लकीर

उसकी कल्पना में उभरी। वह खुश हुआ। उसने रजाई को पैरों से धकेला और बिस्तर से उठ खड़ा हुआ। उसने कमरे को एक बार फिर अपनी आँखों से टटोला। उसकी निगाहें मेज के उस हिस्से पर पड़ीं जहाँ उसका ब्रीफकेस होना चाहिए था। ब्रीफकेस की गैरमौजूदगी के साथ वह मनहूस पल फिर उसकी आँखों के सामने चला आया जब बिजली गयी थी। फिर वे तमाम तकलीफें उसके जेहन में चली आयीं जिनसे होकर वह अभी-अभी गुजरा था। उसे फिर से ठंड लगने लगी।

वह ठंड में ठिठुरता हुआ कमरे से बाहर चला गया। ड्राइंग-रूम में पहुँचते ही उसकी नजरें अपने बेटे पर पड़ीं। पत्नी उसका बस्ता उसके कन्धे से उतार रही थी।

''पापा आज जल्दी आ गये।'' बच्चा उसके कन्धों पर चढ़ता हुआ बोला।

''हाँ!'' उसने बेटे को सीधा गोद में उठा लिया। उसे मजबूती से अपनी बाँहों में भरने से उसे ठंड से मुक्ति मिलती महसूस हुई।

''बिट्टू! किस्सी दो।'' उसने बेटे का मुँह अपने गालों के नजदीक सटा लिया। नरम और उष्मा से भरपूर चुम्बनों का आनन्द लेते हुए इस उत्कट इच्छा ने उसके भीतर जन्म लिया कि वह इसी तरह बेटे से चुम्बन लेता रहे। थोड़ी देर में बेटा रुक गया।

''बिट्टू और किस्सी दो!'' उसने बेटे की आँखों में झाँका। वहाँ उसे ऊब दिखायी दी।

''बिट्टू!'' पत्नी की आवाज सुनकर उसने हड़बड़ाते हुए उस तरफ देखा जिधर खाने की मेज थी। वह खाने की मेज पर झुकी थी।

''तुम भी आ जाओ।'' पत्नी ने उसे अपनी तरफ देखता पाकर शायद असुविधा महसूस की। बेटा उसकी बाँह की गिरफ्त से छूटकर खाने की मेज पर पहुँच गया। उसे ठंड से बचाव का खेल अपने से अलग होता जान पड़ा। यह इच्छा कि वह लोगों से चिपक जाये फिर से उसके भीतर जन्म लेने लगी।

''सुमि!'' उसने चिल्लाकर पत्नी को आवाज लगायी, ''इधर आओ।'' पत्नी उसके सामने चली आयी। गहन चिन्ता के बादल उसके चेहरे पर घुमड़ पड़े थे और आँखों में आशंका की तड़प दिपदिपा रही थी। उसने कसकर पत्नी की बाँहें पकड़ लीं।

''मैंने मना किया था। तुम क्या चाहती हो?'' उसने अपनी गिरफ्त में पत्नी की बाँहों को और सख्ती से ले लिया। पत्नी का पूरा शरीर झिंझोड़ते हुए उसने कहा, ''मैं ठंड से ठिठुर रहा हूँ। तुम्हें मेरी परवाह नहीं है।''

वह चुप हो गया। पत्नी को उसी तरह पकड़े हुए उसने लम्बी-लम्बी साँसें खींचीं। उसके हाथों की पकड़ ढीली पड़ गयी। उसने आँखें बन्द कर लीं। तभी उसके हाथ पर एक गर्म बूँद पड़ी। उसने आँखें खोलीं। दो-तीन बूँदें ओर उसके हाथों पर गिरीं। उनके प्रचंड ताप से वह हिल गया। उसने पत्नी के चेहरे पर देखा और अवाक् रह गया।

वह रो रही थी। एक पारदर्शी समुद्र उन आँखों से उमड़-उमड़कर छलक रहा था। वहाँ आशंकाओं की आँधी वक्त से पहले सब्र के बाँध को ढहा ले गयी। उसने पत्नी की बाँहें छोड़ दीं। उसकी इच्छा हुई कि वह पत्नी को समझाये। उसने पत्नी के कन्धे थपथपाने चाहे। उसने इस काम के लिए कोशिश की। उसका हाथ जैसे ही पत्नी के कन्धों पर पड़ा ठंड का भीषण अहसास उसकी हथेलियों से होकर समूचे जिस्म तक फैल गया—उसे लगा वह बर्फ की विशाल शिला को छू रहा है जिससे धीमे-धीमे पानी रिस रहा है। उसने हाथ वापस खींच लिया। एक पल उसी तरह खड़े रहने के बाद उसकी निगाहें खाने की मेज पर पड़ीं—बेटा चुपचाप खाना खा रहा था। उसे यह तथ्य जानकर ताज्जुब हुआ। पहली बार उसने बेटे को अपने हाथों से खाते देखा। ठंड की लहरें अब हवा के रास्ते उसके जिस्म से टकराने लगीं। पत्नी को वहीं रोता छोड़कर वह कमरे की तरफ वापस मुड़ गया।

बिस्तर में ठंड से ठिठुरते हुए उसने सोचने की कोशिश की कि उसे इतनी ठंड क्यों लग रही है। अब जबकि बिजली आ चुकी थी ठंड का वो घनघोर अहसास जब-तब उसके जेहन में घुस आता। 'शायद यह मेरे मन का भ्रम हो,' उसने सोचा। यह बड़ा उड़ता-उड़ता-सा खयाल था। उसने फौरन इसे खारिज कर दिया। 'जो मैं महसूस कर रहा हूँ वही तथ्य है,' सालों पहले अपनी डायरी में लिखे इस वाक्य को याद करके वह मुस्कराया। उसकी सोच की दिशा इस तरफ बदल गयी कि ठंड क्यों लगी? उसने फिर से सोचना शुरू किया। उसका सोचना एक साथ कई दिशाओं की तरफ भाग रहा था। पहले तो वे तमाम कष्टप्रद पल उसके विचारों में आये जिनसे होकर वह सचमुच गुजरा था। फिर उसने वे तमाम चीजें तफसील से सोचनी शुरू कीं जो उसके सामने थोड़ी ही देर पहले तक पहली बार घटी थीं। इन चीजों की तफसील में जाते-जाते उसे लगा कि यह दिन ही पहली बार घटा है। फिर उसने खुद ही इस विचार को खारिज कर दिया। हर दिन क्योंकि पहली बार घटता है इसलिए यह बात ही बेमानी है। इस विचार के आते ही उसे अपने मस्तिष्क की चैतन्यता और जीवन्तता का अहसास हुआ। लेकिन फिर ठंड में पड़े अपने शरीर का ख्याल आया। उसने दाँत किटकटाने शुरू कर दिये। दाँतों की किटकटाहट से एक बारीक आवाज कमरे में उठनी शुरू हो गयी।

आवाज की मौजूदगी से उसे सुकून मिला। उसने फिर इस सवाल के बारे में सोचना शुरू कर दिया कि ठंड क्यों लग रही है। इस बार फिर वह विचारों के उसी आवर्त में भटक गया और ठीक उस जगह पहुँच गया जहाँ से उसने इस बाबत सोचा था।

''नहीं।'' वह जोर से बोला। इस बार बोलने में उसे ज्यादा तकलीफ नहीं महसूस हुई। भीतर का प्रबल आवेग स्वर-कोषों के तमाम अवरोधों को बहा ले गया।

उसने गुनगुनाना शुरू कर दिया। फिर गले से (होठों को बन्द रखे-रखे) उसने आवाज निकालनी शुरू की। बिस्तर में रजाई को ओढ़े बायें करवट लेटे हुए उसने आवाज और तेज कर दी। इस तरह आवाज निकालते हुए उसे लगा कि अब ठंड उतनी मारक नहीं है।

वह खुशी में उछल पड़ा। आवाजों के बीच ठंड नहीं रहेगी। यह बात बिजली की तेजी से उसके मस्तिष्क में कौंधी।

'इस बात से फर्क नहीं पड़ता कि मुझे ठंड क्यों लग रही है।' बिस्तर से उठते हुए उसने जोर से कहा, "सुमि। मुझे पता चल गया है कि इसका इलाज क्या है।"

दो पल उत्तेजना में गँवाने के बाद उसने महसूस किया क वह कमरे में अकेला है। "सुमि!" वह जोर से चिल्लाया। पत्नी कमरे में नहीं आयी। उसे इस बात से तकलीफ पहुँची। घर में यह नहीं हो सकता। उसने सोचा। "सुमि! मैं जा रहा हूँ।" वह जोर से चिल्लाया।

स्टेशन तक पहुँचने में उसे ज्यादा वक्त नहीं लगा। एक बार मन बना लेने के बाद उसने सिर्फ एयर बैग तैयार किया था। पत्नी से झूठ बोला था और बच्चे को जी खोलकर प्यार किया था। घर से बाहर निकलते ही उसे उत्तेजना महसूस होने लगी थी। ठंड हालाँकि अब भी उस पर लगातार बरस रही थी किन्तु उसके सोच की दिशा अब बदल गयी थी। उसे आश्चर्य हुआ कि यह सब इतना आसान था। पत्नी ने इस बात पर कि उसे दफ्तर के कमाम से जाना है बड़ी आसानी से विश्वास कर लिया था। जीवन में शायद ऐसा बहुत काम होता है। उसने सोचा और मुस्कराया। इस तरह मुस्कराने में उसे तकलीफ महसूस नहीं हुई। उसने बदन को फैलाया—इस क्रिया में उसके हाथ फैले, टाँगें चौड़ी हुईं, सीना फूला और हवा का गहन दबाव उसके फेफड़ों पर पड़ा। पलभर के लिए उसे लगा कि ठंड अब वहाँ नहीं है। फिर खुद ही इस बात से वह परेशान हो उठा।

घर से निकलने के बाद इस तरह ठंड से क्षणिक मुक्ति उसे बस-स्टाप पर, बस से उतरने के बाद और स्टेशन के बाहर हुए ट्रैफिक के घनघोर जमावड़े से गुजरते हुए भी मिली थी। हर जगह आवाजों की गहमागहमी थी और उसे लगा था कि आवाजों का यह जादू उसे ठंड से मुक्त कर सकता है। उसने घर में हुए उस रोमांचक क्षण को याद किया जब वह गुनगुनाने लगा था और ठंड भाग गयी थी। हवा को फेफड़ों में भर लेने से ठंड के भागने का कोई तर्क वह नहीं ढूँढ़ सका। उसकी बेचैनी बढ़ गयी। तब उसने यही सोच लिया कि यहाँ कोई बारीक आवाज रही होगी जो उसकी पकड़ में नहीं आ सकी।

उसे स्टेशन पर बहुत कम लोगों को देखकर आश्चर्य हुआ। उसे फिर इस बात

का भी ध्यान आया कि सालों बाद वह इस तरह रेलवे स्टेशन पहुँचा था। रेल में सफर किये बरसों बीत चले थे और बरसों से उसके घर कोई मेहमान भी नहीं आया था जिसे लेने या छोड़ने उसे स्टेशन तक आना पड़ता। इस चीज को जब तक वह समझकर जज्ब कर पाता उसे यह देखकर और भी ज्यादा आश्चर्य हुआ कि शहर में लोग जिस तादाद में हैं स्टेशन में उसका दूर तक निशान नहीं। शायद लोग यात्रा कम करते हों। उसने सोचा, तभी ठंड ने उस पर फिर से हमला किया।

ठंड की इस स्थिति को अब वह झेल सकने की हालत में आ गया था। अब उसे आदत पड़ चुकी थी और उसका शरीर वे तमाम क्रियाएँ स्वत: करने लगा था जिनसे ठंड का बचाव किया जा सके। उसे फौरन ही टिकट लेने का खयाल आया। वह उस पंक्ति में जहाँ सबसे अधिक भीड़ थी, खड़ा हो गया। लोगों के बीच इस तरह खड़े रहने में उसे सुकून मिला।

अगर यहाँ से हटा ही न जाये...उसने सोचा। तभी उसे अपने पीछे किसी आदमी का दबाव महसूस हुआ। उसके सामने खड़ा आदमी आगे बढ़ चुका था। वहाँ पैदा हो गये खाली स्थान को देख उसका शरीर एक अजीब-सी झुरझुरी लेने लगा। वह आगे बढ़ गया। अब वह अगले आदमी को अपेन पेट से छू सकता था। उसे चैन की सुखद अनुभूति हुई। एक नरम उष्णता उसे अनुभव होने लगी।

इस नरमी का आनन्द वह बहुत देर तक नहीं ले सका। पीछे से लोगों के दबाव और आगे से आदमियों के अलग हटते रहने के कारण वह टिकट खिड़की के सामने आ चुका था। यह सब उसके सामने अचानक घटित हुआ। उसने अपने सामने लोहे की पतली जाली के पार के बूढ़े से आदमी को देखा—उस आदमी ने सिर पर टोपी और गले से मफलर लटका रखा था। उसे अचानक ध्यान आया कि शाम हो चुकी है और वह सिर्फ स्वेटर पहने ही घर से निकल आया था। उसका बदन अब फिर से थरथराने लगा।

"कहाँ जाता है?" जाली के पार वह आदमी बोला।

उसके शब्द सुनकर उसकी चेतना लौटी। उसने खिड़की के ऊपर लिखे कुछ शब्दों को पढ़ा। अचानक एक परिचित शब्द उसकी आँखों के सामने आ गया।

अचानक रेल की गति तेज हो गयी। आवाज की एकरसता को तोड़ती हुई गड़गड़ाहट उसके कानों से टकरायी। एक साथ उसने तीन चीजें महसूस की। उसका पूरा बदन हिला—किसी तेज दौड़ते झूले में झूलने की उत्तेजना अनुभव की। उसकी साँसें तेज होने लगीं और अपने बगल में बैठे उस अधेड़ आदमी को उसने ओर जोर से जकड़ लिया जिसने उसे अपने कम्बल में शामिल होने की दावत दी थी। उसे लगा ठंड अब कहीं नहीं है। घंटे भर की असह्य ठंड से मुक्ति का अहसास उसे अचानक मिली राहत

की तरह प्रतीत हुआ। उसने राहत की साँस ली। तभी यह अजब गड़गड़ाहट बन्द हो गयी और वही पुरानी आवाज उसके कानों से टकरायी—खट...खटाक्...खट्...खटाक्...

उसने खिड़की से बाहर देखा। रात के अँधेरे में रोशनी के कुछ सितारे उसे खिड़की पर जमे पाले के पिघलते दायरे से अपनी ओर ताकते दीख पड़े। उसे ठंड का अहसास और तेजी से होने लगा। उसने आँखें बाहर से हटाकर भीतर डिब्बे में चारों तरफ घुमानी शुरू कर दीं। जहाँ तक उसकी नजर का क्षेत्र फैला था उसे कम्बलों को ओढ़े ऊँघते हुए आदमी दिखाई पड़े। उसे ताज्जुब हुआ। वे पता नहीं कब रेल में आ चढ़े? उसने सोचा। फिर उसे लगा शायद वह बीच में कहीं सो गया होगा और उसी दरम्यान किसी स्टेशन पर गाड़ी रुकी होगी। फिर उसे उत्तेजना अनुभव हुई। वह सो भी सकता था, यह बात उसे असम्भव लगी। उसने अपने बगल में बैठे आदमी की तरफ देखा। वह सोया हुआ था। उसे निराशा हुई। अगर यह भला मानस जगा रहता तो इससे पूछ सकता था। उसने सोचा। अब उसकी बेचैनी और बढ़ गयी। ठंड अब उसके दिमाग में बसने लगी थी।

ठंड की तरफ से अपना ध्यान हटाने के लिए उसने दिमाग को दूसरी तरफ मोड़ने की बात सोची। तफसील से एक-एक पल वह याद करने लगा ताकि यह बात याद की जा सके कि वह सोया था या दिमाग के वे कोष जहाँ उसकी चैतन्यता बसी थी ठंड ने जमा दिये।

थोड़े पलों बाद उसे एक-एक कर तमाम चीजें याद आने लगीं...

जब वह जनरल कम्पार्टमेंट में चढ़ा था तो उसे चिन्ता होने लगी थी कि जगह मिल सकेगी या नहीं। डिब्बे में चढ़ने के बाद उसे ताज्जुब हुआ था कि वहाँ भीड़ नहीं थी। उसे जगह आसानी से मिल गयी थी। खिड़की के पास बैठे-बैठे उसने अनुमान लगाया था कि चालीस के करीब आदमी डिब्बे में थे। फिर उसका ध्यान इस बात की तरफ गया था कि सभी लोगों के पास कम्बल थे। कुछ के पास रजाइयाँ भी थीं। बीड़ी और सिगरेट की गन्ध के बीच उसे बेचैनी महसूस हुई थी और अपने आप पर शर्म आयी थी। उसे अपना फैसला बेहद बचकाना लगा था। वह कम्बल लिये बिना घर से चल पड़ा था। रेल में लोग होंगे और लोगों के बीच ठंड नहीं लगेगी, घर में एक बिजली की चौंध की तरह कौंधी इस बात पर तुरन्त अमल करने का अपना फैसला उसे बेहद बचकाना लगा था। वह ठंड में ठिठुरते हुए दाँत किटकटाने लगा था। इस आवाज से उसे राहत मिली थी।

अचानक पटरियों से आनेवाली आवाज बदल गयी। गड़ गड़ गड़ गड़...रेल एक झूले की तरह हिचकोले खाती भागने लगी। उसे राहत मिली। उसने बाहर देखा। रेल एक पुल से गुजर रही थी। उसने आँखें बन्द कर लीं। फिर वही आवाज उसके कानों से टकरायी—खट् खटाक् खट् खटाक्...बाहर रोशनी के वही सितारे खिड़की पर जमे

पाले के पिघलते दायरे से उसकी ओर ताक रहे थे। उसने भीतर के उसी माहौल को देखा। उसे लगा ठंड से उसे पल भर को मुक्ति मिली थी। मुक्ति देनेवाली वह आवाज उसके दिमाग से दूर से आती अनुगूँज की तरह कौंधी जब रेल पुल पर से गुजर रही थी। उस अनुगूँज के खत्म होते ही वह फिर ठंड के हमले की चपेट में आ गया। उसने फिर से दिमाग को व्यस्त रखने के लिए पीछे की बातें याद करनी शुरू कर दीं।

गाड़ी के चलने का वक्त आ पहुँचा था और उसे लोग नहीं मिल रहे थे जिनसे मिल वह टकरा सकता था। वह ठंड में सोचने लगा था कि आवाज शायद मुक्ति देगी। जब रेल चलेगी तो सतत दौड़ते पहियों की आवाज से एक गरमी पैदा होगी जो कानों के रास्ते उसके दिमाग में जम गयी ठंड को पिघला देगी। गाड़ी चलने से हिचकोले लगेंगे और उसका बदन लगातार गति में होने से गरम हो जाएगा। उसे दफ्तर का वह मनहूस क्षण याद आया था जब बिजली चली गयी थी। चपरासी की शक्ल उसके दिमाग में उभरी थी और कैंटीन की उस बदमजा ठंडी चाय का स्वाद उसकी जीभ से टकराया था। ठीक तभी उसे अपने कन्धे पर किसी हाथ का स्पर्श महसूस हुआ था। उसने चौंककर देखा था। उसकी बगल में एक अधेड़ आदमी खड़ा था और उसके कन्धों पर कम्बल का भारी बोझ था। वह आदमी उसकी बगल में बैठ गया था और रेल चल पड़ी थी।

चर्र...चर्र...एक चरमराहट के साथ गाड़ी रुक गयी और वह आगे को गिर पड़ा। कम्बल थामे-थामे वह किसी तरह सँभला।

"क्या हुआ?" वह अधेड़ आदमी हड़बड़ाकर उठा। उन दोनों के बीच कुछ अन्तराल पैदा हो गया। उसने ठंड को फिर से महसूस किया। उसने कम्बल को लपेट लिया।

"सिग्नल नहीं मिल रहा।" वह बोला। उसे बोलने में कठिनाई महसूस हुई। उसे लगा उसके गले में कोई भारी तह जम गयी है। वह अधेड़ आदमी बीड़ी सुलागने लगा।

"वाराणसी कब आएगा?" उसने पूछा।

अधेड़ आदमी ने बीड़ी का लम्बा कश लिया। धुँआ नाक से छोड़ा। तभी गाड़ी ने मोटी आवाज में सीटी दी और आगे बढ़ चली।

"सुबह तक पहुँच जाएगी। सो जाओ आराम से। मुझे आगे जाना है। मैं उठा दूँगा।" अधेड़ आदमी ने बीड़ी फैंकते हुए कहा और उसे कम्बल उड़ाने लगा।

खट् खटाक् खट् रेल की पटरियों से आवाज उठने लगी। उसने आँखें बन्द कर लीं और फिर अपने दिमाग को व्यस्त करने लगा।

गाड़ी चलने के बाद डिब्बे का शोर धीमे-धीमे शान्त होने लगा था। लोग ऊँघने लगे थे। वह ठंड में अपना बदन सिकोड़कर बैठा था। अगले स्टेशन पर उतरकर वापस

लौट जाने का ख्याल उसे आया था। तभी बगल में बैठे अधेड़ आदमी ने उसे अपने कम्बल में शामिल हो जाते का आग्रह किया था। वह तुरन्त ही उस कम्बल को लपेट उस आदमी से चिपक गया था। चिपकने की इस क्रिया में उसे सुकून मिला था।

''तुम्हें बुखार है,'' उस आदमी ने कहा था। वह चुप रहा था। उसने आँखें बन्द कर ली थीं।

''लेट जाओ,'' वह आदमी बोला था और अपनी जाँघों पर उसका सिर रख दिया था। उसके बाद क्या हुआ था यह उसे याद नहीं आया। शायद उस पर तन्द्रा हावी होने लगी थी। बीच में उसके कानों से गाड़ी के पुल से गुजरने की आवाज टकरायी थी और उसे सुकून मिला था।

उसने वह आवाज याद करने की कोशिश की। गड़ गड़ गड़ गड़...दूर से वह अनुगूँज उसके मस्तिष्क में कौंधी। उसे गाड़ी हिचकोले लेती लगी। उसने बगल में बैठे अधेड़ आदमी की जाँघों पर अपना सिर रखा और लेट गया। वह अनुगूँज फिर उसके मस्तिष्क में उभरी। उस पर तन्द्रा हावी हो गयी।

उसकी तन्द्रा जब टूटी तो उसे बेचैन करनेवाली कई चीजें नजर आयीं। उसके कानों से पटरियों से टकराती कोई आवाज नहीं टकरायी, उसे लगा गाड़ी स्थिर है, उसकी बगल में वह अधेड़ आदमी नहीं था, कम्बल उसे चुभता हुआ लगने लगा। उसने आँखें खोलीं तो बाहर रात के निशान गायब थे। धुन्ध भरा सवेरा खिड़की के बाहर फैला पड़ा था जहाँ खेतों का धूमिल आभास पटरी के आसमान तक जमे कोहरे के दरम्यान कहीं डबडबा रहा था। वह चौकन्ना होकर बैठ गया। उसने डिब्बे में नजर दौड़ायी—उसे आश्चर्य हुआ कि लोग जो रात भर वहाँ थे पता नहीं कहाँ चले गये। मुश्किल से दस-पन्द्रह आदमी उसको नजर आये। आदमियों के बीच होने का जो अहसास रात भर उसको थोड़ा-बहुत सहारा देता आया था अचानक गायब हो गया। उसने कम्बल कसकर लपेट लिया। अपने घुटने और हाथ ठीक पेट के पास सिकोड़कर एक गठरी की तरह बैठ गया। उसका दिमाग सुन्न पड़ने लगा था, तभी उसने अपने कन्धों पर किसी हाथ का अनुभव किया। उसने कम्बल से सिर निकालकर देखा। वही अधेड़ आदमी उसे छू रहा था। वह आदमी मुस्कराया और उसके पास बैठ गया। तभी उसके कानों से सीटी की आवाज टकरायी और गाड़ी चलने लगी।

गाड़ी के गति में आते-आते उसकी चेतना लौटने लगी। उसने डिब्बे में नजर दौड़ायी। डिब्बा आदमियों से भरा पड़ा था। गाड़ी के चलते-चलते आदमी पता नहीं कहाँ से आ जाते हैं। उसने अपने पैर फैलाते हुए सोचा।

''अगला स्टेशन बनारस ही है।'' उस अधेड़ आदमी ने उसका कन्धा हिलाकर कहा।

वह कम्बल से बाहर आ गया।

गड...गड...गड...गड...

तभी गाड़ी किसी छोटे-से पुल से गुजरी।

नदी की विशाल चौड़ाई देखकर उसके सोचने की दिशा बदल गयी। घाट की सबसे ऊँची सीढ़ी पर खड़े होकर जैसे ही उसने वहाँ से हलचल का नजारा लिया उसे लगा अब घंटों की दौड़ के बाद ठंड कुछ कम हुई है। गाड़ी से उतरने के बाद जब उसने लोगों की भीड़ को देखा था तो भी उसे यही लगा था। स्टेशन से बाहर आते ही वह भीड़ के बीच घिर गया था। आदमियों के उस जीवन्त सागर के बीच से गुजरते वह शुरू-शुरू में गर्म लहरों से टकराया था। उष्मा में सराबोर उसकी चेतना ने राहत की साँस लेते हुए उन तमाम बातों को याद किया था जो पिछले बीस घंटों में उसके आसपास ठंड की असहनीय पीड़ा छोड़ गयी थीं—दफ्तर, पावर ब्रेकडाउन, कैंटीन की चाय, सड़क, ट्रैफिक, बस, घर, पत्नी, ट्रेन...सालों से बह रही एकरसता, एक जगह ठहरी जिन्दगी। और तब उसने उन बातों के बारे में सोचा जिन्होंने उसे राहत दी थी—धूप, जेबरा क्रासिंग के पार लोगों का स्पर्श, रजाई, पत्नी की चिन्ता भरी उँगलियाँ, बेटे का चुम्बन, ट्रेन में अधेड़ आदमी का कम्बल, पुल पर से गुजरती ट्रेन की आवाज। लगातार आदमियों से टकराते और रिक्शेवालों की घंटियों की आवाज सुनते हुए उसने सोचा था कि वह लगातार इसी तरह गुजरता जाएगा। यहाँ ये सब चीजें लगातार रहेंगी।

तब उसे लगा था कि वह एक जीवन्त शहर के बीच से गुजर रहा है। उसकी स्मृति में बनारस के वे बिम्ब चले आये थे जो परम्परा ने वहाँ बनाये थे। उन बिम्बों ने उसकी सोच की दिशा दूसरी तरफ मोड़ दी थी—तमाम चीजें उसे वहाँ सदियों से होती दिखाई पड़ी थीं। जो भी यहाँ हो रहा है वह सदियों से हो रहा है। आदमियों की एक ताजी लहर के जोरदार थपेड़े में डूबते हुए उसने सोचा था।

अचानक उसे लगा था कि वह भी तो सालों से उसी माहौल में रह रहा था। वही दफ्तर था, वही घर था, वैसे ही दिन थे। इस बात को महसूस कर उसे हलकी सिहरन महसूस हुई थी। उसने अपने बगल में चल रहे उसी आदमी को छुआ था और उसे लगा था जैसे वह एक ठंडे आदमी को छू रहा है। अचानक उसे अपने चारों तरफ ठंड में जमे आदमियों की मौजूदगी अनुभव हुई थी। आदमियों के उस समुद्र से अब ठंडी लहरें उठने लगी थीं और वह उनसे भरसक बचने की कोशिश करने लगा था।

उसकी पूरी चेतना अपने आपको ठंड से बचाने में लग गयी थी। वह बेतहाशा चलता रहा था। चीजों और जगहों में उसकी दिलचस्पी खत्म हो गयी थी। चलते-चलते अपना पूरा ध्यान लोगों से बचाते हुए वह घाट की सबसे ऊँची सीढ़ी तक जा पहुँचा था। उसने अपने सामने फैले नदी के चौड़े पाट को देखा। यहाँ सततवा है। नदी हमेशा आगे बढ़ती है। उसका पानी रह पल बदलता है। उसकी स्मृति में यह वाक्य उन दिनों की

याद बनकर उभरा जब उसको दफ्तर नहीं जाना पड़ता था और वह रोज कुछ नयी बातें देखता और सीखता था।

वह घाट की सबसे ऊँची सीढ़ी पर बैठ गया। ठंड उसे अब भी लग रही थी पर ठंड अभी उस सीमा में थी कि उसे सहन किया जा सकता था। नदी में उसने विशाल नावों को चलते हुए देखा। उसे लगा उन नावों में बैठनेवाले आदमी ठंडे नहीं होंगे। अगर वे ठंडे होते तो शायद किनारे होते या नहा रहे होते या अपने लिए कुछ माँग रहे होते। उसे लगा वे असामान्य आदमी है। 'असामान्य आदमियों के बीच ठंड नहीं रहेगी।' उसने सोचा और घाट तक जा पहुँचने को खड़ा हो गया।

नाव में चढ़ने के बाद उसने अपने आसपास खड़े लोगों को देखा। वे पानी को देख रहे थे। नाव चलने के बाद वे लोग किनारे खड़े घाटों के लम्बे अन्तहीन सिलसिले को देखने लगे। नाव चलते हुए हिचकोले खाने लगी और वह आदमियों से टकराने लगा—उसे अब ठंड से मुक्ति मिलने लगी।

अचानक उसकी नजर वहाँ पड़ी—पानी पर घूमता हुआ एक लकड़ी का टुकड़ा दिखाई पड़ा जो अपनी धुरी पर घूमता हुआ पानी में उतरा रहा था। उसने अपनी बगल में खड़े व्यक्ति को यह अद्भुत दृश्य दिखलाया, "देखिए, भाई साहब।"

वह व्यक्ति वहाँ देखने को झुक गया। अचानक उसकी चेतना उष्मा से लबालब भर उठी।

नाव में सवार वे तमाम आदमी वह दृश्य देखने लगे। उसने अपने दिमाग में बन्द तमाम सिद्धान्त टटोल डाले जिनसे वह इस घटना की व्याख्या कर सकता। उसे लगा कि उसका ज्ञान सीमित है। दुनिया में बहुत से सिद्धान्त हैं जो उसने नहीं पढ़े हैं। उसने अपनी बगल में खड़े आदमी से पूछा। उस आदमी ने कन्धे उचकाते हुए कहा, "ये तो ईश्वर ही बता सकता है।" उसे लगा उसके कानों से होकर बर्फ उसकी चेतना में घुलने लगी है।

वह ठंड में ठिठुरने लगा। उसकी बगल में खड़े आदमी ने उससे पूछा, "आपकी तबियत ठीक नहीं है?" उस आदमी के शब्द सुनते ही उसे ठंड और तेजी से लगने लगी। वह और ज्यादा जोर से ठिठुरने लगा।

उसे ठिठुरते देख वह आदमी उसके नजदीक सरक आया। उस आदमी ने उसे छुआ। उसे लगा ठंड ने एक तेज बरछी उसके जिस्म से चिपका दी है। वह गुस्से में उस आदमी को घूरते हुए उससे अलग हट गया।

"भाई साहब! आपको क्या हो गया है?" उस आदमी ने उससे पूछा।

वह चुप रहा। तभी उसे एक और आदमी ने छुआ, "क्या हो गया है?"

उसे लगा ठंड का एक और भाला उसके जिस्म से टकरा गया है। वह चुपचाप ठिठुरता रहा। वह बैठ गया। अपने बदन को गठरी की तरह लपेटे। उसे अपने चारों

तरफ ठंड की हवा महसूस होने लगी। वह हर आदमी से दूर जाने लगा। वह एक आदमी से दूर होता तो दूसरे आदमी के नजदीक हो जाता। फिर उससे दूर होता तो किसी तीसरे के नजदीक हो जाता। वह जिस भी आदमी से दूर होता हमेशा किसी आदमी के नजदीक पहुँच जाता।

गठरी की तरह उसे नाव में इधर-उधर सरकते देख उसके पास खड़े लोग उसे पकड़ने लगे। उनका स्पर्श उस बर्फ के अनेक नुकीले हथियार अपने जिस्म पर सधे प्रतीत हुए। उसने अचानक पानी में छलाँग लगा दी।

तस्वीरें

प्यारी रचुआ,

मुझे पता है तुम शुरू के पन्ने से एक-एक करके इन तस्वीरों को नहीं देखोगी। तुम अचानक बीच से खोलोगी। यहाँ सिर्फ तुम हो। स्कूल के दिनों में जीते हुए मेडल्स के साथ, छुटपन में अपने इतने बड़े 'भलुआ' के साथ, बर्फ में अपने प्यारे 'रैक्सी' के साथ खेलते हुए और हवा में गुब्बारा लपकते हुए।

तुम्हें उन दिनों की याद भी नहीं होगी, ये तस्वीरें भी शायद तुमने पहले नहीं देखी हैं। ये उन वक्तों की तस्वीरें हैं जब मैं तस्वीरें खींचता था और तुम इस बात से बेपरवाह थीं कि मैं क्या कर रहा हूँ। रानी इसे मेरी सनक कहती थी। अब यह सब कहने के लिए रानी मेरे पास नहीं है। सचमुच, वक्त भी कितना बदल गया है। तब मैं तुम्हें रानी की निगरानी में छोड़कर बेफिक्र होता था और अब रानी को तुम्हारी निगरानी में रखने के लिए मजबूर।

यह अलबम मेरा कन्फेशन नहीं है। वर्षों में जिये हुए लम्हों के चन्द अक्स हैं जिन्हें जिन्दगी का हासिल समझ सकता हूँ और जिन्दगी के हिसाब में नाकामयाब होने की कचोट से थोड़ी राहत पा लेता हूँ। अभी तुम यह सब समझ सकने की मजबूरी में पहुँचो। इतना ही समझ लो कि ये तस्वीरें बहुत पहले से खिंची थीं और इतने बरस तक मैं इन्हें तरतीब से लगाता रहा। जो भी तरतीब देता, वह बिगड़ जाती। कभी घटनाएँ तस्वीरों के हिसाब से नहीं घटीं, तस्वीरें घटनाओं के लायक नहीं रहीं। अगर यह तरतीब भी सही और मुकम्मल साबित न हो तो जिन्दगी के हिसाब से पिटे हुए इस शख्स की एक और चूक उसे मान लेना।

पहली तस्वीर में तुम्हारी उम्र की दिखनेवाली अल्हड़ लड़की दोनों हाथ आसमान की तरफ उठाये चहक रही है। तुम गौर से देखोगी तो पता चलेगा कि वह एक चट्टान पर खड़ी है। तीन बरस पहले मैं वहाँ गया था। वह चट्टान नहीं रही। एक बड़े लैंडस्लाइड में वह पता नहीं कहाँ खो गयी। उस रोज जब वह चट्टान नहीं मिली तो मुझे कुछ बुरा-सा लगा। इसमें जैसे चट्टान का ही दोष हो कि वह जगह से हिल गयी, जैसे उसी ने बादल को फटने के लिए कहा हो। उसी दिन लौटकर मैंने इस तस्वीर को

ढूँढ़ा था। तुम्हें यह जानकर ताज्जुब होगा कि यह तस्वीर एक्सपेडिशनवाली अलबम में उल्टी लगी हुई थी। वहाँ यह पहुँची कैसे और इसे उल्टा किसने लगाया, इस बात को मैं उस दिन नहीं समझ सका। समझने की ज्यादा कोशिश भी मैंने नहीं की। इसे मैंने निकालकर दूसरी अलबम में रख दिया जहाँ उस वक्त की बहुत सारी तस्वीरें अब भी हैं। इस तस्वीर के लिए मुझे और रानी को बहुत मेहनत करनी पड़ी थी। तुम्हें शायद इस बात का यकीन नहीं आएगा। तब रानी में तस्वीरों के लिए बहुत उत्साह था। उसकी आँखें प्रकृति के नजदीक जाने पर एकदम चमक उठती थीं। अगर वह चट्टान वहीं होती और मेरे लिए सम्भव होता तो मैं उसी चट्टान पर तुम्हारी भी एक तस्वीर खींचता। समझ लो, वह तस्वीर मैंने खींच ली और तुम उसी को देख रही हो। तुम्हारी आँखों में अगर चमक पैदा हो जाए तो तुम ऐसी ही लगोगी।

इस तस्वीर के नीचे बाथ टब में नहाती एक बच्ची है। यह तुम थीं। यह मत समझना कि यह तस्वीर लगाकर मैं तुम्हारे साथ कोई शरारत कर रहा हूँ। शरारत करने की मेरी उम्र नहीं रही और तुम वक्त से बहुत पहले वह उम्र छलाँग गयी हो। कभी-कभी मुझे इस बात से बड़ी राहत मिलती है और तुम पर गर्व हो उठता है। कभी अपने पर झुँझलाहट भी होती है।

खैर...तुम यह पन्ना पलट दो। इस जगह दोनों तस्वीरें तुम पहचान लोगी। ऊपर वाली तस्वीर में रानी डांडी में बैठी हुई है। उसके चेहरे की कोमलता में खुशी की सौम्यता झलकती है। यह तस्वीर रामजे अस्पताल से लौटते हुए खींची थी। तब तुम सात दिन की थीं। नीचे की तस्वीर में तुम उसी दिन अपनी माँ की गोद में हो। रानी पहले से ही कहती थी कि उसे लड़की चाहिए। एक बच्ची के पूरे विकास में वह अपनी जिन्दगी की झलक देखना चाहती थी। 'हम खुद को होते हुए नहीं देख पाते, बचपन जीते हुए नहीं देख पाते।' वह कहती थी। तब मैं उससे मजाक करता कि क्या मुझे अपना बचपन देखने का अधिकार नहीं है। वह तब मुझे घूरने लगती। वह डाँट की नजर होती जिसे माँ अपने बच्चे की शरारत पर फेंकती है। अब सोचता हूँ तो ताज्जुब होता है कि आँखों के इतने छोटे घेरे में वक्त क्या-क्या तब्दीलियाँ लाता है। रानी जब तुम्हें घूरती है तो मुझे डर लगता है। तुम पता नहीं कैसे हँस लेती हो।

तुम इस पन्ने को पलटोगी तो वहाँ हम तीनों होंगे। इन दोनों तस्वीरों में तुम और रानी एक ही जगह हैं। तुम्हारे हाथ में मेरा कलम है और रानी तुमसे कुछ दूर हटकर दायीं तरफ बैठी है। उसके हाथ में अखबार है। ऊपरवाली तस्वीर में मेरा बायां हाथ तुम्हारे कन्धों पर है और दायाँ हाथ हवा में उठा है। नीचेवाली तस्वीर में मेरा दाहिना हाथ रानी के कन्धों पर है और बायाँ हाथ हवा में...तुम मुझे देख रही हो। मैं चाहता था कि जब कैमरा चले तो मेरे दोनों हाथ ठीक जगहों पर हों। कैमरे को व्यवस्थित कर अपनी तय जगह लौटने के समय का सही अनुमान मैं तीसरी कोशिश में लगा सका। उस तस्वीर में

मेरा बायाँ हाथ तुम्हारे कन्धों पर और दाहिना हाथ रानी के कन्धों पर है। उस तस्वीर की जगह अब शायद किसी भी अलबम में नहीं है। तुम कई बार जिद करती थीं कि बड़ी होकर लेखक बनोगी। अगर अब तक बन नहीं गयी हो तो यह तरतीब शायद तुम्हारे किसी काम आ जाये। जिन्दगी में कुछ सोचकर चीजों के सिलसिले को शुरू करते हैं। हो कुछ ऐसा जाता है, जो सोचा हुआ नहीं होता। लेखक के पास इतनी सहूलियत होती है कि वह बाद में सिलसिला सही बैठा दे और गैर-जरूरी चीजों को हटा दे। ये तस्वीरें बद्रीनाथ जाते हुए रास्ते में ली थीं। तब रानी का धार्मिक स्थानों के लिए मोह शुरू हो गया था। जैसे तुम मेरे लिए कहती हो कि मैं इधर धार्मिक अनुष्ठानों की तरफ ज्यादा झुकने लगा हूँ, वैसे ही मैं तब रानी के कर्मकांडों पर हलके ढंग से बोलने लगा था।

इस पन्ने को पलटने के बाद जो दो तस्वीरें हैं वे तुमने जोर देकर खिंचवायी थीं। क्या तुम इन तस्वीरों के भीतर का तनाव खोल पा रही हो? तुम अपनी आँखें देखो और होठ देखो। ऊपरवाली तस्वीर छब्बीस जनवरी की है। छब्बीस जनवरी सन् अस्सी में हमारा गृह-प्रवेश हुआ था। मैं घर का नाम रखना चाहता था—निकुँज। रानी ने नाम दिया—छाया। सच! रचुआ, नाम में ही हमारा सब कुछ है। अतीत, वर्तमान और भविष्य भी। अतीत का सम्मोहन नाम को अपनी तरफ खींचता है, वर्तमान उसे जानने में खर्च होता है और भविष्य उसका बोझ लादते हुए चलता है। छाया में एक साल गुजारने के मौके पर हमने तय किया था कि सूरज के ढलने पर अलग-अलग कोणों से हम परिवार की मौजूदगी दर्ज करेंगे और भविष्य में भी इस सिलसिले को बनाए रखेंगे। यह एक साल कैलेंडर में बीता था। रानी का सारा ध्यान छाया को सँवारने में लगा रहता और मैं अपनी आकांक्षाओं की कीमत अदा कर रहा था। घर लौटते ही रानी नयी तब्दीली मुझे दिखाती और अगले दिन के लिए तय किये गये कामों की फेहरिस्त सुनाती। मैं इससे धीरे-धीरे खौफ खाने लगा था। घर पहुँचने में अक़सर देर होने लगती। रानी ने पहले कभी नहीं टोका। टोकने की शुरुआत के लिए उसने छाया की वर्षगाँठ का दिन चुना था। आज मैं सोचता हूँ तो लगता है उसने ऐसा शायद जानबूझकर नहीं किया होगा। साथ-साथ रहते हुए जानने का ढोंग रचने के बाद भी हम एक-दूसरे को नहीं जान पाते। मुझे जिन्दगी में बहुत दोस्त मिले और बहुत सारी दोस्तियाँ टूटीं। बहुत मामूली से सवाल पर या बहुत छोटी-सी जिद पर। कुछ दिन बुरा लगा, फिर मैंने उन्हें भुला दिया। यह संस्कारशील मन का ताप है या तोष, मैं नहीं जानता—नातों से बने सम्बन्धों को मैं उस तरह नहीं ले सकता जिस तरह दोस्तियों को लेता हूँ। गलतियाँ जो हुईं या की गईं उन्हें प्रारब्ध के हवाले कर लेने में चैन मिल जाता है। पर जिन्दगी चैन नहीं लेने देती। इस तस्वीर में तुम बरामदे में बैठी हो और थोड़ी देर पहले हुए हंगामे का खौफ तुम्हारी आँखों में बैठा हुआ है। इस तस्वीर को देखकर तुम्हें पता चल जाएगा कि जिन्दगी का पहला खौफ आँखों में कैसे बैठता है। तुम्हें ठीक से याद भी नहीं होगा। हो

सकता है याद भी हो। मुझे वे घटनाएँ याद है जब मैं पाँच वर्ष का था। उन घटनाओं में आम के पेड़, नदी की मछलियाँ और रेडियो की आवाज है। हालाँकि मुझे अच्छा नहीं लग रहा फिर भी खौफ के तुम्हारे इस पहले अनुभव को मैंने तुम्हारे सामने रख दिया। उस दिन मैं वक्त पर घर नहीं लौट सका और तुम दोनों तैयार थीं। मेरे आते ही रानी ने तुम्हें भीतर भेज दिया था—'जाओ रचना।' शायद उस दिन पहली बार तुमने रानी के मुँह से अपना नाम सुना होगा।

नीचे की तस्वीर चार बरस बाद उसी जगह खींची गयी है। वक्त सुबह का है और बरामदा एक छोटे कमरे की शक्ल में बदल गया है। तुम्हारे हाथ में कॉमिक है। यह मैंने जानबूझकर तुम्हें थमाया है। थोड़ी देर पहले तुमने कहा था—'पपुआ। मुझे अब कॉमिक अच्छे नहीं लगते। मैं बोर हो गयी हूँ।'

यह तस्वीर खोजने के लिए मुझे बहुत सारी पुरनी चीजें टटोलनी पड़ीं। मुझे वह सन्दूक खोलना पड़ा जो तुम्हारे दादाजी ने मुझे दिया था। जिन्दगी में यह सन्दूक पहली चीज थी जिस पर मेरा पूरा अधिकार था और जो सिर्फ मेरे लिए थी। पहली बार इसे पाकर मेरी कल्पना बहुत दूर तक दौड़ गयी थी। मुझे अपने लिए और चीजों को मैं इस सन्दूक में रख सकता था। सबसे पहले मैंने किताब रखी थी। इसीलिए बाद में वे किताबें जिनके लिए किसी का भी मन ललचा सकता था, मैंने इस सन्दूक में रख दीं। चोर-निगाहों से छुपाने के लिए। इसी सन्दूक की एक किताब में यह तस्वीर रखी थी। यह वही किताब है जो रानी ने तुम्हारे हाथ से छीनकर फेंक दी थी। तुमने शायद यह किताब नहीं पढ़ी। अब तुम्हें अच्छी लगेगी, मैं नहीं जानता। पढ़ने की तुम्हारी रुचियाँ इस तेजी से बदली हैं कि मुझे कभी भरोसा नहीं रहता कि कोई खास किताब तुम्हें पसन्द आ जएगी। तुम इतनी जल्दी चीजों से बोर हो जाती हो। लेकिन मुझे यह देखकर आश्चर्य होता है कि अपनी माँ से तुम्हारा लगाव लगातार बढ़ता जा रहा है। मुझे इस बात से सन्तोष मिलता है और तुम्हें अपने से दूर पाने पर खुद को समझाने का बहाना भी।

सुबह के वक्त खींची इस तस्वीर के बाद मैंने रात में खींची तस्वीर लगायी है। तुम देवी के सामने दीप जलाकर हटी हो और तुम्हारा हाथ अगरबत्ती के पैकेट की तरफ बढ़ रहा है। अचानक फ्लैश की चमक से तुम चौंकी थीं। इस जगह मेरा आना कतई प्रत्याशित नहीं था। तुम तो यहाँ मेरी टोका-टाकी सुनने की आदी थीं। आग लगने के खतरों से मैं तुम्हें हमेशा बचाने की कोशिश करता था। आग लगने के लिए एक चिनगारी ही बहुत है। उपासना के दीप नहीं जानते कि वे किसलिए जल रहे हैं? जब तक तुम कुछ समझ पातीं मैंने दो तस्वीरें और खींच ली थीं। उस दिन मैं दो महीने बाद घर लौटा था। एक्सपेडिशन असफल रहा था और मैं क्रेवास में फँस गया था। उस दिन मैंने तुम्हें इतना ही बताया था कि खास कुछ नहीं हुआ—मुझे बाहर निकाल लिया गया। पर बहुत कुछ हआ था। क्रेवास में गिरने के बाद मेरा पुनर्जन्म हुआ। वहाँ फँसे-फँसे मुझे सबसे पहले

रानी का ध्यान आया। और पता है, किस रूप में? इसी कमरे में देवी के सामने उपासनारत। मैं इसका रहस्य नहीं समझ पाया। सच, जैसे-जैसे मकान बनता गया वैसे-वैसे रानी मकान में ज्यादा डूबने लगी। जैसे-जैसे मकान सँवरता गया वह इस कमरे में ज्यादा उलझती गयी। कुछ और पाने के लिए क्या था? क्या उसे कुछ खोने का डर था? यह बात मैं अब सोच रहा हूँ। तब सोचता तो शायद अब यह सब विचारने की जरूरत ही नहीं रहती। इन तस्वीरों की तरतीब में मैं उस वक्त को जीने की कोशिश नहीं कर रहा और न ही यह उसे सुधारने का उपक्रम है। बस, इतना भर समझ लो कि यह कुछ गुजरते हुए लम्हे हैं जिन्होंने इधर से गुजरने का मन बना लिया है। नीचे जो तस्वीर है वह नैनीताल की है। इसमें तुम अचानक बड़ी हो गयी हो। मैं हाथ के संकेत से तुम्हें कुछ दिखा रहा हूँ। तुम मेरी ओर आश्चर्य से देख रही हो। पीछे झील में बत्तखें दिखाई दे रही हैं। मैं तुम्हें वह रास्ता दिखा रहा था जो रामजे अस्पताल को जाता है जहाँ तुम्हारा जन्म हुआ था। तुमने कोई उत्सुकता नहीं दिखायी थी और घर लौटने की जिद करने लगी थीं। अकेली तुम बोर हो गयी थीं। पर तुम अकेली तो नहीं थीं। मैं तुम्हारे साथ था। सॉरी रचुआ! मैं तब यह नहीं समझ सका था कि तुम रानी को बहुत अधिक 'मिस' कर रही थीं।

यह गंगा के घाट पर तुम हो। ऋषिकेश का त्रिवेणी घाट। तुमने रानी से भी कहा था कि वह इस तस्वीर में शामिल हो। रानी ने मुँह बिचका दिया था। इस तरह मुँह बिचकाना पहले रानी की आदतों में नहीं था। लेकिन जैसे-जैसे उसका बोलना कम होता गया वैसे-वैसे वह चेहरे से ज्यादा बोलने लगी। मुझे सबसे ज्यादा डर उसकी आँखों से लगता है। कभी लगता है उन आँखों में कोई भाषा नहीं है, कभी लगता है वे गुस्से में धधक रही हैं। कभी उन आँखों से ठंडे चाकू-सी चुभन निकलती है और कभी वे आँखें पथरा जाती हैं। जब हमारे बीच की दुनिया टूटनी शुरू हुई थी तो सबसे पहले उसकी आँखों ने ही मुझे इसका पता दिया था। वह अचानक चुप हो गयी थी और उसकी आँखें पथरा रही थीं। ऋषिकेश चलने की जिद तुम्हारी थी। कॉमिक छोड़कर दूसरी किताबें पढ़ना शुरू करने के बाद तुम सँजीदा लगने लगी थीं। तुमने अचानक कहा था कि ऋषिकेश में गंगा के किनारे रेत है—स्वर्गाश्रम के पास। तुम रेत पर पाँवों के निशान देखना चाहती थीं। मैंने समझाया था कि कभी मौका मिलने पर तुम्हें समुद्र के किनारे ले जाऊँगा। वहाँ लहरें रेत को हर वक्त धोती रहती हैं। कुछ भी बनाओ, अगली लहर फिर एक नयी स्लेट-सी रेत सामने छोड़ जाती है। तुम हर वक्त एक ही जगह बिना खुद मिटाये नयी-नयी चीजें बना सकती हो। तुम्हारा जवाब मुझे आज भी याद है। तुमने कहा था कि तुम एक ही चीज रेत पर देखना चाहती हो कि तुम नहीं चाहतीं, तुम्हारे देखते-देखते वह चीज खो जाए। जिद के साथ तर्क को देखकर मैं चौंका था। अनायास मेरी नजर रानी के चेहरे की तरफ गयी थी। वह मुँह बना रही थी।

रानी रेत पर नहीं गयी थी। तुम अपने पाँव गंगा में डुबाये पाँव रेत पर रख रही थीं। वे चार तस्वीरें उसी सन्दूक में हैं। इस अलबम में मुझे उनकी जरूरत इसलिए महसूस नहीं हो रही क्योंकि उनमें तुम वह लगती हो जो आज हो। वह दिसम्बर का दिन था और लौटते हुए हम त्रिवेणी घाट गये थे। तुम्हें वहाँ पानी उछालना अच्छा लग रहा था। जो हाथ थोड़ी देर पहले बड़ी सँजीदगी से फूलों के दोने को गंगा में सिरा रहे थे, इस तस्वीर में वही हाथ पूरे उल्लास से गंगा के पानी को उछाल रहे हैं।

यह बनारस का दशाश्वमेध घाट है। सूरज तुम्हारी आँखों में है। तुम शायद उस पार रेत के मैदान को देख रही हो। यह फरवरी की शुरुआत थी और रानी हमारे साथ नहीं आयी थी। तुम्हें याद होगा कि जब हम घर से बाहर निकल रहे थे, वह पूजा के कमरे में बैठी हुई थी। तुम जब उससे मिलकर आयीं तो तुम्हारी आँखें बुझी हुई थीं। बनारस तक के सफर में तुम बहुत कम बोलीं और जितना बोलीं उससे मुझे चिन्तित हो जाना चाहिए था। मेरे और रानी के बीच जो भी कुछ घट या दरक रहा था उसकी पीड़ा शायद तुम समझने लगी थीं।

रास्ते में तुमने पूछा था कि प्रतिमा क्या होती है? मैंने कहा था कि लोग जिसकी पूजा करते हैं। यह बड़ा लापरवाह जवाब था। अगर आज पूछो तो मैं कहूँगा—जिसे हम गढ़ते हैं। तुम और बड़ी हो जाओगी तो जवाब दूँगा कि जो हम चाहते हैं और जानते हैं कि जिस रूप में चाहते हैं। उस रूप में वह अप्राप्य है।

दशाश्वमेध पर मैंने तुमसे पूछा था कि बताओ, गंगा किधर बह रही है। तुम सचमुच चकरा गयी थीं। फिर सामने देखकर दाहिनी तरफ इशारा किया था—इधर। मैंने बायीं तरफ संकेत किया—इधर। तब हैरानी में तुम्हारी आँखें फैल गयी थीं और हाथ इतना उठ गये थे जितना तुम इस तस्वीर में देख रही हो।

ऋषिकेश से बनारस तक इन तस्वीरों में तीन महीने से भी कम की दूरी है। फिर भी इन दोनों तस्वीरों को यहाँ जगह दी है। इस बात के पीछे कारण तो जरूर ही होगा। साफ-साफ कारण मैं भी नहीं जानता। बहुत-सी बातों के अर्थ बाद में खुलते हैं। बनारस से लौटते हुए तुमने अचानक कह दिया था कि प्रतिमा नहीं मिली। तब जाकर मैं बहुत-से सवाल और बहुत-सी घटनाएँ समझ पाया।

बनारस से लौटते ही मैंने तुम्हारी बहुत-सी तस्वीरें ढूँढ़ी थीं। इनमें वे तस्वीरें भी हैं जिन्हें तुम इसके बाद के पन्नों में पाओगी और जिन्हें तुम बेताबी के साथ शुरू में देख चुकी हो। मैं तब देर तक इन तस्वीरों को देखता रहा था और बार-बार हैरान हो रहा था कि यह बच्ची कैसे कह गयी कि प्रतिमा नहीं मिली। प्यारी रचुआ, सच में, यह अलबम मेरा कन्फेशन नहीं है और यकीन रखो, मेरे पास तुम्हारे सामने कन्फेस करने के लिए कुछ नहीं है।

इन तस्वीरों के बाद तुम जो तस्वीरें देखोगी वे तस्वीरें शायद तुम्हें इतनी पसन्द न आयें। पता नहीं मैं बार-बार अपनी पसन्द पर इतना ध्यान क्यों दे रहा हूँ? इस तस्वीर में तुम घर के बाहर हो। यह तुम्हारी जिद थी कि तुम एक तस्वीर घर के पिछले हिस्से में खिंचवाओगी। मैं तब नहीं जानता था कि यह पिछला हिस्सा इतना महत्त्वपूर्ण हो जाएगा। आँवले का पेड़, जो रानी ने मकान बनाने से पहले लगाया था, अब सिर्फ इसी कोण से दिख सकता था। मैं इस पेड़ को ढूँढ़ रहा था और तुम अपने हिसाब से घर को खोज रही थीं। यहाँ तुम्हारी मौजूदगी के बाद भी आसमान साफ दिखाई पड़ रहा है और आँवले का पेड़ आसमान को चिढ़ाता प्रतीत हो रहा है।

मकान की इस आमसान से भरी तस्वीर के नीचे एक नन खड़ी है। यह नन तुम बनी हो। पता नहीं, स्कूल के उस समारोह में जब तुम्हारे साथ की और लड़कियाँ रंग-बिरंगे लिबासों में अपने सपने आसमान की ऊँचाई तक उछाल रही थीं, तुमने यह अजीब-सा फैसला क्यों लिया? यह तुम्हारी अपनी पसन्द थी और सच, तुम्हें इस रूप में देखकर मैं स्तब्ध रह गया था। उस समारोह में रानी नहीं थी। उस शाम मैंने लौटकर रानी से कहा था कि मुझे इस लड़की को लेकर चिन्ता हो रही है। रानी ने मुँह बिचका दिया था। पूजा के कमरे में लौटते हुए वह बोली थी—यह तुम्हारी लड़की है। तब से तुम रानी के ज्यादा नजदीक रहने लगी। मैं अभी तक तुम्हारी इस शरारत को नहीं समझ सका, अगर यह शरारत थी।

यह ऊपरवाली तस्वीर तुम पहचान जाओगी, कौन-से बुग्याल की है। गर्मियों के उन पन्द्रह दिनों में मैं तुम्हें पहाड़ों की तरफ ले गया था। मुझे उम्मीद थी कि तुम इस यात्रा के बाद पहाड़ों से प्यार करने लगोगी। पर ऐसा नहीं हुआ। देखो, हमारे पीछे नन्दा देवी की चोटी कितनी नजदीक दिखाई पड़ती है। मैंने तुम्हें नन्दा देवी के बारे में बताया था। तुम ध्यान से सुनती रहीं और सुनने के बाद तुमने कहा था कि घर लौट चलें। इस तस्वीर में हम टैंट के बाहर हैं। और यह वही तस्वीर है जिसे रानी ने देखकर फेंक दिया था। इसमें तुम चट्टान पर हैट लगाये लेटी हो और सिर्फ मेरा हाथ किसी चोटी की तरफ संकेत करता दीख पड़ रहा है। 'वह तुम्हारी बेटी है।' रानी ने इतना कहा था और चुप हो गयी थी। तब से मैंने उसकी आवाज नहीं सुनी है। प्यारी रचुआ, यह हमारे बीच आखिरी संवाद था। पिछले दो वर्षों से तुम रानी के साथ रहकर बोलना भूल चुकी हो। संवाद का माध्यम बनते-बनते तुम शायद अपने बारे में भी बहुत कुछ भूलने लगी हो। आज तुम्हारा जन्मदिन है। तुम्हें शायद ध्यान ही नहीं रहा। इसीलिए दिनभर कमरे में बन्द रहकर मैंने तुम्हारी अठारहवीं वर्षगाँठ के मौके पर ये अलबम तैयार की है।

इसमें अभी और तस्वीरें हैं। तुम उन्हें देखोगी तो बहुत कुछ अपने बारे में भी जान सकोगी। तुम्हारे उल्लास की छवियाँ वहाँ दर्ज हैं। आखिरी पन्ने में एक ही तस्वीर है।

इस तस्वीर में रानी और मैं बहुत खुश एक-दूसरे को देख रहे हैं—पृष्ठभूमि में हिमालय की चमकीली चोटियाँ खिली हैं। इस तस्वीर में तुम नहीं हो फिर भी तुम अब देख सकती हो कि कभी हम दोनों कितने खुश थे। यह तस्वीर उन्नीस बरस पहले खिंची थी और इस अलबम की इकलौती तस्वीर है जिसे मैंने नहीं खींचा है।

एक हत्यारे की आत्मस्वीकृति

अमरता की कामना मुझे क्लोनिंग की तरफ खींच ले गयी, मैं मरना नहीं चाहता था। लोग कहते हैं मृत्यु जीवन का सबसे बड़ा सच है। मैं कहता हूँ यह जीवन का सबसे बड़ा झूठ है। एक वाहियात खयाल—जीवन की नाव पर झंझा की तरह टूट पड़नेवाला प्रहार!

ईश्वर भी अमरता की कामना से निकला हुआ विचार था। हमने उसे देह से मुक्ति दी। वह इतना अधिक मुक्त हो गया कि उसकी मृत्यु की घोषणा करनी पड़ी। मैं नहीं चाहता था कि मेरी मृत्यु की घोषणा हो। देह के सीमान्तों में रहते हुए असीम का सपना कितना उत्तेजक है। क्लोनिंग से बढ़कर इस सपने की हकीकत और क्या हो सकती थी?

मुझे दार्शनिक और नैतिक सवालों को लेकर कभी कोई उलझन नहीं रही। जिन्दगी को लेकर मेरा नजरिया एकदम साफ है—कारोबारी और व्यावहारिक! भावनाएँ आदमी को कमजोर बनाती हैं। इसलिए मैंने फैसला किया कि मेरा क्लोन किसी कुँआरी स्त्री के गर्भ में पलेगा। मैं नहीं चाहता था कि उसने किसी पुरुष का सुख लिया हो—यहाँ तक कि मेरा भी।

उन दिनों स्त्रियों के लिए मेरे मन में कोई भावना नहीं थी। वे मेरे लिए देह से अधिक कुछ नहीं थीं। सोलह वर्ष की उम्र में मैं स्त्री-सुख से पहली बार परिचित हुआ था। वह अड़तीस वर्ष की एक अधेड़ औरत थी। उन शुरुआती दिनों में मैं अधेड़ औरतों की तरफ आकर्षित होता था। वे अतृप्त वासना से भरी आँधी की तरह आती थीं जिनके बवंडर मुझे बहुत दूर उड़ाकर पटक देते थे। अपने होने के लिए एक और आँधी की आतुर प्रतीक्षा में फिर क्लान्त और निस्तेज देह भटकती।

बाद में कम उम्र की औरतों की देह से गुजरते हुए मुझ जैसे सफल आदमी के लिए मन और भावनाओं में बहने के लिए अवकाश नहीं था। पुरुष-संसर्ग से अछूती स्त्री ही मुझे अपने क्लोन के लिए सबसे अधिक सुविधाजनक लगी। मेरे लिए क्लोन तैयार करनेवाले विशेषज्ञों के लिए भी एक नया प्रयोग था।

हमने इसके लिए बाकायदा विज्ञापन दिया। मुझे मुफलिसी के ऊपर बहुत भरोसा

था। मुफलिसी हम जैसे लोगों के लिए बहुत काम की चीज है। यह ताज्जुब की बात थी कि चार दिनों के भीतर हमारे पास हजार से ज्यादा प्रस्ताव आये। उनका गरीबी से कोई ताल्लुक नहीं था। अधिकतर पन्द्रह से सत्रह वर्ष की थीं। उन्हें पहली नजर में खारिज कर देने में हमें कोई दिक्कत नहीं हुई। वे बच्चियाँ नहीं जानती थीं कि वे क्या करने के लिए प्रस्तुत हैं। सबसे अधिक उपयुक्त वह प्रस्ताव लगा था जिसमें प्रस्तावक की उम्र इक्कीस वर्ष बताई गयी थी। उसने अपना नाम नहीं बताया था। मैंने सबसे पहले उसी को बुलाया।

''हाय!'' दरवाजा खोलते हुए उसने कहा था।

उसकी आँखें बोलती थीं। वे पारदर्शी आँखें थीं—बावड़ी के साफ जल की तरह निर्मल और निष्कलुष। जरा-सा छू भर दो तो जल-लहिरयाँ दूर तक हिलारें लेने लगें।

''कैसी हो?'' मैंने इतना ही कहा था। ये बहुत व्यावहारिक शब्द हैं। दूरी बनाए रखते हुए आत्मीय दिखनेवाले शब्द। सचमुच षड्यन्त्रों की शुरुआत बहुत मासूम से दिखनेवाले शब्दों के साथ होती है।

''आखिर स्त्री के गर्भ से तुम मुक्त नहीं हो सके,'' यह कहते हुए वह हँस दी थी। यही शुरुआत थी। उस हँसी में एक लापरवाही थी। शुरू में मुझे लगा कि उसमें तिरस्कार था। मैंने उसे बैठने का इशारा किया। उसके बैठने के अन्दाज में भी एक लापरवाही थी।

उसके बैठते ही मुझे महसूस हुआ कि उसमें तिरस्कार का भाव नहीं था। लापरवाही उसका शायद स्वभाव था, आगे बात शुरू करने से पहले मुझे कुछ पल सोचना पड़ा। मैं उसे शब्दों के जाल में घेर नहीं पाया।

''तुम्हारा नाम?'' मैं सीधे बात पर आ गया।

''पहले यह तो तय हो ले कि मेरे गर्भ में तुम्हारा क्लोन पनपेगा।'' वह फिर हँसी।

यह हँसी दिल में छेद करनेवाली थी। उसमें खनक थी—एक साथ टूटते हुए शीशों की खनखनाहट! बहुत देर तक वे किरचें मेरे भीतर धँसी रहीं। उनसे बाहर निकलने में मुझे वक्त लगा।

मैंने उसे कौमार्य-परीक्षण के बारे में बताया। यह बात विज्ञापन में बहुत स्पष्ट थी। यह मेरे लिए भी जरूरी था और विशेषज्ञों के लिए भी।

''नहीं,'' वह उठ गयी और उसने मेरी आँखों में झाँका।

उफ्। वे आँखें! वे दुनिया की सर्वाधिक निष्कलुष आँखें थीं—वे देखनेवाली नजर के मैल को भी धो डालतीं। दो पल बाद मैंने अपनी आँखें झुका लीं। मेरे चेहरे पर गर्व और दर्प का जो भी भाव रहा होगा वह उन दो पलों में धुल गया होगा।

"जो मैं कह रही हूँ, तुम्हें उस पर यकीन करना होगा। अगर तुम मेरी बात पर यकीन नहीं कर सकते तो..." वह थोड़ा रुकी थी, "मैं इसके लिए प्रस्तुत नहीं हूँ।"

मैंने नजरें उठायीं—वह दरवाजे की तरफ लौट रही थी।

"सुनो!" मैंने बहुत धीमी आवाज में कहा।

वह एक क्षण के लिए ठिठक गयी।

"मैं तुम्हें प्यार करने लगा हूँ।" मुझे लगा जैसे कोई चीज मेरे भीतर बैठ गयी थी और जबरन मेरी जुबान को धकेल रही थी। पता नहीं, कैसे वे शब्द मेरे मुँह से फिसल गये। उनके निकलने से पहले मैंने खुद सोचा भी नहीं था।

वह आगे बढ़ी। उसने दरवाजा खोला। भीतर और बाहर की दहलीज पर उसे रुकते हुए मैंने देखा। एक क्षण वह वहाँ रुकी। अचानक वह भीतर आ गयी।

"मेरा नाम माया है," वह हँस दी और दरवाजे से बाहर हो गयी।

पिछले सत्रह वर्षों से वह पल मेरी चेतना में अटका हुआ है। बन्द होते दरवाज़े के बाहर दूर जाती हुई माया की परछाई और उसकी हँसी की गूँज।

"मैं तुम्हें ढूँढ़ लूँगा माया।" मुझे बहुत अच्छी तरह याद है मैंने अपने आपसे तब यही कहा था।

उसके बाद कोई भी लड़की मुझे साक्षात्कार में नहीं जमी। मैं हर लड़की में माया की परछाई ढूँढ़ता और मुझे दूर-दूर तक उसका कोई पता नहीं चलता। तब विशेषज्ञों की टीम ने यह काम खुद करने का फैसला किया। वे और इन्तजार नहीं कर सकते थे।

उन्होंने जिस लड़की का चयन किया, मैंने उसका नाम बदलकर शिवाकी रख दिया। नया नाम सुनकर वह आश्चर्य में पड़ गयी थी। मैंने उसे एक ही बार देखा। हमारी जिन्दगियाँ एक-दूसरे से टकरानी नहीं चाहिए। अपने क्लोन को नाम देने के लिए मुझे एक क्षण भी नहीं सोचना पड़ा। अमर।

शिवाकी अमर के आने के बाद गायब हो गयी। न मुझे उसके अतीत में दिलचस्पी थी, न भविष्य में। उसके चेहरे की हलकी-सी झलक भी मुझे याद नहीं है। जिस वक्त मैंने उसे देखा था, उस वक्त तो मैं हर लड़की में माया की परछाईं ढूँढ़ रहा था। यह सच है, माया ने स्त्रियों के बारे में मेरे नजरियों में बड़ा बदलाव ला दिया था।

अमर की देखरेख के लिए विशेषज्ञों की पूरी फौज मौजूद थी। पहली बार दिक्कत का सामना तब करना पड़ा जब मैं शिवाकी को मारने के लिए मजबूर हो गया। मैं नहीं चाहता था कि अमर असामान्य उत्सुकता का शिकार हो।

बोर्डिंग स्कूल में दाखिले के समय उन्हें माँ के नाम की जरूरत महसूस हुई। अजीब तरह के नियम हैं। मैंने दुनिया से यह तथ्य छिपा रखा था कि अमर मेरा क्लोन

है। मुझे माँ के लिए एक काल्पनिक नाम चाहिए था। उन दिनों बहुत सारे बच्चों की माँ उन्हें जन्म देते समय मर जाती थीं। अमर की माँ भी मर गयी। इसमें किसी को कोई दिक्कत नहीं थी।

सबसे पहले मेरे दिमाग में स्वाभाविक रूप से माया का नाम कौंधा। उन दिनों तक माया मेरे मन-मस्तिष्क में पूरी तरह बैठ चुकी थी। देह की जरूरत जब भी मुझे किसी औरत के नजदीक ले जाती, मैं माया की कल्पना करने लगता। यह खयाल कि अमर की काल्पनिक माँ अब नहीं है, मुझे एकदम सुन्न कर गया। माया की मृत्यु मैं कल्पना में भी बरदाश्त नहीं कर सकता था। दुनिया की व्यावहारिक बुद्धि मेरे ऊपर काबू पा गयी और मैंने अमर की माँ की जगह काल्पनिक नाम लिखा दिया—शिवाकी।

इस तरह मैंने शिवाकी की हत्या कर दी। एक काल्पनिक नाम की काल्पनिक मृत्यु! शिवाकी देह नहीं थी। एक शब्द में समाहित अस्तत्व था जिसे मैंने समाप्त कर दिया। नहीं, उन दिनों मैंने इन सब पर इतना ध्यान नहीं दिया था। तब मेरे पास यह सब सोचने का वक्त नहीं था और हत्या के बारे में तो बिल्कुल भी नहीं। हत्या के बारे में तो मैंने इस मुकदमे के दौरान सोचना शुरू किया है।

काल्पनिक रूप से शिवाकी को मारने के बाद मेरे भीतर अजीब तरह के खयाल पनपने लगे। मैं ज्यादा अकेला महसूस करने लगा। अकेलापन भरने के लिए मैं जिस भी औरत के पास जाता उसमें माया की छवि ढूँढ़ता—वे पारदर्शी और निष्कलुष आँखें। वह छवि नहीं दिखती और मेरा सन्ताप अधिक बढ़ जाता। मैं दूसरी औरत के पास जाता... फिर तीसरी...

हर असफल मुठभेड़ मेरे आवेग को बढ़ा जाती। तब मुझे लगने लगा माया मेरे आसपास कहीं है और मैं उसे खोज लूँगा।

वर्षों के बीतने के साथ मैं माया की उम्र का हिसाब रखने लगा।

उन्हीं दिनों मेरा विश्लेषकों के साथ मेरी लम्बी बैठकों का सिलसिला शुरू हुआ। उन्होंने मेरे असामान्य सोच के कई कारण गिनाये। उन्होंने यहाँ तक सुझाव दिया कि मुझे विवाह कर लेना चाहिए और सामान्य रूप से एक बच्चे का बाप बनकर भी देख लेना चाहिए। कितना वाहियात सुझाव था।

दुनिया के सामान्य कार्यकलापों में मुझे दिक्कत पेश नहीं आ रही थी और मेरा व्यवसाय दिनोंदिन तरक्की करता जा रहा था। मैंने मनोविश्लेषकों के पास जाना छोड़ दिया। मेरे पास उनके लिए वक्त भी नहीं बचा। खुद-ब-खुद मेरी देह की जरूरत कम होती गयी।

लेकिन माया। जब-तब मेरी चेतना में कौंध जाती है। उसकी वह हँसी जब-तब मेरे दिमाग में गूँजने लगती है। तब मुझे बहुत शिद्दत से महसूस होता है, वह मेरे आसपास कहीं है। मैं जरा भी कोशिश करूँ तो उसे ढूँढ़ सकता हूँ। एक आवेश मेरी रग-

रग में भर जाता है।

इस समय फिर वह हँसी मेरे कानों में गूँज रही है। उसे रोक दो।

हाँ...शुरू-शुरू में अमर हर साल छुट्टियों में मेरे पास आता था। वह हू-ब-हू मेरे बचपन की तस्वीरों जैसा दिखाई पड़ता। मुझे लगता जैसे मेरा बचपन तस्वीरों के फ्रेम से निकलकर बाहर चला आया है। उन दिनों उसकी छुट्टियों का ज्यादा हिस्सा मेरे साथ बीतता था। मैं भी अपना बहुत सारा वक्त उसके लिए बचाकर रखता था। पर धीरे-धीरे यह वक्त कम होता चला गया।

अमर मुझसे बचकर रहने लगा। उससे मिलते हुए मुझे लगता कि वह खुश नहीं है, जैसे मैं उसकी दुनिया में बेवजह दखल दे रहा हूँ। कभी-कभी वह मुझे घूरने लगता। उसकी आँखों में मुझे पहचान का कोई भाव नजर नहीं आता। पिछले तीन वर्षों से मैं उसे छुट्टियों में दुनिया देखने के लिए भेजता रहा।

तीन वर्ष के अन्तराल के बाद अमर सोलहवीं वर्षगाँठ मनाने मेरे पास आया। हम बहुत ज्यादा समय एक साथ नहीं गुजार सके। उसकी अपनी दुनिया थी और मेरी व्यावसायिक व्यस्तताएँ।

उस रोज अचानक मेरे सर में हल्का-सा दर्द उठा और मैं दफ्तर छोड़कर घर आ गया। तब मुझे वह हँसी सुनाई पड़ी। वही हँसी जो सत्रह बरस से मेरी चेतना में बज रही थी। वह आवाज अमर के कमरे से आ रही थी। उसका कमरा खुला था। एक आवेश मेरी रगों में दौड़ने लगा। मैं अमर के कमरे में चला गया।

वही थी। अमर की बाँहों में—उसके कन्धे पर से झाँकती आँखें मैंने साफ देखी थीं। माया! उत्तेजना में मैं काँप गया।

"अमर।" देह की सीमाएँ जिस हद तक जा सकती थीं, उस हद तक जाकर मैं चिल्लाया।

वह अमर की गिरफ्त से छूटी और मेरी काँपती देह को धकेलती एक छाया की तरह भाग गयी। अमर मुड़ा और मुझे घूरने लगा। उसकी आँखें दहक रही थीं—दहकती हुई आँखों के साथ वह मेरी तरफ बढ़ा।

शरीर की हद के नजदीक आते ही मैंने उसकी कनपटी पर घूँसे से वार कर दिया। अचानक हुए प्रहार से वह गिर पड़ा। मैं यहीं नहीं रुका। मैंने उसकी गरदन दोनों हाथों से दबा दी। आवेश में मैंने उसकी गरदन तब तक नहीं छोड़ी, जब तक कि वह खत्म नहीं हो गया।

मेरे वकीलों का कहना है कि वे मुझे बचा लेंगे। मुझे सिर्फ इस बात के साक्ष्य प्रस्तुत करने हैं कि अमर मेरा क्लोन था।

उनका तर्क है कि शरीर के किसी भी अंग को शल्य-क्रिया से अलग कर देना जब कोई जुर्म नहीं है तो क्लोन भी शरीर का प्रतिरूप है। वह दूसरा व्यक्ति कैसे हो

सकता है? वह व्यक्ति और समाज के लिए बनाये गये कानून के दायरे से बाहर है।

क्लोन के साक्ष्य देना मेरे लिए मुश्किल नहीं है। लेकिन मैं कैसे मान लूँ कि अमर फकत एक क्लोन था। नहीं, मैंने क्लोन को खत्म नहीं किया है। मैंने अमर का कत्ल किया है। मेरे सामने माया को मुझसे हथिया रहा था। कमबख्त मेरा प्रतिद्वन्द्वी बन गया था।

माया की हँसी अभी भी मेरे कानों में गूँज रही है। कोई उसे रोकता क्यों नहीं?

कद

पति के श्लोकों के साथ पौ फटने का आभास जैसे ही हुआ, वे सत्तर साल पुराने मकान की ऊपरी मंजिल तक जानेवाली सीढ़ियाँ चढ़ जाने को तत्पर हुईं। चारपाई से पैर जमीन पर रखते हुए उन्हें अचानक—जैसे आसामन में कोई तारा टूटता है—ध्यान आया कि पिछले कई दिनों से उसका कद लगातार सिकुड़ रहा है।

"सुनो...!" उन्होंने कमरे के बन्द छोर की तरफ बन्द खिड़की के पास कम-से-कम पचास सालों से बिछे तख्त पर लेटे पति की प्रार्थना की गुनगुनाहट में अपनी आवाज से सूराख लगाने की कोशिश की।

"हृदये ललिता देवी उदरे शूलधारिणी!"

पति का वचन इतना अभेद्य था कि उनकी आवाज वहाँ नहीं पहुँच सकी।

"हे भगवान!" उन्होंने दीर्घ श्वास खींचते हुए अपने पैर चारपाई पर वापस रख दिए।

"न यह कुछ बोलेंगे, न सुनेंगे। न चिन्ता है, न दया है। पचास साल से भी ज्यादा इनके साथ उम्र गुजार ली पर कुछ भी पता नहीं चलता कि कब क्या करेंगे। जहाँ बोलना हो वहाँ चुप, जहाँ चुप रहना हो वहाँ बेवजह बोलेंगे।"

वे चारपाई पर फिर से लेट गयीं।

"रसे, रूपे च गन्धे च
शब्दे स्पर्शे च योगिनी
सत्वं रजस्तमश्चैव
रक्षेन्नारायणी सदा..."

बस, इन्हें अपने कवच से मतलब है। दुनिया में कुछ भी होता रहे। यह अपने में मगन हैं।

धप्प्...धप्प्...धप्प्...

ऊपर की मंजिल का कच्चा फर्श उनके सिर के ठीक ऊपर बजा। ऊपर से कहीं मिट्टी भी रिस रही होगी। एक तो वे चिड़ियाएँ दुख देने में कौन-सी कम हैं जो मकान में बसेरा करने को जगह-जगह तिनके कबाड़ छितराती फिर रही हैं! अब यह नयी

परेशानी। सारी रात चलती रहती है—धप्प्...धप्प्...

उसे अभी जाकर सुला देना चाहिए। पर उसे सुलाना भी एक आफत है। उसके बदन को छुओ तो फौरन बिदक जाएगी, "यही चाहती है, मैं मर जाऊँ...वो तो जब मारेगा तब मारेगा...तू माँ है मेरी...तू भी चाहती है, मैं मर जाऊँ।"

"सुनो!" उन्हें फिर पति के सहारे की जरूरत महसूस हुई।

"नमामीशमीशान निर्वाणरूपं विभुंव्यापकं ब्रह्मवेदस्वरूपं!"

हे भगवान! अब शिव स्तुति शुरू हो गयी। कोई चिन्ता है इनको? इस आदमी को बस वक्त पर रोटी चाहिए, वक्त पर गाय के लिए चारा चाहिए और वक्त पर नींद चाहिए। जब ब्याहकर लाए थे तब भी वही आदत थी।

"सुनो!" उन्होंने जरा तेज आवाज में पति को पुकारा।

"निराकारमोंकार मूलं तुरीयं गिराज्ञानगोतीतमीशं गिरीशं!"

इन्हें गिरीश के सिवा कुछ सूझता नहीं। हमेशा उसी के जाप में लगे रहेंगे। उसी के गुण गाएँगे, "गिरीश बहुत ध्यान रखता है प्रभा का, यही जिद्दी है।" उसी की रट लगाए रखेंगे, "गिरीश तो प्रभा को दिल्ली दिखाना चाहता था, इसी ने दाँत गाड़ दिये थे उसके हाथों में।"

धप्प्-धप्प्...धप्प्-धप्प्...धप्प्-धप्प्...

ऊपर से आवाज और तेजी से गिरने लगी। ऊपर का फर्श कच्चा है और उम्र की मार खाकर जर्जर हो गया है। यह ऐसे ही चलती रही तो कभी भी नीचे गिर सकता है। वे फिर से उठ बैठीं और पैरों से फर्श पर चप्पलें टटोलने लगीं।

"वो खड़े हैं...रीनू! आ बच्चे।" ऊपर से आवाज आयी।

वह हड़बड़ाकर पैरों में चप्पल डाले बिना ही सीढ़ियों की तरफ भागीं।

सिर्फ तीन कदमों में ही वे सीढ़ियों के पास पहुँच गयीं। आदतन, बाएँ हाथ से उन्होंने दीवार सहारे के लिए टटोली और दाहिने पैर से सीढ़ी तलाश करने लगीं।

पचास से भी ज्यादा वर्ष इस बीच उनके पैरों और सीढ़ियों के बीच बह गये, कभी ये सीढ़ियाँ बहुत सहज थीं—पारदर्शी जल की तरह। तब वे इनसे होकर बड़ी आसानी से गुजर जाती थीं। तब पता ही नहीं चलता था कि यहाँ सीढ़ियाँ हैं। फिर वह वक्त भी आया जब उन्हें इन सीढ़ियों को उसी तरह सहेजना पड़ा जिस तरह सूरज और प्रभा को सहेजना पड़ा था। सीढ़ियों को दाहिने पैर के पंजों से टटोलते हुए उन्हें लगा कि इतनी तकलीफ इन सीढ़ियों को पाने में पहले कभी नहीं हुई। सुबह का उजास फैलने से पहले का नीम-अँधेरा अभी तक सीढ़ियों के पास पसरा हुआ था।

"सुना!" उन्होंने पति के भजनों के बीच खलल डालने की एक कोशिश और की ताकि उन्हें टार्च जलाने के लिए कह सकें।

वे अजीबोगरीब मन्त्र बड़बड़ाते रहे।

हमेशा सुबह का कर्मकांड वे इन मन्त्रों के साथ खत्म करते हैं। पिछले बीस वर्षों से वे लगातार इन मन्त्रों को सुन रही हैं पर कभी उनकी समझ में नहीं आया कि ये मन्त्र क्या हैं और किसके लिए हैं।

तभी उनके पैरों के नीचे सीढ़ी आ गयी। अब बहुत खुरदरी हो चुकी है। जब तक उनमें जान थी, हर सुबह इन सीढ़ियों को मिट्टी और गोबर से लीपती थीं। चालीस सालों से ज्यादा उनकी सुबहें इन सीढ़ियों को लीपते हुए घिस गयीं। उम्र जब छिलती है तो देह पर वे तमाम निशान उभर जाते हैं जो दुखों ओर तकलीफों की तहों में कहीं गहरे बैठे थे। इस मकान में अब बचा भी क्या है—उनकी घिसी देह, पति की लगातार झुकती कमर ओर अधघिसी खुरदरी सीढ़ियाँ...

दूसरी सीढ़ी पर पैर रखते ही उनका बायाँ अँगूठा बहुत छोटे गड्ढे से टकराया जो पास के कंकर उभर जाने से इन सालों में पता नहीं कब पैदा हो गया होगा। इस अँगूठे पर कहीं से भी जरा चोट पहुँचने पर पूरा शरीर झनझना उठता है—कई बरस पहले वे रात के अँधेरे में चलते हुए तख्त से टकरायी थीं। उन्होंने दायाँ हाथ भी दीवार से टिका दिया—उनकी हथेली दीवार के सीलन-भरे उखड़े हुए हिस्से पर पड़ी, कुछ मिट्टी और चूना बेआवाज उनके पैरों के पास आ गिरा। उन्होंने दाँत भींचते हुए एक लम्बी साँस खींची, हवा के साथ ताजा उखड़ी दीवार की सीली गन्ध भी उनकी नाक से टकरायी।

"प्रभा की माँ!" कमरे के छोर से पति की आवाज उन तक चली आयी, साँस छोड़ते हुए उन्होंने पीछे देखा।

झर्र...माचिस के रगड़ने की आवाज के साथ कमरे का वह छोर पीली रोशनी में जग उठा। पीली लौ पति के काँपते हाथों में थरथरायी और बुझ गयी। झर्र...उस कोने में दूसरी तीली जली—रोशनी के छोटे दायरे में उन्होंने पति को बीड़ी सुलगाते देखा।

"प्रभा की माँ! सुबह हो गयी।" नीम-अँधेरे में लाल बिन्दु दहका।

यह तो हद है। इतनी देर से चिल्लाती रही कि सुनो...सुनो...नहीं सुनेंगे। अब यहाँ तक ध्यान नहीं कि यह कर्मों की मारी औरत इस वक्त सीढ़ियों पर खड़ी अँगूठे के दर्द से तिलमिला रही है! ये तो पूरे विदेह हो गये हैं। इन्हें तो इस बात की भी चिन्ता नहीं होगी कि वह लड़की सात दिनों से नीचे नहीं उतरी है और पिछले तीन दिनों से लगातार चल ही रही है। सारी दुनिया में जस भोगते हैं। कितने भले व्यक्ति हैं...कितने सज्जन हैं...कितने दयावान हैं...इन्हीं सीढ़ियों से घसीटकर ले गये थे यह विदेह राजा जनक उन्हें, जबकि प्रभा पेट के भीतर थी...

उनके पैरों की झनझनाहट थम गयी। जब बीती बातों का दर्द आ चढ़ता है तो देह के

ताजा दर्द रुक जाते हैं। उन्होंने अगली सीढ़ी दायें पाँव से टटोली और उस पर चढ़ गयीं। उन्हें महसूस हुआ कि वह अब चल नहीं रही है। लगातार आनेवाली धप्प्-धप्प् थम गयी है। उन्हें ध्यान आया कि रीनू को याद करके वह रुक जाती है। इस समय शायद खिड़की के पास खड़ी होकर घूर रही होगी या पलंग पर बैठकर उसकी निवारें खींच रही होंगी...जब आयी थी तो एकदम सिकुड़ गयी थी। बाल बिखरे हुए थे और साड़ी पैरों के पास दो-तीन जगह से फटी हुई थी जैसे काँटों से घिरा मीलों लम्बा रास्ता तय कर आयी हो।

"मैं घर आ गयी हूँ, कह देना उसे...कागज जाएँगे अब!" घर में प्रवेश करते ही यह उसकी पहली घोषणा थी। सालों से जिस क्षण की आशंका में वे घुलती जा रही थीं वह क्षण आखिर आ ही गया था। इसको टालने के लिए उन्होंने अपनी तरफ से पूरा जोर लगाया था। इन राजा जनक से बार-बार कहा था कि जाकर समझाओ दोनों को। इनमें इतनी हिम्मत और अक्ल होती तो अब इस उम्र से यह सब नहीं देखना पड़ता। सबसे पहले सूरज ने बताया था कि इन दोनों के रंग-ढंग ठीक नहीं हैं। मार-पीट चलती रहती है।

यह सब सुनकर उन्हें शुरू में अजीब लगा था। फिर राहत भी महसूस हुई थी कि लड़ने का जो माद्दा उनके भीतर नहीं था वह उनकी बेटी में तो आया। जैसे स्वयं उनके जीवन की घुटन का असन्तोष और गुस्सा उनकी सन्तान के भीतर फूट रहा हो। उन्हें कई बार आश्चर्य होता है कि पचास वर्ष से ज्यादा वे इस मकान में रह कैसे गयीं। इस बीच अपनी जायी एक बेटी को भरी जवानी में गुजरते देख लिया; जिनकी मौजूदगी से ही पूरा घर सहमकर भारी हो जाता, भरपूर काया के धनी उन ससुर को भी गुजरते देखा; मकान के एक कमरे से दूसरे कमरे में साए की तरह डोलती और हर दीवार पर कान लगाकर आहटों की टोह लेती सास को भी गुजरते देखा। वे सब अचानक गायब हो गये थे। तब उन्हें डर नहीं लगा था। अब लगने लगा है। यह चीज जो अभी थरथरा रही है, थोड़ी देर बाद गायब हो जाएगी—यह सोचना ही पीड़ा देता है। अगर पता ही न हो कि सामने जो है वह नहीं रहेगा तो उसके न रहने पर सिर्फ स्तब्ध ही हुआ जा सकता है...

उनके हाथों में दीवार से होकर वही थरथराहट फिर चली आयी। वह फिर से चलने लगी है। धप्प्...धप्प्...धप्प्...

इस मकान का भी भरोसा नहीं है। उसके चलने से सारी दीवार हिल रही है। ऊपर का कमरा तो चूहों की घुड़दौड़ में ही हिल उठता है...

अगली सीढ़ी को ढूँढ़ने में उन्हें दिक्कत नहीं हुई। हाथों में काँपती दीवार का सिरा आ लगा तो इस सीढ़ी का पता मालूम हो गया। यह थोड़ा चौड़ी सीढ़ी है। जहाँ दीवार का सिर इस सीढ़ी के ऊपर एक कोने में तब्दील हुआ है वहाँ एक खिड़की है।

यह खिड़की पहले नहीं थी। पहले दिन में चलते समय भी एक ढिबरी की मदद लेनी पड़ती थी। यह ढिबरी हमेशा जलती रहती थी। आगे सीढ़ियाँ दाहिनी तरफ मुड़ जाती हैं और एक अँधेरा सँकरा रास्ता सिर्फ एक आदमी के खड़े रहने भर को बच रहता है। दीवार को टटोलकर खिड़की की सिटकनी तलाश करने लगीं...

सिटकनी नीचे गिराने में उन्हें बहुत जोर लगाना पड़ा। यह उम्र इसके लायक नहीं रही। कई बार कहा है इन राजा जनक से कि लोहे की सिटकनी की जगह लकड़ी की गिरारी लगा दो। खोलने में आसानी रहेगी। पर सुनें तब...पता नहीं क्या सुनते हैं और क्या नहीं सुनते।

धप्प्...धप्प्...धप्प्...

उसका कद सिकुड़ने लगा है, कितनी छोटी रह गयी है। पाँच साल पहले की रीनू का कद था जितना। उन्हें बल्लू की माँ का ध्यान आया—एक जमाने में कमरे पर लगी खूँटियों तक उसकी नाक पहुँचती थी, वही बल्लू की माँ बा़द में सिकुड़कर इतनी-सी रह गयी थी, उससे बातें करते हुए मुँह और कान नीचे करने होते थे। तब उसकी उम्र नब्बे से भी ऊपर थी। उनका कलेजा धक्क से कलपा और जोर लगाकर उन्होंने खिड़की के दोनों पल्ले खोल दिये। हवा के ठंडे झोंके के साथ उनकी नजरें अँधेरे आसमान के बहुत छोटे-से टुकड़े पर बिखरे तारों से टकरायीं।

"प्रभा की माँ! वहाँ क्या कर रही हो? ठंड लग जाएगी।"

तो अब पता लगा है इन्हें—ठंड लग जाएगी। चिन्ता करनी थी तो तब करते। सालों से कहती आयी कि जाकर गिरीश को समझाओ। कहते थे, 'नहीं, सब ठीक हो जाएगा। प्रभा नाहक शक करती है। गिरीश बेचारा कितना परेशान हो गया है। उसके साए तक का पीछा नहीं छोड़ती। रो रहा था गिरीश...'

अब कह रहे हैं, ठंड लग जाएगी। अरे! उपदेश देने होते तो उसे देते...जब आँसू भरकर रोया होगा। तब कहना चाहिए था जो इस तरह रो रहे हो तो प्रभा का दुख भी समझो। समझाकर भेजा था कि गिरीश से कहना, प्रभा पर हाथ न उठाये। जानती थीं कि इनके बस का यह सब समझाना नहीं होगा। जो अपनी पत्नी को विवाह के बाद पहले दिन ही फर्श पर से बलगम उठाने का आदेश दे और पत्नी बनी चौदह साल की बच्ची अचानक जिन्दगी में आये अजनबी आदमी का आदेश मानने से इनकार कर दे तो मुँह से गाली उगलते हुए तमाचा मारने से न हिचका हो, वह दूसरे से कैसे कह सकेगा कि पत्नियों पर हाथ नहीं उठाए जाते!

"प्रभा की माँ! वहाँ क्यों खड़ी हो...तुम्हारे जाने से और बिदक जाएगी।"

और बिदक जाएगी! अब कह रहे हैं जब आधे घंटे में सुबह होने को है। सुबह का ध्यान आते ही उन्हें याद आया, रात चने भिगोये थे। प्रभा को चने बहतु अच्छे लगते हैं। आज शायद खाना खा ही ले। दो दिन से लगातार खाने की थाली फेंकती रही है,

"इतना घटिया खाना खाऊँगी मैं...जाओ! बढ़िया खाना लाओ। नहीं। वही ले के आएगा।"

वह सँकरी सीढ़ी पर खड़ी हो गयीं। इस बार उन्हें ज्यादा नहीं टटोलना पड़ा। आगे चार सीढ़ियाँ बिल्कुल एक के ऊपर एक हैं। जब सीढ़ियों को गोबर और मिट्टी से लीपती हैं तो सबसे ज्यादा परेशानी इसी हिस्से में उठानी पड़ती है। तसला नीचे की सीढ़ी में रखें तो बहुत झुकना पड़ता है, ऊपर की सीढ़ी में रख ही नहीं सकतीं। वहाँ लीपने के बाद का गीलापन मौजूद रहता है। जब उनके शरीर में जान थी, वे तसला घुटनों पर एक हाथ का सहारा देकर थामतीं और दूसरे हाथ से लीपती थीं। पिछले कई सालों से लीपना छूट ही गया है।

अगली सीढ़ी पर पैर रखते हुए उनका बायाँ हाथ एक आले के सिरे से छू गया। इसी आले में ढिबरी जलती थी। उसकी कालिख का जमा मोरचा भी उन्हें ही झाड़ना होता था। एक कपड़ा हमेशा ढिबरी की बगल में पड़ा रहता। कपड़े को आले की तिकोनी छत से छुआते ही हफ्तों से जमा मोरचा बिना आवाज किये कपड़े पर आ गिरता जैसे लगातार तकलीफों को झेलती कोई देह किसी की छुअन पाते ही बेआवाज आँसू गिराने लगे...आले के अन्दर उनका हाथ दीये से टकराया। एक महीना पहले ही दीवाली में वह दीया रीनू ने जलाया था। पहले जब रीनू आती थी तो चहकती थी। इस बार दीवाली में जब आयी तो कितनी गुमसुम थी।

"प्रभा की माँ। वहाँ खड़ी-खड़ी क्या सोच रही हो?"

वहाँ लेटे-लेटे कहेंगे—खड़ी-खड़ी क्या सोच रही है। अभी कह रहे थे—वह बिदक जाएगी। यह नहीं होता कि उठकर देख आएँ।

दीवारों से होकर आनेवाली थरथराहट थम गयी। उसका ऊपर चलना फिर रुक गया। जब वह ऊपर चल रही थी तो वे उसके चलने को लेकर चिन्तित थीं। अब उसके रुकने को लेकर चिन्तित होने लगीं।

नीचे कुछ खटखटाहट हुई। पति के दरवाजा खोलने की खटखटाहट से पहचान गयीं। खिड़की से होकर हल्का उजास उनके पैरों के पास आ टिका था। वे अगली सीढ़ी चढ़ गयीं। इसके बाद सीढ़ियाँ उन्हें चुपचाप चढ़नी होंगी। जरा-सी आहट पाते ही वह भीतर से डपट देगी, 'जा भाग...मुझे मारने आयी है।'

इन विदेह से कहा था, सूरज को चिट्ठी लिख दो। वही इसे चंडीगढ़, दिल्ली दिखा आएगा। पर इनकी एक ही रट है—गिरीश क्या सोचेगा।

"प्रभा की माँ!" अचानक उन्हें पति की फुसफुसाहट सुनाई दी। वे उनसे नीचे की सीढ़ी में खड़े हाँफ रहे थे, "नीचे बहुत मिट्टी गिर रही है...वह फर्श तो नहीं खोद

रही?''

वे डर गयीं। जैसे यह उनके पति की फुसफुसाहट नहीं हो, बल्कि कोई दमघोंटू, ठंडी, सुन्न कर देनेवाली हवा हो। कन्धों पर पति के हाथों का स्पर्श महसूस करते हुए उन्हें राहत मिली। दोनों जने कुछ देर वहीं जड़ हुए खड़े रहे। सुबह की आवाजों के साथ सीढ़ियों के परे, दरवाजे के बाद उस लम्बे कच्चे फर्शवाले कमरे से कुछ सरसराहट उठकर उनके पास आती रही—वहाँ कुछ धीमे-धीमे दरक रहा था। जैसे इस मकान में सालों से बेआवाज दरकनेवाली चीजें अब आवाज करना सीख गयी हों।

यह बहुत धीमी आवाज थी—एक लय को अपने में डुबाये हुए। फर्श जिन तख्तों पर टिका था, वे तख्ते हल्के से खड़क रहे थे और उनके बीच सूराखों से मिट्टी नीचे के फर्श पर झर रही थी। जैसे रेत-घड़ी में समय रेत के साथ रिस रहा हो...

''उसे देखो!'' उन्होंने पति का हाथ अपने कन्धे से झटकते हुए कहा ओर वहीं खड़ी रह गयीं। सीढ़ियों के सँकरे रास्ते में वे फँस गये। उनके रहते पति आगे नहीं निकल सकते थे। यह बात समझने में उन्हें वक्त लगा। तब वे एक साँस में दौड़कर सीढ़ियाँ चढ़ गयीं। आगे दरवाजा बन्द था।

''इसने दरवाजा कब बन्द किया?'' हड़बड़ाकर वे पति की तरफ देखने लगीं।

''शायद रात ही किया हो।'' पति की आवाज में वह भारीपन था जिसे वे सालों पहले सुनती थीं। उन्हें इससे राहत मिली।

''प्रभा! दरवाजा खोल!'' वे दरवाजा भड़भड़ाने लगीं, ''देख सुबह हो गयी है। आज चने बनाएँगे।''

बोलने ओर दरवाजा भड़भड़ाने से वे जल्दी ही हाँफ गयीं। उन्होंने अपने कान दरवाजे पर लगा लिये। भीतर की आहटों को टोहने लगीं। उन्हें अपनी ही साँसों की धौंकनी के बीच दिल की ठक्...ठक् सुनाई पड़ी।

''सुनो!'' उन्होंने पति की बाँह थाम ली। दोनों कान लगाकर दरवाजे के पास खड़े हो गये। भीतर से आनेवाली सरसराहट धीमी पड़ने लगी थी। अचानक रुक गयी।

''प्रभा!'' दोनों एक साथ चिल्लाए और दरवाजे को धक्का देने लगे।

एक खड़ाक् के साथ कुंडी अपनी जगह से हटी और दरवाजा खुल गया।

कमरा भयावह अँधेरे में लिपटा था। दूर बन्द खिड़की की झिरी से इतना पता चलता था कि वह इस अँधेरे का छोर है। कमरे में पैर रखते हुए उन्हें लगा, वे बेहद पतले तख्तों पर चल रही हैं जो कभी भी नीचे जा गिरेंगे।

''सुनो!'' उन्होंने पति की बाँह पकड़ ली, ''टार्च ले आओ।''

तख्तों की थरथराहट से उन्हें पति के जाने का अनुमान हुआ।

''प्रभा!'' वह धीमे-से फुसफुसायी। उन्हें अपनी ही आवाज से डर लगने लगा। तभी वह सरसराहट फिर शुरू हो गयी। यह बायीं दीवार के पास, कमरे के ठीक बीच

में, उस जगह से उठ रही थी जहाँ उनकी शादी का पलंग अभी तक शादी के वक्त से रखा हुआ है। पलंग तक पहुँचने में उन्हें दिक्कत नहीं हुई। उन्होंने समूचा पलंग टटोल लिया। हाथों से तकिया टकराया। अँधेरे में उन्होंने अन्दाज से तकिया सिरहाने की तरफ रख दिया और दुबारा पलँग को टोहा। वह वहाँ नहीं थी। सरसराहट बिल्कुल पास से उठ रही थी।

"प्रभा!" इस बार वे जोर से बोलीं।

वह गयी कहाँ। अगर यहीं होती तो अब तक तूफान मचा देती। हे भगवान्! उसका कद कितनी तेजी से कम होता जा रहा है! कहीं...

तभी टार्च की रोशनी कमरे में कौंधी।

"प्रभा! उठ...!" उनके कानों में पति की आवाज गिरी। टार्च की रोशनी का दायरा बायीं दीवार पर अटक रहा था।

"वह कहाँ है?" वे चिल्लायीं।

"ये सामने है तुम्हारे!" पति ने टार्च की रोशनी उसी दायरे में ऊपर से नीचे तक फेंकी।

"कहाँ?" वे फिर चिल्लायीं।

"दिखायी नहीं दे रहा क्या?" पति की आवाज की तल्खी से वे काँप गयीं। दीवार पर टार्च की रोशनी का धब्बा उन्हें काँपता हुआ दिखायी देने लगा।

"प्रभा कहाँ है? प्रभा!" वे जोर से चिल्लायीं।

"पागल हो गयी हो, प्रभा की माँ!" रोशनी की चौंध उनकी आँखों से टकरायी। वे स्तब्ध रह गयीं। गिरीश ने भी कहा था, प्रभा पागल हो गयी है।

"हाँ...हाँ...पागल बताओ मुझे!" वे अचानक चीखीं, "तुम भी कह दो, मैं पागल हूँ!"

रोशनी की चौंध से बचने के लिए उन्होंने आँखें बन्द कर लीं। फिर वे फर्श पर चलने लगीं। धप्प्...धप्प्...धप्प्...

पुल

वे पार्टी में अचानक मिल गये, सामान्य परिचय के बाद वे आगे निकल लिये थे, थोड़ी देर बाद दुबारा मिले तो उनकी आँखों में वह खास किस्म की चमक थी जिसमें किसी 'यूरेका' का भाव बहुत तीक्ष्णता के साथ उद्भासित होता हो।

"तुम अविनाश के भाई हो!"

"हाँ।"

तब मैंने वह आलिंगन महसूस किया। उत्कट आवेग में दो आतुर बाँहें, उनके स्पर्श में विलक्षण आत्मीयता थी। वह सहेजकर रखनेवाला स्पर्श था। इस तरह की छुअन मैंने एक बार पहले भी महसूस की थी। वह एक नब्बे साल की बुढ़िया के हाथों का स्पर्श था—उम्र उसके चेहरे की झुर्रियों पर अपने निशान छोड़ते-छोड़ते पस्त हो गयी थी। समय उसके हाथों की त्वचा पर आड़ी-तिरछी रेखाओं में बहुत कुछ लिख चुका था। सब उसे बल्लू की माँ कहते थे। मेरी माँ कहा करती थी, एक जमाना पहले बल्लू की माँ की बालियाँ उस खूँटी से टकराती थीं जहाँ बरसों तक दादा की बरसाती मकड़ी के जाले की धुन्ध में टँगी रही।

"मुझे पहचान लिया ना!" उनका स्वर मुझे वर्षों की गहरी गुफा से आता दिखाई दिया।

"आप देबू दा हैं।" मैं उनके चेहरे की सफेद दाढ़ी को देख रहा था, दाढ़ी की सफेदी के पार बरसों पहले की वह बर्फ भरी दुपहरी मुझे दिखाई दी।

नहीं, दुपहरी नहीं। वह एक क्षण था। नहीं, क्षण नहीं, वह क्षणांश था—बर्फ का गोला मेरी पीठ की तरफ आता हुआ। एक ठंडी थपकी के साथ बर्फ के कण हवा में बिखर गये, अपनी दस बरस की नन्ही देह को पलटकर मैंने देखा था—वे दूर अपनी हथेलियों में नरम बर्फ ढाल रहे थे।

बचपन में दूर से देखने पर चीजें रहस्यमय लगती थीं। बल्लू की माँ परीकथाओं में विचरती जादूगरनी की तरह दिखती थी—चुपचाप छड़ी के सहारे झुकी देह को सँभालती धीमे-धीमे चलती हुई। हम उसे दूर से देखते थे। उसका मुँह हर वक्त थरथराता था—जैसे वह कोई मन्त्र बुदबुदा रही हो।

"हाँ!" मुझे उनकी आवाज सुनाई दी, "तुमने पहचान लिया।"

उनका चेहरा इतना नजदीक चला आया कि मैं अपनी साँसों से उनकी दाढ़ी के बचे हुए काले बालों को चुन-चुनकर लहरा सकता था।

"मैंने अन्दाज लगाया," मैं चेहरे को उनसे दूर खींचता हुआ बोला, "मैंने सुना था कि आप काफी समय से यहाँ हैं।"

"सच?" उनकी आँखों में खुशी की चमक कौंध आयी। उन्होंने सिगरेट का पैकेट मेरी ओर बढ़ाया।

"नहीं...मैंने छोड़ दी है।"

सिगरेट सुलगाते हुए उनका हाथ थोड़ा काँप रहा था। वे मुझे खींचकर कोने की तरफ ले गये। वहाँ रोशनी थोड़ा कम थी और खिड़की का परदा तेज हवा में हिल रहा था।

"बारिश आनेवाली है।" उन्होंने सिगरेट का एक लम्बा कश लिया, और आँखें बन्द कर लीं, धुआँ उनकी नाक से पतली धार-सा बहने लगा, जैसे पहाड़ों के नीचे किसी घाटी में बहती नदी के ऊपर कोहरे की महीन और छोटी चादर लहराती हुई ऊपर उठती है। इस तरह धुआँ छोड़ते हुए बल्लू की माँ को बचपन में देखा था।

बल्लू की माँ बीड़ी जलाती थी और धुआँ नाक से निकलकर उसके चेहरे की झुर्रियों पर छिपने की कोशिश में फिसलकर दूर भाग जाता था। हम कुतूहल से उसे देखते थे। कभी-कभी उसके हाथ में चिलम दिखाई पड़ती, चिलम से एक लम्बा कश खींचकर वह खाँसती तो उसके गले में काले धागे से बँधी दाँत-कुरेदनी हिलने लगती। वक्त की उदास और स्याह परत दाँत-कुरेदनी की चाँदी पर चढ़ चुकी थी, गोया धातु की चमक चोर-निगाहों से बचाना उसका फर्ज हो।

"तुम बहुत बूढ़े हो गये हो," उन्होंने सिगरेट एश-ट्रे में मसलते हुए कहा, "आओ, मेरे साथ चलो।"

"लेकिन..." मैंने झिझकते हुए प्रतिरोध करने की कोशिश की। "तुम्हारा यहाँ कोई काम नहीं है। मैं सन्दीप से कह रहा हूँ। तुम आज मेरे साथ रुकोगे," वे तेजी से दूसरे कमरे में चले गये।

मैं सोचने लगा, वे सन्दीप से क्या कहेंगे, दो दिनों के व्यस्त कार्यक्रम में उसके लिए एक रात का समय देने का वादा किया था। सन्दीप उन्हें मना कर देगा। तभी, मेरे पीछे, खिड़की हवा के जोर से खड़खड़ायी। बाहर आँधी चल रही होगी।

"आओ।" वे फिर मेरे सामने थे, "मैंने सन्दीप से कह दिया है। सवेरे का नाश्ता तुम उसके साथ कर लोगे। वह तुम्हें लेने आ जाएगा।"

बाहर निकलते ही ठंड तीक्ष्णता से महसूस होने लगी। हवा अपने तेज बहाव में मुझे खींचना चाहती थी। मुझे लगा जैसे अभी पैर उखड़ जाएँगे।

"तुम ये ले लो," उन्होंने अपनी विंड-चीटर उतारकर मुझे थमा दी। उनके बदन पर हरे रंग का मोटा-सा स्वेटर था जिसकी बुनावट का खुरदुरा स्पर्श मैं महसूस कर सकता था।

"हाँ...तुम्हें कुछ याद है? हम कितने साल बाद मिल रहे हैं?" वे चलते हुए अचानक रुक गये।

"अट्ठाइस साल," मैंने सालों को जोड़ा और घटाया, कुछ घटनाएँ, कुछ चित्र, कुछ बिम्ब यक-ब-यक स्मृति में कौंधे।

"बहुत बड़ा अन्तराल है।" वे फुसफुसाये, तभी बत्ती गुल हो गयी। वह शहर अँधेरे में डूब गया।

"यहाँ बिजली इसी तरह से जाती है?" अँधेरे में मुझे रुक जाना पड़ा।

"देख नहीं रहे हो, कितनी तेज आँधी चल रही है।" उन्होंने मेरी बाँह थाम ली, "आओ, इधर से चलेंगे, रास्ता जरा लम्बा पड़ेगा...जरा एक मिनट रुको।" उनका हाथ मेरी बाँह से छूट गया।

अब मुझे अँधेरे में उनके होने की विशेष आकृति दिखायी देने लगी। लम्बी-चौड़ी छाया—अपने में कुछ टटोलती हुई। अँधेरे में छायाएँ किसी ताजा अँधेरे की तरह दिखाई देती हैं। जिस पर स्याही की परत बस चढ़ने ही वाली हो।

बल्लू की माँ को मैंने अँधेरे में इसी तरह देखा था। वह उस खूँटी के पास खड़ी होकर कुछ ढूँढ़ रही थी, जहाँ मकड़ी के जालों की धुन्ध में दादा की बरसाती अटकी पड़ी थी। वह शाम ढलने का वक्त था और बल्लू की माँ लाठी पर अपनी कसी हुई देह को ढोकर लायी थी। वह तभी आती थी जब कुछ होता था। खुशी के मौकों पर उसे बुलाया जाता था। शोक के अवसरों पर वह खुद चली आती, आते ही वह घर के उस कोने की तरफ बढ़ी जहाँ हमेशा अँधेरा होता था और अँधेरे में बहुत सारी चीजें छिपी रहतीं। वह शोकगीत की लम्बी और उदास धुन की तरह चल रही थी। जादूगरनी की देह का वह एक निरीह कायान्तरण था, जहाँ बीड़ी या चिलम की जगह माचिस की लौ थी, जिसकी आँच हमारे चेहरों पर पड़ रही और उससे बचने के लिए मैंने चेहरे को हथेलियों की पनाह दी। माचिस के बुझते ही अँधेरा फिर चला आया। थोड़ी देर बाद आँखों को अँधेरे में दिखने लगा तो वहाँ जादूगरनी का वही साया हिलता-डुलता, कुछ टटोलता दिखाई पड़ा। मैं चीख गया।

"डर गये!" उन्होंने टॉर्च जलाते हुए पूछा।

"यह आवाज..." मुझे किसी चीज के टूटने की आवाज सुनायी दी।

"चीड़ का पेड़ टूटा है। इन आँधियों में अकसर हो जाता है। किन चीजों के टूटने में आवाज नहीं होती," अचानक उनकी आवाज धीमी हो गयी। उनका हाथ मेरे कन्धों पर पड़ा और लगभग फुसफुसाते हुए वे बोले, "जल्दी चलो।"

उनकी बाँह का सहारा लिये और जेबी टॉर्च की मद्धिम रौशनी की दिशा पकड़कर मैं भागने की कोशिश कर रहा था और पैर चलने से सरासर इन्कार कर रहे थे—जैसे किसी सपने में साक्षात् भय से बचने के वक्त पाँव जमीन में या आसमान में या आग की लपटों के बीच धँस-धँस जाते हैं।

एक रात स्वप्न में मुझे बल्लू की माँ दिखाई दी थी। 'जरा रुक' कहते हुए बादलों के बीच से उतर रही थी। उन दिनों एक सपना बार-बार मेरी नींद में खलल डालता था—आसमान में आग का गोला कायनात को चीरता हुआ चारों ओर चक्कर काटता। हम आँगन में मिट्टी से बनायी वेदी पर खड़े होकर आसमान की तरफ डर से देखते। वह वेदी दीदी की शादी में बनी थी। वेदी के किनारे पहुँचते ही मैं फिसल पड़ता और सहारे के लिए बीच में उग आयी घास का ढेर मेरे हाथ में आता। उखड़ी हुई घास को हथेली में थामकर मैं कमरे में प्रवेश करने की कोशिश करता...पाँव बार-बार हवा में उठ जाते और मैं आग के गोले को बड़ा होता देखकर डर के समुद्र में डूबता जाता।

"रुक क्यों गये हो?" उनका दबाव मैंने बाँहों में महसूस किया।

"मुझे एक सपना याद आ गया था।" उन्होंने मेरी बाँह छोड़ दी। टॉर्च बुझ गयी और मैं अँधेरे में उनकी मौजूदगी को साँसों के रास्ते महसूस करने लगा।

"सपने मुझे भी याद रहते हैं।" वे रुककर सिगरेट जलाने लगे।

"कौन से सपने?" मैंने लाइटर की रोशनी में उनके चेहरे को देखकर पूछा।

"बस दो सपने।" उनकी सिगरेट जल गयी थी, "एक सपना बहुत भयावह है। मैं उसे बता नहीं सकता।"

"और दूसरा?"

"यही...किसी लम्बी सड़क पर इसी तरह अकेले निकल पड़ना।"

"आप अकेले कहाँ हैं? मैं आपके साथ हूँ।" मैंने उनकी तरफ देखते हुए कहा। पूरी तरह अँधेरे में डूबी सड़क को उनके हाथ में जलती हुई सिगरेट का अंगारा, दाग रहा था।

"सच कहो! तुम मेरे साथ कहाँ हो! तुम अपने साथ हो। भीतर की किसी दुनिया में।" उन्होंने सिगरेट का लम्बा कश लिया।

"क्या भीतर की दुनिया इतनी सहज है कि आप हाथों की जरा-सी जुम्बिश में उसे पकड़ लेते हैं?" मैंने कह दिया।

"तुम्हारे पूरे वजूद में वह मौजूद है।" वे हलके से हँसे। इतना धीमे कि मैं सुन तो सकता था पर सुनते हुए लगता कि वे हँस नहीं रहे बल्कि हँसी की मौजूदगी मुझे महसूस करा रहे हैं।

जैसे बल्लू की माँ हँसती थी। बचपन के उस सपने में जब मैं कमरे के भीतर पहुँचता तो आग का यह गोला एक भीमकाय देह में तब्दील होकर रौशनदान से झाँकने

लगता, मैं डरकर रजाई में मुँह छिपाता भी था और अपनी उँगलियों के बीच जरा-सा सूराख बनाकर उधर देखता भी था कि 'वह' अभी रौशनदान में है भी या नहीं। उस रात सपने में मुझे रौशनदान से बल्लू की माँ हँसती हुई दिखाई दी थी—झुर्रियों से भरे चेहरे में एक छोटा-सा सुराख, वह हँसी दिखाई देती थी, सुनाई नहीं देती।

''मेरा हाथ थाम लो,'' मुझे उनकी आवाज सुनायी दी, ''नीचे सीढ़ियाँ हैं, दो सीढ़ियाँ टूट गयी हैं।''

उन्होंने सिगरेट फेंक दी और टॉर्च जला ली। तभी आसमान में बिजली कौंधी और मैं एक लम्बी गड़गड़ाहट की प्रतीक्षा करने लगा। गड़गड़ाहट काफी देर तक वहाँ बजती रही।

''कभी-कभी यहाँ बिजली भी गिरती है।'' उन्होंने मेरी बाँह थामते हुए कहा, ''चीड़ के पेड़ों पर। अगर तुम्हारे पास वक्त होता तो सुबह तुम्हें झुलसे हुए पेड़ दिखाता।''

उनकी बाँह थामकर मैं नीचे उतरने लगा। उतरते हुए महसूस होता जैसे जमीन पर कोई ठोस चीज नहीं है। जैसे कोई स्वप्न में समय के दूसरे छोर तक की यात्रा में निकल पड़ता है।

आखिरी सीढ़ी तक पैर रखते ही बिजली आ गयी। नींद की तैयारी में शहर की रौशनियाँ बहुत थकी हुई दिखायी पड़ रही थीं।

''अच्छा हुआ, मेरे यहाँ तक का सफर तुमने अँधेरे में तय किया।'' तेज हवा में वे ठिठुर रहे थे, उनके दोनों हाथ पैंट की जेब में गरमाहट के लिए उतर गये।

''हवा बहुत तेज चल रही है।'' मैंने कहा।

''चलो। अब हम आ गये।'' वे मुस्कराए। उनके दाँत दिखाई दिये। एकदम सफेद। अगर रोशनी सीधा उन पर गिरे तो जरूर झिलमिलाएगी।

हम दरवाजे के पास रुक गये।

''एक मिनट...'' उन्होंने फिर कहा और उनके दोनों हाथ जेब से बाहर निकल आये। वे अपनी हथेलियाँ रगड़ने लगे।

बल्लू की माँ इसी तरह अपनी हथेलियाँ मलती थी, जैसे दो झुर्रियाँ एक-दूसरे के ऊपर फिसल रही हों।

''असल में चाभी अकसर खो देता हूँ।'' हथेलियाँ गरमा लेने के बाद वे बोले, ''अब मनी पॉकेट में रखने लगा हूँ।'' उन्होंने चाभी निकाल ली।

ताला खोलने में उन्हें काफी जद्दोजहद करनी पड़ी।

''नया ताला है।'' दरवाजा खोलते हुए उन्होंने कहा, ''ताले भी स्पर्श को पहचानने लगते हैं।''

स्विच की हल्की आवाज के साथ कमरा मैली जगमग से भर गया। वहाँ हल्की

धूल थी। सबसे पहले एक अजीब-सी गन्ध ने अपनी मौजूदगी महसूस करवायी। पहाड़ी जगहों में मकान के निचले तल्ले पर अकसर मिलनेवाली सीलन की हल्की-सी गन्ध...अखबारों का ढेर एक जर्जर कुर्सी के पास आराम कर रहा था। दाहिने कोने में किताबें भरे हुए रैक से बाहर निकलने को आतुर थीं। बायीं दीवार पर कुछ शबीहें टँगी थीं—अल्बर्ट आइन्स्टीन पाइप दबाये कुछ सोच रहे थे। बगल में एक बड़ी और साफ-सुथरी तस्वीर थी जिसमें ए कयुवा हाथ में पाइप लिये एक पुरानी इमारत के सामने खड़ा था।

"देबू दा! आप पहले पाइप पीते थे?" मैंने पूछा।

वे कुछ देर असमंजस में मुझे देखते रहे। फिर उनकी निगाहें उस तस्वीर की तरफ गयीं। उनके चेहरे पर एक झेंप भरी मुस्कान उभर आयी।

"वो...बहुत पहले, कुछ दिनों इस्तेमाल करता रहा। अरे, उसमें बड़ा झंझट है। तम्बाकू अलग से रखो, भरो...फिर सफाई भी करनी पड़ती है..." उन्होंने गरदन हिलायी, "नहीं चला। तुम खड़े क्यों हो? इधर आराम से बैठ जाओ।" वे कमरे के बीच बिछे दीवान से कुछ किताबें उठाने लगे।

"इन्हें मैं सँभाल देता हूँ।" मैं आगे बढ़ा।

"अगर तुम यही चाहते हो तो कर डालो," उनके हाथ स्वागत की मुद्रा में आगे निकल आये, "मैं इतने में तैयारी करता हूँ।" वे कोने में परदे के पीछे चले गये।

तब उस परदे की मौजूदगी पर मेरा ध्यान गया। वह परदा कमरे से छोटा त्रिकोण अलग करता था और कमरे की दो दीवारों के सहारे, एक-दूसरे के लम्बवत् खड़ी अलमारियों के सिरों को जोड़ता था। उन्हें परदे की आवश्यकता क्यों है? बेतरतीबी से खुली और बिखरी दुनिया के बीच उनका एक गोपन कोना है। वे वहाँ क्या कर रहे होंगे? मैं कुछ अनुमान नहीं लगा सका और किताबें सँभालने में व्यस्त हो गया।

किताबें उठाते हुए हथेली पर धूल के कण आ गिरे। किताबें हाथ में लिये उनके सही ठिकाने की खोज में मैंने एक बार फिर कमरे को गौर से देखा—रैक में कोई जग ही नहीं थी। रैक के पास जमीन पर जर्नल्स का ढेर लगा था जिसके ऊपर अखबारों के रंगीन सप्लीमेंट्स पड़े थे। पास में बेंत की चौड़ी चौकी बिछी थी—जिस पर कुछ पत्रिकाओं के साथ एक खुली किताब रखी थी। मैंने खुली किताब को पत्रिकाओं के ऊपर रख दिया। उसके खुले पन्नों पर धूल की महीन परत के बीच मेरी उँगलियों के निशान उभर आये।

"देखो मैं कितना व्यस्त रहता हूँ।" पीछे से उनकी आवाज सुनाई दी, "किताबें वहीं जमीन पर रख दो।"

उनके हाथों में दो चमकते हुए गिलास थे और आँखों में एक धुँधली उदासी। उन्होंने गिलास बेंत की चौकी पर रखे और वह खुली किताब बन्द करके नीचे रख दी।

''एक हफ्ते से मैं इसे छू भी नहीं सका।'' चौकी को आगे सरकाते हुए वे बोले, ''आओ नीचे बैठ जाते हैं।'' फिर उन्हें कुछ अजीब-सा लगा। उन्होंने आँखें सिकोड़ीं, ''तुम्हें नीचे बैठने में दिक्कत तो नहीं होगी?''

''नहीं,'' मैं नीचे बैठ गया। तभी रौशनदान से तेज तड़ित-कौंध भीतर गिरी। देर तक कमरा गड़गड़ाहट से बजता रहा।

''लगता है, बिजली फिर चली जाएगी,'' वे कुछ खोजते हुए उस कोने तक गये जहाँ चटाई पर बिस्तर फोल्ड किया हुआ रखा था। वहाँ स्टूल पर एक लैम्प था जिसकी हाँडी कई दिनों से धुएँ की कालिख पहन रही थी।

वे लैम्प उठा लाये। उन्होंने हाँडी अलग की और अखबार से उसे साफ कर पत्रिकाओं के ढेर पर रख दिया। फिर दूसरे अखबार से एक छोटा टुकड़ा इस तरह निकाला जैसे कोई खास खबर की कतरन किसी फाइल में रखने के लिए तैयार कर रहे हों।

''यह एक खुदकुशी की खबर है...'' वे कतरन पर गौर से निगाहें डालते हुए हल्के से बुदबुदाये। सहसा, मेरी तरफ देखकर मुस्करा दिये, ''इसे जला देना ठीक रहेगा।''

उन्होंने लाइटर जलाया, कतरन उसके ऊपर—थोड़ा दूरी पर—रखी, फिर लाइटर मेज पर रखा और धीरे-से लैम्प की बत्ती बढ़ायी। मुझे लगा, वह पीली लौ कतरन के सिरे तक पहुँचकर उनकी उँगलियाँ जला देगी, तभी किसी बाजीगर की तरह उन्होंने हथेली नीचे की, ऊपर उठायी और फूँक मारी। पीली लौ लैम्प की बत्ती पर टिक गयी और उनकी उँगलियों के बीच एक स्याह वरक थरथराने लगा।

''जीवन भी तो ऐसा ही है...'' उन्होंने मेरी तरफ देखा। उनकी चुटकी में स्याह राख थी, जिसे वे धीरे-धीरे जमीन पर गिरा रहे थे।

बल्लू की माँ भी बीड़ी पीने के बाद उसे देर तक अपने हाथों से मसलती रहती और काला चूरा देर तक नीचे झरता रहता जिसके बाद बीड़ी का बहुत छोटा-मटमैला पत्ता हवा में लहराकर जमीन पर बैठ जाता था। बल्लू की माँ एकटक उसे गिरते हुए देखती। फिर जमीन से उठाती और उँगलियों के बीच दबा-दबाकर उसके महीन टुकड़े कर देती...

''यहाँ बिजली भी मौसम की तरह अनिश्चित है...'' उन्होंने लैम्प पर हाँडी चढ़ा दी और उसकी बत्ती कम करने लगे।

''यह तो गरमियों की शुरुआत है। तुम कभी बरसात में आओ। तुम्हें बरसात कैसी लगती है?'' बेंत की चौकी के नीचे हाथ बढ़ाते हुए वे बोले।

''अच्छी।'' मुझे कुछ-न-कुछ कहना ही था।

''बादल फटने के बारे में सुना है?'' उनके हाथों में आधी से ज्यादा भरी हुई

बोतल निकल आयी। यह मेरे लिए अपरिचित ब्रांड था। मैं भीतर-ही-भीतर सिहर गया। अपरिचित ब्रांडों से मुझे डर लगता है। वे अनसधे घोड़े की तरह दौड़ते हैं।

"हाँ। अखबारों में पढ़ा है। इधर अकसर ऐसा होता रहता है क्या?" मैंने कुछ इस तरह कहा जैसे मैं बादल फटने के बारे में बहुत कुछ जानता हूँ।

"कुछ चीजें अपने होने के बारे में इतना तय कर लेती हैं कि उन्हें कोई दूर से नहीं जान सकता। उन्हें जानने के लिए उनके बीच होना बहुत जरूरी होता है। लो...।" उन्होंने मेरे हाथ में गिलास थमा दिया, "पानी खुद ही डाल लो, बल्कि खूब पानी डाल लो।" उनकी आँखों में बुजुर्गियत झलक रही थी।

मुझे गिलास में पानी डालते हुए संकोच हो रहा था। गिलास में पानी भरने के लिए फिर भी जगह बची रह गयी। उन्होंने अपना गिलास ऊपर तक भर लिया। उसमें पानी की एक भी बूँद गिरे तो शायद छलक उठे।

"चीयर्स!"

उन्होंने गिलास बढ़ाया। हमारे गिलास टकराये। मैंने एक लम्बा घूँट लिया और गिलास नीचे रख दिया। उनका गिलास काफी देर बाद नीचे आया। वे देर तक गिलास होंठों से लगाए रहे। फिर भी वह उतना ही भरा था जितना पहले था। उनकी तल्लीनता को देखकर लगता था जैसे वे सागर से कुछ खास बूँदें चुन रहे हैं...

बल्लू की माँ भी देर तक बीड़ी अपने होंठों से लगाए रखती थी। दिप-दिप कर सुलगती हुई बीड़ी सुर्ख अंगारे-सी नजर आती। लम्हों के बहुत छोटे वक्फे में वहाँ से धुआँ निकलता। फिर उतनी ही बड़ी बीड़ी धुएँ की जगह घेर लेती। हम सोचते थे कि बल्लू की माँ बीड़ी से धुआँ नहीं खींचती—वह बीड़ी जलाती है और धुआँ उसके भीतर से निकल आता है...

"रिलेक्स," उनका स्वर सुनाई दिया, "टेक इट ईजी! अपने हिसाब से चलो।" वे मुस्कराये, "अगर तुम्हें अपना हिसाब मालूम है।"

"आपको मालूम है?"

"रोना तो यही है कि आदमी को अपना हिसाब ही नहीं मिलता। हम जोड़ते-घटाते रह जाते हैं और समय सब साफ कर देता है।" उन्होंने गिलास से एक लम्बा घूँट भरते हुए कहा, "कभी-कभी सोचता हूँ कि समय बीतता है या हम खर्च हो जाते हैं...अब इसी को देख लो," उन्होंने आइंस्टीन की तस्वीर की तरफ इशारा किया, "यह कहता है कि दिक्-काल ब्रह्मांड की ज्यामिति का प्रस्फुटन है। और, मजा देखो, इतना बड़ा जीनियस भी कायनात का हिसाब रखने में खता खा गया।"

वे चुप हो गये और उनकी आँखें कहीं खो गयीं। मैं उनकी बात का ओर-छोर मापने की कोशिश करता रहा और एक घनी चुप्पी हमारे बीच पसर गयी। चुप्पी इतनी घनी हो गयी थी कि मैं हर लम्हा पकड़कर सुदूर वर्षों तक झूल सकता था। उस चुप्पी

में कमरे की रह चीज बोल रही थी—धूल, किताबें, कोने का पर्दा, धीमी लौ में जलता हुआ लैम्प और आधे भरे गिलास...वह चुप्पी का अजीब कोलाहल था जिसकी पृष्ठभूमि में उनका अकेलापन बज रहा था। अचानक, वे बहुत निरीह और दयनीय व्यक्ति के रूप में दिखायी देने लगे। मैंने घबराकर गिलास उठाया और एक ही साँस में उसे खाली कर दिया।

"छोड़ो...तुम शायद बोर हो गये हो," अपनी दुनिया से वापस लौटते हुए वे बोले, "मेरी इच्छा थी...तुमसे ढेर सारी बातचीत करूँ...शायद तुम उम्र से बहुत पहले बुजुर्ग हो गये हो। तुम्हें देखकर लगता है कि अविनाश तो बिल्कुल ही बूढ़ा हो गया होगा। शायद बम्बई में है?"

"हाँ।"

"कितने बच्चे हैं?"

"दो।"

"यार, यह भी बड़ी अजीब चीज है—दोस्ती," उन्होंने गिलास से एक घूँट लिया, "पहले हम लम्बे-लम्बे खत लिखा करते थे। वह बड़ा इमोशनल था...पूरे चार साल तक खतों का सिलसिला बना रहा...अचानक उसने शादी की सूचना दी। वह एक लाजवाब चिट्ठी है। अभी तक सँभाल रखी है। अरे, यह खाली हो गया..."

उन्होंने मेरा खाली गिलास भर दिया।

"तुम इतने छोटे थे।" उन्होंने हाथ से संकेत करते हुए मेरा कद बताया, "तुम्हें छुटपन की याद है कुछ?"

"हाँ...बहुत अच्छी तरह," मेरी आँखों में बचपन के दिन जगमग करने लगे।

"सभी के साथ होता है। बचपन की स्मृतियाँ देर तक बनी रहती हैं।" उन्होंने अपनी उँगलियाँ चटखायीं।

"शायद बाद की घटनाएँ आपस में गड्ड-मड्ड हो जाती हैं।" मुझे लगा, मैंने कोई नयी बात कह दी है।

"हो सकता है। तुम्हारे जेहन में सबसे साफ स्मृति कौन-सी है?" वे सतर्क आँखों से मुझे देखने लगे।

"बल्लू की माँ की।"

"वही, जिसका लड़का बलबीर दूसरी लड़ाई में लापता हो गया था?"

"आपको मालूम है?"

"अविनाश उसका जिक्र करता था। उसकी बातें सुनकर मेरे मन में एक छवि बन गयी थी...किसी खोय हुए की निरन्तर तलाश में बूढ़ी होती हुई एक देह।"

मैं विस्मित होकर उन्हें देखता रहा...फिर धीरे-धीरे विस्मय का ज्वार उतरने लगा। मन में एक खिन्नता बोध जगने लगा था। मुझे उनसे बल्लू की माँ का जिक्र नहीं

करना चाहिए था। मेरी निजी और गोपन स्मृतियों पर किसी दूसरे का भी दखल था...इच्छा हुई तुरन्त वहाँ से चल दूँ। फिर खयाल आया, यह सब करना उचित नहीं होगा। उन्होंने बल्लू की माँ को देखा नहीं है, सुना है। भैया के बचपन के दिन दूसरी जगह बीते थे।

"तुम कहाँ खो गये?" उनकी आवाज सुनाई दी।

"कहीं नहीं," मैंने एक बड़ा घूँट निगल लिया।

"सन्दीप के यहाँ जाते हुए हल्का खयाल था कि शायद तुमसे मुलाकात हो सकती है। पहली बार तुम्हें देखा तो लगा कोई और है। फिर सन्दीप से कन्फर्म किया..."

तभी बिजली चली गयी। क्षणांश को हम अँधेरे में डूबे रहे। फिर वहाँ लैम्प से उठकर रोशनी का हल्का धब्बा छत पर टिक गया। उन्होंने धीरे-से लैम्प की बत्ती बढ़ा दी। कमरे में अब जितनी रोशनी थी उससे ज्यादा अँधेरा परछाइयों के साथ बैठ गया था।

"मैंने कहा था ना..." उनकी अवाज सुनकर मैं कमरे के केन्द्र में लौट गया।

"हाँ...बिजली अचानक चली गयी।" मेरे कहने में इतनी नरमी थी जैसे मैं अपनी आवाज से मक्खन को काट रहा होऊँ।

"यह तो मौसम का मिजाज है।" उन्होंने अपने चेहरे को इतना मुलायम बना लिया कि उनकी दाढ़ी किसी मलमल पर उग आयी सलवटों-सी झलकने लगी। उन्होंने आँख बन्द कर लीं, आँखों के पास झुर्रियाँ कई दिशाओं से आकर इकट्ठा हो गयीं...

बल्लू की माँ दाँत-कुरेदनी को मुँह में डालते हुए अपनी आँखें बन्द कर लेती थी। उसकी आँखों के आसपास की झुर्रियाँ नाक के ठीक पास जा मिलतीं। तब हमें उसके चेहरे में कई चेहरे दिखाई पड़ते थे। सबसे छोटा चेहरा सबसे भीतर की झुर्रियों से घिरा होता, जिस पर आँखें दो विशाल बन्द कपाटों की तरह पड़ी रहतीं, सबसे बड़ा चेहरा सबसे बाहरी झुर्रियों से घिरा होता, जिस पर आँखें किसी बन्द खिड़की के पल्लों की मानिन्द ढँकी रहतीं।

"सच कहूँ, यहाँ रहते हुए कभी-कभी लगता है हम एक साथ दो अलग-अलग समय को जी रहे हैं।" वे बोले।

"एक बाहर का और एक भीतर का..." मैंने उनकी बात पकड़ते हुए कह दिया।

"नहीं, नहीं...यह तो सब जगह और सबके साथ हो सकता है।" उन्होंने मेरी बात बीच में रोक दी, "यहाँ बाहर का जीवन भी उतना सहज नहीं है, भीतर के बीहड़ में भटकते हुए तुम बाहर आ सकते हो। यहाँ प्रकृति की अनिश्चितता है...मेरा मतलब है, हम यहाँ सभ्यता के दो अलग-अलग काल-खंडों को जी रहे हैं।"

उन्होंने अपना गिलास खाली कर दिया। फिर उसे भरने लगे। उनकी उस गति में अद्भुत लय थी। आँखें गिलास में उठती हुई सतह पर टिकी हुईं, बोतल पर हथेलियों का सधा दबाव और कलाइयों का नपा-तुला ढलाव...

"मैंने जब पहली बार सुना कि तुम यहाँ से तीन घंटे के फासले पर हो," गिलास में पानी डालते हुए वे बोले, "तो मुझे बहुत अच्छा लगा। तुम्हारा पता भी मुझे मिल गया था।"

"कैसे?" मैंने सिर्फ पूछने के लिए पूछा। अकसर होता है बात करने की तीव्र इच्छा होते हुए भी कहने के लिए कुछ शब्द नहीं रह जाते। कुछ शब्दों की कमी से एक अच्छी बातचीत मर जाती है।

"छोटी जगहों में यही होता है। सब पता चल जाता है कि कौन कहाँ है, कहाँ से आया है..." उन्होंने एक छोटा घूँट लिया। "शालू के बच्चे क्या कर रहे हैं?"

सहसा पूछे गये इस प्रश्न से मैं चौंक गया। क्या मैंने सही सुना है? क्या वे शालिनी दीदी के बारे में पूछ रहे हैं?

मैं चुप रहा।

"शालू के बारे में..." वे एक क्षण रुके, "मुझे बहुत बाद में पता चला। एक मिनट..." उन्होंने उँगली से संकेत किया। और उठ खड़े हुए।

वे उठकर उस कोने की तरफ बढ़ गये जहाँ परदा था। लैम्प की रौशनी उनकी झुकी हुई पीठ से होकर उनके साये को उस पूरे त्रिकोण पर फेंक रही थी। वे परदे के पीछे खो गये।

वे बहुत देर तक वहीं बने रहे। कुछ चीजों के उलटने-पुलटने की आवाजें होती रहीं। बाहर निकले तो उनके हाथ में एक बड़ा लिफाफा था—काफी मोटा और पुराना। उन्होंने वह लिफाफा दीवान पर उलट दिया।

वहाँ कई छोटे लिफाफे थे, कुछ फोल्डर्स, कुछ कागज, एक बदरंग, टाइप की हुई पांडुलिपि, अखबारों की कुछ कतरनें...

लिफाफे से सामान निकलता रहा और वे उसे उलट-पुलटकर देखते रहे। उन्होंने निराशा से गरदन हिलायी और एक बार फिर हर चीज को गौर से देखने लगे। उन्होंने पांडुलिपि के पन्ने पलट डाले—उन पन्नों के बीच एक पतला लिफाफा निकल आया। उसके भीतर एक फोटो था।

"लो। देखो..." वे फोटो लिये मेरी ओर बढ़ आये।

नीम-रोशनी में एक पुरानी तस्वीर मेरे हाथ पर थरथराने लगी। वहाँ बर्फ का बड़ा ढेर था और एक छोटा लड़का, बड़ी लड़की का हाथ थामे कैमरे की तरफ देख रहा था। लड़की की आँखों में शरारत की चमक थी।

"ये कौन हैं?" मैंने पूछा।

"शालू और तुम!" उन्होंने बहुत धीमी आवाज में कहा। लगभग फुसफुसाते हुए, "उस दिन होली थी और वहाँ बर्फ गिर रही थी।"

बर्फ का ठोस और तीक्ष्ण गोला मेरी पीठ पर गिरा। तस्वीर से झाँकने वाली लड़की शालिनी दीदी थीं। दूसरी बेटी को जन्म देने के बाद वे नहीं रहीं। मेरी स्मृतियों में शालिनी दीदी की एक ही बात बची रह गयी है। वे चलते हुए थोड़ा कराहती थीं—दुःखों का बड़ा बोझ हमेशा उनकी पीठ पर रहा करता।

"इतने सालों में एक यही फोटो बच रह गया।" वे उदास हो गये।

"मैंने तस्वीर उनकी तरफ बढ़ा दी।

"यह तुम्हारे लिए है। तुम इसे रख लो।" उन्होंने गिलास से एक बड़ा घूँट लिया।

मैंने तस्वीर उनकी तरफ बढ़ा दी।

"यह तुम्हारे लिए है। तुम इसे रख लो।" उन्होंने गिलास से एक बड़ा घूँट लिया।

मैं तस्वीर हाथ में लिये सोचने लगा इसे कहाँ रखूँगा।

"शालू के बारे में मैंने सुना था।" उनकी आँखों में एक बेचैन हलचल झलक रही थी। "उसके साथ ऐसा नहीं होना चाहिए था।"

वे चुप हो गये। फिर कहीं दूर डूब गये। मैं उन्हें देखता रहा। कहीं कुछ था,जो उनके भीतर तेजी से घट रहा था। मैंने उनके चेहरे से आँखें हटा लीं और तस्वीर से झाँकते लड़के को देखने लगा। यह मैं था। समय की सुरंग से झाँकता हुआ—भविष्य से अनजान और बेपरवाह।

"मैं तुम्हें बादल फटने के बारे में बता रहा था।" उनकी आवाज सुनकर लगा वे यहीं हैं, "मैं उस गाँव में गया था। रास्ते में एक जवान लड़का मिला, उसने मुझे एक घटना बतायी।" वे रुक गये। फिर गिलास से एक घूँट लिया।

"एक लड़की पेड़ से गिर गयी थी। वह लड़का जीप में उसे अस्पताल ले गया।" बोलते हुए उनकी आँखें डबडबाने लगीं, "सफर के पूरे चार घंटे वह लड़की उसकी बाँहों में रही और उसे पता ही नहीं चल सका कि सफर में किस पल वह नहीं रह गयी।"

वे धीरे-धीरे सुबकने लगे। उनकी आँखों से आँसुओं की कुछ बूँदें गिरीं। उन्होंने मेरे कन्धे पर अपना हाथ रख दिया।

बल्लू की माँ ने भी इसी तरह मेरे कन्धे पर हाथ रखा था। उस रोज मैं दादा की बरसाती ढूँढ़ने उस कोने तक गया था—हाथ में लाठी लिये हुए। कपड़े का काला और हल्का टुकड़ा वहाँ शेष था।

शुतुरमुर्ग

"तुम्हारी छतरी कहाँ गयी?" वह अचानक मुड़ी और कोने की खूँटी को ताकने लगी।

"छतरी!" मैंने चौंकते हुए कहा, "सचमुच, खूँटी खाली थी।

मुझे रात का ध्यान आया। शायद रात में छतरी लेकर निकला था। मैंने दिमाग पर जोर डाला। रात की भटकन के धुँधले अक्स उभरे...

"तुमने उसे खो दिया है।" उसकी आवाज मेरे ऊपर गिरी, "खो दिया ना!"

उसका स्वर एकदम बदला हुआ था। दो क्षण पहले वह बुरी तरह बरस रही थी। मैं समझ रहा था वह एकदम मुझे छोड़कर चली जाएगी। शायद वह निकल जाती। मुझे याद आया, वह छतरी लेकर नहीं आयी थी। जब वह आयी थी तब बारिश नहीं पड़ रही थी—शायद आसमान बहुत खुला रहा होगा।

"तुम बहुत सारी चीजें इसी तरह खो चुके हो।" वह वापस मुड़ी।

वह एकदम सहज दिखाई पड़ी...जैसे इस कमरे में अभी कुछ घटा ही नहीं। मेरे कन्धे अभी तक उसके आघात को झेल रहे थे—वहाँ कोई दर्द था।

"जैसे..." मैंने उसकी आँखों में झाँकते हुए कहा।

"उम्र..." वह बहुत धीरे-से बोली।

"क्या तुम जानती हो?" मैं भीतर तक सिहर गया।

"कुछ चीजें अपने होने का पता खुद देती हैं।" उसने धीरे-से कहा।

उसके लहजे से मैं चौंका। उसका आवेग कहाँ चला गया? वह कितनी तटस्थता से बोल रही है। पिछले सात दिनों से एक तूफान उसके भीतर घुमड़ रहा था...क्या वह पूरा बरस चुका है?

मैंने उसकी तरफ देखा—वह किताबों के ढेर के पास शायद कुछ तलाशने लगी।

वहाँ उसे क्या मिलेगा?

कमरे में रोशनी नहीं है—बाहर बारिश हो रही है और खिड़की बन्द है...

खिड़की तब भी बन्द थी जब वह आयी थी। मैं दिन के वक्त दरवाजे बन्द करके नहीं सोता। उसके आने का पता मुझे खुशबू से मिला था। एक खुशबू हमेशा उसके साथ

चलती है—दूरी पर थोड़ी मीठी और नजदीक थोड़ी तीखी। उसने आते ही खिड़की खोली थी। मैंने अपनी आँखें बन्द कर लीं।

"बहुत दिनों से यह इसी तरह बन्द पड़ी रही। सिलाब में तुम्हारा दम नहीं घुटता।" उसकी आवाज में झुँझलाहट थी।

मैंने आँखें नहीं खोलीं। खोलता भी तो वही सब देखने को मिलता—दीवार पर उखड़ा हुआ पलस्तर, अधखाये खाने के अवशेष। बिखरी और अस्त-व्यस्त चीजों के बीच उसकी उपस्थिति मुझे बेचैन करती है।

"पूरे सात दिनों से तुम्हारे लिए परेशान थी। तुम दिन में भी छिपने लगे हो!" वह उस कोने में चली गयी जहाँ पुरानी किताबों का ढेर था और पढ़े जाने के इन्तजार में अधखुली डाक...

मैंने अखबार अपने चेहरे पर डाल लिया। अखबार से चेहरा ढकते हुए मुझे अच्छा लगा। रोशनी की चुभन से राहत मिली। शायद यह बहाना भी था। चेहरा छिपाने का! हालाँकि आईना भी ऐसा कुछ नहीं बताता कि यहाँ छिपाने के लिए कुछ है। दिखाने के लिए तो खैर, कुछ है ही नहीं—रातों का वीरान सहरा और सफर की थकान...नामालूम को पाने की चाह और न पाने का रंज...

"रेगिस्तान का शुतुरमुर्ग..." उसकी आवाज फिर आयी। मैंने आँखें नहीं खोलीं। मैंने सोचा वह अखबार चेहरे से हटा देगी।

उसने अखबार नहीं हटाया। वह मेरे चेहरे पर पड़ा रहा। चुप्पी की एक घनी तह ऊपर से और आ चढ़ी। ऐसे में इससे अच्छा और कुछ नहीं हो सकता कि तुम दूसरे की उपस्थिति को भूल जाओ। मन का अथाह समुद्र तुम्हारे पास है...चुपके से उतर लो पतंग की तरह आसमान में ठहरे हुए सपने। बादल की तरह भरी हुई कामनाएँ। आँधी की तरह भविष्य की अनिश्चितता। धारा के साथ बहती कश्ती-सी उमंग। झील से नदी में आयी महक-सी ललक। बहते पानी के किनारे जमे शैवाल-सा ठहराव। कुछ मैदान। कुछ रख्त। कुछ इमारतें-मकबरे, खँडहर।

एक बार मकबरे के पास थोड़ा रुककर उसने मुझसे कहा था कि तुम कहानी बन सकते हो, कहानी लिख नहीं सकते। मकबरे के उस पार सूरज था और वह ढाँचा उसके आधे चेहरे पर परछाई फेंक रहा था।

"तुम इस मकबरे की छाँह से बाहर आ जाओ।" मैंने कहा था।

"नहीं..." वह छाँह में बनी रही, "मेरे ऊपर छाँह मकबरे की वजह से नहीं है। सूरज की वजह से है। सूरज जरा जल्दी नीचे आ गया।" वह मुस्करायी। उस दिन उसकी मुस्कराहट में शरारत थी। अक्सर वह मुस्कराते हुए भी उदास दिखाई पड़ती है।

"हम यहाँ मकबरा देखने नहीं आये हैं। यहाँ जरा शान्ति है। तुम बता सकते हो कि मृत्यु के इन प्रतीकों के पास शान्ति ही क्यों मिलती है?" वह छाँह से बाहर निकल

आयी थी।

''हमें बोध होता है कि लोग यहाँ से चले गये जबकि हम अभी यहाँ हैं।'' मैंने धीरे-से कहा था। मैं तब मृत्यु के बारे में नहीं सोचता था।

''तुम कहानी बन सकते हो। कहानी लिख नहीं सकते।'' वह अचानक तेजी से आगे बढ़ गयी थी और मैं उसके पीछे वापस चला अया था...

अखबार मेरे चेहरे पर पड़ा रहा। कमरे के उस कोने में वह किताबें उलटती-पलटती रही।

''उफ्! कितनी धूल है।'' उसकी आवाज सुनाई दी, ''हाथ भी नहीं धो सकती। तुम्हारी सुराही खाली हो जाएगी और तुम पानी के लिए तड़पते रहोगे।'' उसकी आवाज इस तरह लगी जैसे वह किसी और से बातें कर रही है जैसे कमरे में कोई और चला आया हो।

मैंने चेहरे से अखबार हटा लिया और आँखें खोल लीं। वह फर्श में किताबों के ढेर पर झुकी हुई थी। कुछ किताबें पढ़ी जा सकने की स्थिति में आ गयी थीं। धूल अभी बहुत सारी किताबों पर थी और उसके हाथों में भी। उसके धूल सने हाथों को देखकर मुझे ध्यान आया कि वह एक लम्बे अन्तराल के बाद इस कमरे में आयी है। वह बात करने से पहले भूमिका बनाएगी।

''इतनी अच्छी किताबें! कब लाये?'' उसने चेहरा मेरी तरफ घुमाया, ''तुमने इन्हें पढ़ लिया?''

मेरी आँखों को खुला पाकर वह चौंक गयी। उसने सोचा होगा कि अखबार मेरे चेहरे पर होगा और वह गुस्से से उसे हटा देगी। धूल झाड़ते हुए उसने बहुत सारा गुस्सा अपने अन्दर जमा कर लिया होगा।

''नहीं।'' मैंने इतना धीमे कहा कि वह सुन ना सके।

मेरे होठों का हिलना उसने देख लिया।

''तुम पढ़ना चाहती हो तो ले जाओ।'' मेरी आवाज सुनकर वह खिल गयी। कुछ किताबें उसने उठायीं और उन्हें झाड़ने लगी। उसका गुस्सा कहीं चला गया और वह बहुत कोमल दिखने लगी।

उसके साथ एक दिक्कत और है, पता नहीं कब वह अपना रंग बदल ले। बहुत बड़ी और गम्भीर गलतियों को वह माफ कर दे और किसी बहुत मामूली बात पर बिफर पड़े। मुझे आभास होने लगा कि उसकी यह कोमलता थोड़ी देर बाद गायब हो जाएगी। मैंने फिर अखबार चेहरे के ऊपर डाल लिया और आँखें बन्द कर लीं...

एक बार उसने खबर भिजवायी थी। मैं बेकार के दीगर कामों में उलझकर भूल गया। एक दिन शहर की भीड़ के बीच उसने पकड़ लिया।

''मैं तुम्हें ही ढूँढ़ रही थी।''

''अच्छा!''

''मैंने खबर भी भिजवायी थी।''

''हाँ...मुझे मिली थी।''

''क्या?''

''खबर!''

''तुम मिले क्यों नहीं?''

''तुम मुझे जानती हो।''

''तुम्हें जानने के लिए किसी किताब की जरूरत नहीं है।''

शहर हमारे बीच से बह रहा था। मैंने उसके हमलों से बचने के लिए शहर में पनाह लेने की सोची। मैं सड़क के और बीच में हो गया। उसने मेरी बाँह और जोर से कस ली। मेरी खाल उसके नाखूनों का दबाव महसूस करने लगी।

''सपनों को जानने के लिए नींद की जरूरत नहीं होती।'' उसका हमला जारी था।

''तुम यह भी जानती हो कि नींद को जानने में सपने रुकावट पैदा करते हैं।'' मैंने प्रत्याक्रमण किया।

''मैं सपने को जानने की बात कर रही हूँ। फटा हुआ जूता पहने और चार्ली चैपलिन का हैट लटकाए हुए। कोई लगातार शहर की सड़कें नापने के बाद भी सपने नहीं देख सकता।'' वह इतना जोर से बोली थी कि शहर चौंककर हमें देखने लगा...

उसने और भी बहुत कुछ कहा था जो अब याद नहीं आ रहा। किताब में इतने सारे शब्द भरे हुए हैं और किताब का मतलब उन शब्दों में लिखा जाता है जो किताब में नहीं होते। मैं चेहरे से अखबार हटाये जाने की प्रतीक्षा करने लगा। मेरा दिल बेतरह धड़क रहा था...

एक दिन उसने घातक हमला कर दिया था। वह सुर्ख गुलाब की तरह दिख रही थी।

''आज तुम्हें बाहर निकलना है।'' उसने आते ही आदेश किया।

''बहुत जरूरी है?'' मैंने टूटती हुई आवाज में कहा।

''हाँ...बहुत जरूरी है। तुम्हारा इस बन्द और सड़ी हुई दुनिया से बाहर निकलना बहुत जरूरी है।'' उसने मेरे कन्धे पकड़ लिये। उसका चेहरा नजदीक आ रहा था और मैं अपनी साँसें रोक रहा था।

उसने गौर से मेरी आँखें पढ़ीं और झटककर दूर हट गयी।

''मुझे तुमसे यह उम्मीद नहीं थी। तुम वादा करते ही क्यों हो?'' उसके होंठ थरथरा रहे थे, ''साफ कह दो, तुम अपनी आदतें नहीं छोड़ सकते।''

मुस्कराने की कोशिश करते हुए मुझे लगा था कि वह चली जाएगी। यह एक

राहत पहुँचानेवाली बात थी।

"तुम क्या सोच रहे हो?" वह फिर नजदीक चली आयी। उसका स्वर नरम हो गया, "चलो, तैयार हो जाओ। मैं तुम्हें आज नहीं छोड़ूँगी।"

"मेरी हालत देख रही हो..." मैंने प्रतिरोध किया।

"जो तुम रात-रात भटकते हो...निशाचर।" वह मुस्करायी।

मैं कत्ल हो गया।

वह सितम्बर का साफ दिन था और शहर धूप में नहा रहा था। मैंने शहर से अपनी पहचान छिपाने के लिए उसका हाथ थाम लिया।

"हम गलियों से होकर नहीं जाएँगे।" मैंने याचना की।

"तुम डरते क्यों हो? कोई तुम्हें देख भी लेगा तो पहचान नहीं सकेगा।" मुझे खींचते हुए उसने तंग गली में प्रवेश कर लिया।

ऑटो-स्टैंड तक पहुँचने का वह एक शॉर्ट-कट था जिसमें पन्द्रह मिनट बचते थे। तेजी से नये होते जा रहे शहर की वह एक पुरानी गली है जहाँ कभी मकानों के पिछले रास्ते खुलते थे।

"नहीं, प्लीज..." उस जन-विहीन गली में पाँव रखते हुए मैं डर गया, "तुम्हें कोई पहचान लेगा।" मुझे पता था। उसके जाननेवाले लोग गली से नहीं गुजरते। मैं जानता था। गली से हत्यारे कभी भी गुजर सकते हैं।

"तुम्हारे यहाँ जाती हूँ। तब तुम यह सब क्यों नहीं पूछते?" वह मेरी बाँह खींचती हुई गली में आगे बढ़ गयी, "वह कोई रहने लायक जगह है।"

वह आवेश में बोलती जा रही थी और मैं गली के खतम होने का इन्तजार कर रहा था।

"अगर तुम लोगों से इतना डरते हो तो यह सब छोड़ क्यों नहीं देते..." ऑटो-रिक्शा में बैठते हुए उसने कहा।

मैंने कुछ नहीं कहा और उसके बोलने का इन्तजार करने लगा। उसने अपने हाथ बढ़ाये और मेरे चहरे को अपनी गोद में रख लिया। ऑटोवाले ने सोचा होगा कि वह एक बीमार आदमी को ले जा रही है।

अस्पताल के पीछे, वह जगह है...उसे एकान्त के लिए इसी तरह की जगह पसन्द आती है जहाँ मृत्यु हर वक्त डोलती रहती है। क्या मृत्यु इस कमरे में भी नहीं भटक रही? मैंने चेहरे से अखबार हटा दिया...

वह तल्लीन होकर किताब में डूबी हुई थी। जैसे कमरे से वह अकेली हो। मुझे उसकी यह हरकत पसन्द नहीं आयी। हो सकता है यह सब वह सिर्फ मुझे बनाने के लिए कर रही हो...हो सकता है चेहरे से अखबार हटाते समय उसने मेरे हाथों की हरकत देख ली हो और फिर अपनी मुद्रा बदल ली हो...यह खयाल मुझे अच्छा लगा।

मैंने हाथों की हल्की जुम्बिश से अखबार खड़खड़ाया।

उसने पलटकर मेरी तरफ देखा। उसकी आँखें लाल हो आयी थीं। यह पढ़ने की लाली नहीं थी। वह जरूर रो रही थी। मेरे कमरे में। मेरे इतना नजदीक और मुझे पता भी नहीं चला।

"अब इस छलावे से बाहर निकल आओ!" वह अप्रत्याशित रूप से धीमी और नरम आवाज में बोली। "रेगिस्तान का शुतुरमुर्ग...हर कोई इस कहानी का जिक्र कर रहा है। यह सब लिखकर तुम अपनी पीड़ा का सुख दूसरों पर नहीं थोप रहे हो?"

"तुमने कहाँ पढ़ ली?"

"जहाँ सारी दुनिया पढ़ रही है...तुम्हें यह भी पता नहीं है, कब छप गयी। तुम्हें डाक तक देखने की फुर्सत नहीं है, ये देखो..." उसने डाक से आयी हुई पत्रिका दिखायी। "दस दिन पहले यह आ गयी थी। तीन दिन से ये चिट्ठियाँ इस धूल में पढ़े जाने का इन्तजार कर रही हैं।"

धीरे-धीरे वह आवेश में आती चली गयी। "तुम सारी दुनिया को धोखा दे लो... मुझे भी धोखा दे लो...देते हो, पर बताओ, अपने आपको धोखा देने का अधिकार तुमने किससे लिया?"

फिर वह फफककर रोने लगी। उससे कुछ भी कहना बेकार था। मैंने अखबार फिर चेहरे पर ढँक लिया...

एक रात भटकते हुए मैं उसके यहाँ पहुँच गया था। सच तो यह था कि मैं सिर्फ भटकने के लिए निकला था। कहीं भी पहुँचने की हड़बड़ाहट नहीं, अपने-अपने घरों में सिमटे हुए शहर की खुली और बेआवाज सड़कें, गश्त में निकले हुए सिपाहियों की टोका-टाकी और सूखते हुए गले के लिए पानी की खोज...

उस रात भटकते हएु कुछ अनजान चेहरे दिखायी दिये थे। वे नजदीक आये तो चाकू की तेज धार उनके हाथों में टिकी थी। वे लोग पैसों की खोज में निकले थे और पैसे मेरे पास नहीं थे। उन्होंने चाकू बन्द कर लिये और मैंने राहत की साँस ली। वे आगे बढ़ गये, फिर लौटे। कुछ भी समझ पाने से पहले मैं जमीन पर था। सड़क का ठोस-पन चेहरे को मिर्च की तरह जला रहा था।

"साला...सारे पैसे पी गया।" एक आवाज देर तक गूँजती रही।

वह एक लम्बा सफर था। गड्ड-मड्ड स्मृतियों के झंझा से डगमगाता हुआ, शहर के रास्तों को भूलता ओर याद करता हुआ। लम्बी और थकान-भरी यात्रा के बाद मैं उसके दरवाजे के सामने खड़ा था। थोड़े से संशय के बाद मैंने उसका दरवाजा खटखटाया...

"तुम!" दरवाजा खोलते ही वह हैरान थी। उसकी हैरानी उसकी आँखों में झलक रही थी, "इस वक्त...मैंने कभी कल्पना भी नहीं की थी तुम इस वक्त आओगे।

आओ, तुम्हारा स्वागत है!''

मैं दरवाजे पर ठिठका रहा। भीतर जाऊँ, न जाऊँ के संशय की एक बारीक डोर से बँधा हुआ।

''ये चेहरे को क्या हुआ?'' उसने चेहरे पर कुछ लिखा हुआ देख लिया।

''गिर गया था।''

''आओ।'' उसने मेरी बाँह थाम ली। मैं भीतर चला गया।

उन दिनों उसका कमरा एक उजड़ा हुआ शामियान था। यहाँ-वहाँ उसकी जिन्दगी के टुकड़े बिखरे पड़े थे—किसी पहाड़, किसी नदी, किसी समुद्र के किनारों से उठाये हुए पत्थर...मर चुके कलाकारों की कृतियों के रिप्रिंट्स, डायनॉसौर्स के चित्र, उसकी डायरियाँ...

''लो, पानी पी लो...'' वह पानी ले आयी। लगता है तुमने खाना भी नहीं खाया, मैं देखती हूँ, क्या कुछ है...'' वह किचन में गुम हो गयी।

मैं दीवान पर लेट गया था और बन्द आँखों में कुछ धुँधली चीजें उतर रही थीं। उस वक्त मैं वहीं क्यों था? शायद मैं कहीं और भी हो सकता था, किसी दूसरी जगह...उस मकान का चित्र उभरा जो घर हो सकता था। ध्वस्त दीवारों और टूटी हुई शहतीरों का खँडहर...एक बीमार और उदास देह...अस्पताल की गन्ध और बहुत दूर से आती हुई एक औरत की कराहें...जीवन के उत्स के साथ उतरती हुई मृत्यु...

चेहरे पर तेज जलन महसूस होने के बाद मुझे उसके स्पर्श का आभास हुआ। वह चेहरे पर कुछ लगा रही थी। धीरे-धीरे नींद की सरहदों के पास चला गया। सपने में मैं हरी घास से भरे एक बुग्याल में भटक रहा था और एक बदहवास भेड़ मेरी तरफ दौड़ी चली आ रही थी।

सवेरे उसने मुझे उठाया तो मेरा सर भन्ना रहा था और मैं उसकी सूरत देखकर हैरान था।

''जूते पहन लो,'' उसके स्वर में खुश्क आदेश था।

बाहर सुबह की ठंडक थी, राहत देनेवाली। भीतर की अजीब-सी कैद से मुक्त करने वाली।

''तुम इस मकान को देख रहे हो?'' उसकी आवाज सुनकर महसूस हो सका था कि मैं उसके साथ चल रहा हूँ। बहुत दूर तक हम चुपचाप चलते जा रहे थे। रात एक ग्लानि के रूप में अभी तक मन में बची हुई थी। मैं उससे चेहरे छिपाने की पूरी कोशिश में था।

''यहाँ पहले खँडहर था,'' वह इस तरह बोल रही थी जैसे मुझसे अभी-अभी मिल रही हो, ''लोग बसने की हिम्मत नहीं करते थे।''

मैं रुक गया, सोचा उसे आगे बढ़ने दूँ। वह भी रुक गयी। मुझे चलना पड़ा। हम

चुपचाप चलते रहे।

''यह नाई की दुकान है। अगर वापस लौटोगे तो वह दिखाई देगा। बहुत सारे लोग उसकी दुकान में इकट्ठा हो जाते हैं। उन्हें नाई से कोई काम नहीं होता। वे उसे रात के सपने सुनाते हैं। वह सबके सपने सुनता है। मैंने तुमसे जिक्र किया तो था...'' वह, सहसा रुक गयी, ''तुमने उस पर कहानी नहीं लिखी!''

''नहीं...मैं एक दूसरी कहानी में डूबा हुआ हूँ...शुतुरमुर्ग।'' मैंने धीरे-से कहा था। जैसे मैं कोई चोरी की बात स्वीकार कर रहा था।

हम रिहायशी इलाके से बाहर आ गये थे। सड़क पर दूसरे शहरों से ट्रक असबाब लादे आ रहे थे।

''इन ट्रकों पर कितने सपने लदे हैं?'' उसने कहा।

सड़क के पार मैदान था।

''यही मेरी सुबह का मैदान है,'' वह धीरे-से फुसफुसाहट के लहजे में बोली, ''यहाँ नींद से जागे लोग चहल-कदमी करते हैं।''

''नींद से जागे लोग!'' मैं रुक गया, ''क्या तुम सचमुच जानती हो कि वे नींद से जागते हैं?''

''हाँ...वे सोते हैं। तुम्हारी तरह बेहोश नहीं होते,'' वह रुक गयी, ''तुम्हें पता है रात तुम किस वक्त आये थे?''

रात उस चाकू की तरह मेरी आँखों में कौंधी। मैं सिहर गया।

''चलो टहलते हैं।'' दिल पर काबू पाने की कोशिश करते हुए मैंने कहा था।

वह एक बड़ा मैदान था। चन्द दरख्त...चन्द इनसान...चन्द आवाजें—सड़क से गुजरते ट्रैफिक की ध्वनियाँ। हम एक गोल घेरे में चक्कर काटते रहे। चुपचाप। बेआवाज।

धुँधलका धीरे-धीरे छँट गया और मैदान साफ दिखाई देने लगा। वह बहुत छोटा मैदान था।

''अरे! ये इतना छोटा है...'' मैं रुक गया।

''क्या?''

''ये मैदान...जब आये थे तो लगा था यह बहुत बड़ा मैदान है।''

''अब?''

''अब नहीं है।''

''अच्छा...'' उसने मेरी बाँहें पकड़ लीं, ''अब यह इतना बड़ा मैदान नहीं है। पहले था...'' उसने मेरी बाँहें छोड़ दीं। एक कदम आगे बढ़ी और दोनों हाथों से मेरे सर के बाल पकड़कर झिंझोड़ने लगी, शुरू में मुझे दर्द से राहत मिली। मैंने समझा, वह खेल कर रही थी। धीरे-धीरे उकी पकड़ सख्त होने लगी और उसकी तेज साँसें मुझे सुनाई देने लगीं। मेरा चेहरा हिलने लगा और मैं दर्द से कराह उठा। उसने मुझे छोड़

दिया।

"बताओ...तुम राम...मेरे यहाँ...क्यों आये थे?" साँसों पर काबू पाने की कोशिश करते हुए वह बोल रही थी, "मैंने तुम्हें आमन्त्रित नहीं किया था।"

उसकी आँखें चमक रही थीं और चेहरा लाल हो गया था।

"बोलो।" वह संयत हो गयी थी...

मैं चुप रहा।

"आओ...हम बैठ जाते हैं।" वह मैदान में बैठ गयी।

"तुम यह सवाल रात में भी कर सकती थीं।" उसके सामने बैठते हुए मैंने धीरे-से कहा था, "उस समय तुमने मेरा स्वागत ही किया था।"

"तुम्हारी हालत ठीक नहीं थी।" उसने अपना चेहरा आगे झुकाया, "पता है तुम नींद में क्या बड़बड़ा रहे थे?"

"मैं!"

"हाँ...तुम! मैंने कल्पना में भी नहीं सोचा था, तुम्हारे मुँह से इस तरह के शब्द निकल सकते हैं!"

"कैसे शब्द?"

"मैं उन्हें नहीं दोहरा सकती। वे बहुत गन्दे शब्द हैं।" उसकी आँखें उदास हो गयीं।

"देखो," मेरी आवाज में अचानक मजबूती आ गयी थी, "शब्द कभी भी गन्दे नहीं होते, तुम अच्छी तरह से ये बात जानती हो। शायद मैं एक भयावह स्वप्न देख रहा था।"

"हाँ...मुझे पता है। तुम सपना देख रहे थे।" धीरे-धीरे उसकी आवाज तेज होती गयी, "लेकिन वह भयावह स्वप्न निश्चित रूप से नहीं रहा होगा। तुम्हारे भीतर कुछ कुंठाएँ हैं। मैं बहुत साफ समझ रही हूँ...रात तुम मेरे यहाँ आने के लिए नहीं निकले थे। तुम्हारी भटकन तुम्हें, अनजाने में, मेरे दरवाजे तक ले आयी थी।"

"तुम यह सब मुझे क्यों बता रही हो?"

"इसलिए कि तुम जान सको...तुम रात में भटकनेवाले प्रेत बन चुके हो—निशाचर..."

वह बहुत देर तक बोलती रही थी और मैं सुनता रहा था...

"तुम कब तक चेहरा छुपाए रहोगे?" उसने अखबार मेरे चेहरे से हटा दिया। मैं उन मारक पलों की याद से लौटा।

"मैं तुम्हें रोते हुए नहीं देख सकता था।" मुझे उसके चेहरे पर वे सब निशान दिखाई दिये जो देर तक रोने के बाद बचे रह सकते थे।

"तुम अपने आपको कटघरे में रखने के बाद क्या सोचते हो? निर्मम तटस्थता का नया ढोंग रचकर तुम शुतुरमुर्ग की तरह सच्चाई से मुँह छिपा रहे हो।"

"तुम कहना क्या चाहती हो?"

"मैं शुतुरमुर्ग की बात कर रही हूँ। मैंने तुम्हारी कहानी सात दिन पहले पढ़ ली थी," उसका चेहरा उत्तेजना में लाल होने लगा, "तुम्हें पता है...मैं तुमसे बात करने के लिए कितना व्यग्र थी!"

"तुमने शुतुरमुर्ग देखा है?" बातों को कहानी से दूर ले जाने के लिए मैंने कहा।

"हाँ। देखा है। इस समय भी अपने सामने उसी को देख रही हूँ।"

मुझे अफसोस हुआ...कहानी का शीर्षक 'शुतुरमुर्ग' नहीं रखना चाहिए था।

"देखो...बहुत हो चुका," मैंने हथियार डाल दिये, "अब साफ-साफ कह डालो।"

"साफ-साफ कहने के लिए ही आयी थी। तुम्हारी हालत देखकर हिम्मत नहीं की।" वह आगे बढ़ आयी, "तुम मुझसे चेहरा क्यों छुपा रहे हो?"

"मेरा चेहरा तुम्हारे सामने है। क्या तुम देख नहीं रही हो?" मैं अखबार उठाने के लिए बैठ गया।

वह नजदीक आ गयी। उसने मेरा चेहरा थाम लिया। उसकी आँखों में करुणा का पनीलापन छलछलाने लगा। वह धीरे-धीरे और नजदीक आने लगी। मैं साँसों को रोकने की कोशिश करने लगा। मेरी निगाहें उसकी आँखों से हटकर होंठों पर टिक गयीं—वहाँ कुछ थरथरा रहा था। मैं साँसों को और नहीं बाँध सका। घबराकर, मैंने उसके सीने में चेहरा छुपा लिया।

कुछ क्षण के लिए उसकी हथेलियों का दबाव मैंने महसूस किया। सहसा, उसने मुझे छोड़ दिया और बेआवाज चलकर खिड़की के पास पहुँच गयी। वह खिड़की बन्द करने लगी। मैंने चेहरे पर अखबार डाल लिया...

उस शाम, अस्पताल के पीछे, सूरज ढलने के इन्तजार में बहुत देर बैठे रहे थे। वह एक अजीब कोना है। वहाँ तक पहुँचने के लिए अस्पताल से होकर गुजरना पड़ता है। पहले, जब शहर अपने बचपन को जी रहा होगा, वह कोना किसी मैदान के भविष्य में छिप रहा होगा। अस्पताल के पीछे, मोर्चुरी के पास, दीवार टूट गयी है। मलबे पर चलते हुए मुझे कठिनाई हो रही थी। उसने सहारा दिया था और मैं उससे पहले दीवार के पार था। चारों तरफ इमारतों से घिरे उस टुकड़े में घास बहुत ऊँचा उठ आयी है। वह मेरा हाथ पकड़ इस तरह चल रही थी जैसे घास का पत्ता-पत्ता उसके कदमों को पहचानकर रास्ता बता रहा हो। मेडिकल स्टोर की दीवार के पास वह पीपल का दरख्त है जिसकी पत्तियाँ सड़क से दिखाई पड़ती हैं।

"तुमने यह जगह कब ढूँढ़ी?" पीपल के नीचे बैठते हुए मैंने पूछा था।

"जब मैं अस्पताल में रही थी।" उसका स्वर उदास था।

"तुमने मुझे बताया नहीं।"

"मैं नहीं...वह था।" उसकी आवाज धीमी हो गयी थी। काफी देर तक वहाँ चुप्पी बिछी रही थी।

"मैंने तुम्हें बताया तो था..." चुप्पी उसी ने तोड़ी थी, "वह एक महीना मैंने लगातार मृत्यु की आहट को सुनते हुए बिताया था। मुझे उसकी आँखों में झाँकते हुए भय लगता था।" उसने एक गहरी साँस ली, "जब मृत्यु आयी तो मुझे पता भी नहीं चला।"

"तुम यहाँ प्रार्थना करने आती थीं?" मैंने इस तरह पूछा था जैसे कहीं दूर किसी दूसरी दुनिया में कुछ घटा हो।

कुछ देर तक वह मुझे गौर से देखती रही थी। फिर उसने सर हिलाया और आँखें बन्द कर ली थीं।

"प्रार्थना!" उसने आँखें खोलते हुए कहा था, "सच कहूँ...मैं मुक्ति की कामना कर रही थी।" उसका स्वर दृढ़ हो गया, "उसमें जीने की इच्छा ही नहीं बची थी। बहुत दिनों तक उसे दवाओं की नींद में देखने के बाद मुझसे नहीं रहा गया। मैंने यह जगह ढूँढ़ ली। वह वहाँ बेसुध रहता और मैं यहाँ जिन्दगी के बारे में सोचती थी। कभी-कभी लगता था मैं उससे घृणा करती हूँ।" उसने फिर आँखें बन्द कर ली थीं।

उस पल वह मुझे बहुत दूर दिखायी दी थी। अस्पताल मुझे बहुत नजदीक नजर आया। टूटी हुई दीवार के मलबे से मोर्चुरी झाँक रही थी।

"अपनी घृणा के बारे में सोचते हुए मुझे उस पर दया आती थी, " उसका स्वर बहुत दूर से आता हुआ सुनाई दिया, "यह सब कितना अजीब है...अब सोचती हूँ तो लगता है मैंने उससे प्रेम नहीं किया। मैं अपने आवेग की सजा भुगत रही थी।"

सूरज ढलने लगा था और शाम की बेचैनी मेरे ऊपर हावी होने लगी थी। उठने के इन्तजार में मैंने उसकी तरफ देखा। उसके होठ खुल रहे थे...वह कुछ कहना चाह रही थी और शब्दों को दबा रही थी।

"सुनो..." उसने मेरा हाथ पकड़ते हुए कहा, "मैं तुम्हें यह सब बताने नहीं लायी थी, तुम्हारे अन्दर..." वह अचानक चुप हो गयी।

मैंने उसकी तरफ देखा, उसकी आँखें बोल रही थीं। वह एक खतरनाक भाषा थी। मैं उसे नहीं झेल सका।

"शब्दों में कहो।" मैं इतना धीमा बोला कि वह सुन न सके।

उसने सुन लिया।

"तुम्हारे अन्दर..." वह रुक-रुककर कहने लगी, "जीने की इच्छा...कम होती जा रही है..."

"नहीं..." मैंने अपना हाथ छुड़ा लिया। "तुम्हें दिखाई नहीं देती..."

"उस बन्द और सीलन-भरे कमरे में? तुम्हारी रातों की भटकन में? यहाँ देखो..." उसने अस्पताल की तरफ संकेत किया, "लोग मृत्यु से लड़ रहे हैं।"

"तुम नहीं समझ सकोगी।"

"मैं कुछ-कुछ समझ रही हूँ।" उसने मुझे थाम लिया, "देखो..."

उसकी साँसें मेरे चेहरे से टकरायीं और मैं घबराकर उठ खड़ा हुआ।

मैं उसे खींचता हुआ उस कोने से बाहर निकल आया था।

मोर्चुरी का ताला खुला था और एक शव वहाँ रखा जा रहा था। अस्पताल के गलियारे से गुजरते हुए वह एक क्षण ठिठकी थी। बाहर निकलने तक उसकी मुद्रा में किसी मरीज के लिए चिन्ता का भाव बना रहा। ऑटो में बैठते हुए उसने अपना सर मेरे कन्धे पर टिका दिया। ऑटोवाले ने सोचा होगा कि मैं एक मरीज को अस्पताल से घर ले जा रहा होऊँगा।

"सुनो!" दो चौराहे पार करने के बाद मैंने उससे कहा, "मुझे इधर ही उतरना है।"

"तुम्हारा कमरा तो बहुत दूर है।"

"मुझे यहीं उतरना है।"

"प्लीज..." यह उसका आखिरी हथियार था।

मैंने ऑटो रुकवा दिया और उसकी तरफ देखे बिना उतर लिया। मुझे शराब की तलब लग रही थी...

"क्या सोच रहे हो?" उसने अखबार मेरे चेहरे से हटा दिया।

"कुछ नहीं। तुमने खिड़की बन्द कर दी?" कम रोशनी में उसके चेहरे को ढूँढ़ते हुए मैंने कहा।

"शायद रोशनी में तुम डरते हो।" वह चारपाई पर बैठ गयी।

उसने मेरा हाथ पकड़ लिया। उसके स्पर्श से मुझे घबराहट होने लगी। मैंने हाथ छुड़ाने की कोशिश की।

"सुनो!" उसने मेरा हाथ और मजबूती से पकड़ते हुए कहा, "तुम धीरे-धीरे सरकते हुए पीछे हटते रहे। अब तुम इतना पीछे हट चुके हो कि एक कदम और हटोगे तो सीधा खाई में गिरोगे। लोगों ने तुमसे ऐसा कुछ नहीं कहा होगा। उन्होंने तुम्हें महानता के शिखर पर चढ़ाने की तैयारी कर ली है।" उसका स्वर आश्चर्यजनक रूप से नरम था।

"जब आदमी के पैरों से जमीन सरक जाती है तो उसे आसमान में चढ़ाना आसान होता है।" वह बोलती रही, "तुम अपनी कुंठाओं से बाहर क्यों नहीं निकलते? तुम्हारी कहानी को लोग उछालने की तैयारी में हैं। वह आत्म-लिप्तता का रेगिस्तान है।

अस्तित्व के संकट की जिन आँधियों से बचने की छटपटाहट में तुम्हारा शुतुरमुर्ग अपने बंजर में धँस रहा है, वह एक छद्म संकट है।''

उसने मेरा हाथ छोड़ दिया। वह चारपाई से उठ गयी और किताबों के रैक तक पहुँच गयी।

''लगातार सिकुड़ती हुई जो दुनिया तुमने दिखाई है, उसे बनाया भी तुमने खुद ही है।'' वह वापस लौटते हुए बोली, ''मैं कब से कह रही हूँ...दुनिया में वापस आओ। तुम्हारे खोल से बाहर जो दुनिया है...वहाँ अस्तित्व के लिए संकट नहीं है। हाँ...वहाँ अस्तित्व के लिए संघर्ष है। तुम रूप की बहुत बात करते हो। एक बार रूप को संघर्ष की आँच में तपने दो।''

''मैं अभी दुनिया में ही हूँ।'' मैंने कहा। मुझे मोर्चुरी का ध्यान आ रहा था।

''शुतुरमुर्ग क्या है?'' वह मेरे ठीक पास खड़ी हो गयी।

''एक कहानी है। बस...'' मैंने उसकी आँखों में झाँकते हुए कहा।

''कहानी?'' वह एक कदम पीछे हटी, ''तुम्हारे पात्र का कोई नाम नहीं है...क्यों? क्योंकि तुम दूसरे नाम के साथ खुद को आइडेंटिफाई नहीं कर सकते थे... इसलिए। उसकी पत्नी एक मृत जीवन को जन्म देने के बाद मर चुकी है और...'' वह थोड़ा रुकी, ''वह पवित्र प्रेम करता है। उसकी एक प्रेमिका है...''

वह एक कदम आगे बढ़ आयी।

''वह उसे छूना चाहता है...'' उसने झुकते हुए मेरे दोनों कन्धे पकड़ लिये, ''लेकिन हमेशा उसके स्पर्श से बचने की कोशिश करता है और...'' वह मेरे कन्धे झिंझोड़ने लगी, ''रात भर वेश्याओं की तलाश में भटकता है।''

''बाहर बारिश हो रही है...'' अचानक उसने मुझे छोड़ दिया

''देखो! यह क्या है!'' वह रैक के पीछे से पॉलीथीन की शीट में रखी किताबों का ढेर उठा लायी।

''किताबें हैं। तुम जानती हो...''

''हाँ...मेरा काम इससे चल जाएगा।''

उसने किताबें नीचे गिरा दीं और पॉलीथीन एक टोपी की तरह सर पर डाल ली।

''सुनो...'' उसकी पीठ देखते हुए मैंने कहा, ''यह खिड़की तो खोल दो।''

''जो आदमी अपनी खिड़की भी नहीं खोल सकता...'' दरवाजे के पास पहुँचकर वह पलटी, ''उसे इस बात से कोई फर्क नहीं पड़ता कि उसकी खिड़की खुली है...या बन्द है।''

वह बारिश में बाहर निकल गयी।

□□□

णाणं

पयासयं

वीर निर्वा. 2470

ई.सन् 1944

भारतीय ज्ञानपीठ